科幻文学群星榜

Sci-Fi

惊险科幻探案系列

不翼而飞

叶永烈——著

山东教育出版社

图书在版编目（CIP）数据

不翼而飞 / 叶永烈著 . — 济南：山东教育出版社，

2022.2（2022.3 重印）

（科幻文学群星榜）

ISBN 978-7-5701-1930-1

Ⅰ . ①不… Ⅱ . ①叶… Ⅲ . ①幻想小说－小说集－中

国－当代 Ⅳ . ① I247.7

中国版本图书馆 CIP 数据核字（2021）第 277793 号

BU YI ER FEI

不翼而飞　　　　　叶永烈　著

主管单位：山东出版传媒股份有限公司

出版发行：山东教育出版社

地址：济南市市中区二环南路 2066 号 4 区 1 号　邮编：250003

电话：（0531）82092600　　　　网址：www.sjs.com.cn

印　　刷：北京市松源印刷有限公司

版　　次：2022 年 2 月第 1 版

印　　次：2022 年 3 月第 2 次印刷

开　　本：880 mm × 1300 mm　1/32

印　　张：9

印　　数：10001–13000

字　　数：214 千

定　　价：35.80 元

总　序

我在1951年11岁时发表第一首诗，成为我创作生涯的起点。此后在19岁的时候，我写出了第一本书《碳的一家》，翌年由上海的少年儿童出版社出版。我因此被少年儿童出版社看中，20岁成为《十万个为什么》的主要作者。

1961年，21岁的我写出第一部科幻小说《小灵通漫游未来》，开始了科幻小说创作，至1983年，我总共大约写了300万字的科幻小说。除了科幻小说之外，从1959年至1983年期间，我还写了《十万个为什么》等1100万字的科普作品。这些早期的作品，编成28卷、1400万字的《叶永烈科普全集》于2017年出版。自从1983年之后，我转入中国当代重大政治题材纪实文学以及长篇小说、散文创作，离开了科普界。至今，我已经出版的作品约为3500万字。

在我的科幻小说作品中，有一些是以公安侦查人员金明为主角的系列小说，现在我把它们统称为"惊险科幻探案系列小说"。其中一些小说是当时公安部约我写的，大约100万字。他们为我提供了诸多典型案例，为我了解公安侦查手段提供了方便。虽是科幻小说，很多故事是以真实案例为原型创作的。这些小说出版时名为"惊险科学幻想小说"，共4卷，由群众出版社出版：第1卷《乔装打扮》出版于1980年11月；第2卷《秘密纵队》出版于1981年12月；第3卷《不翼而飞》出版于1982年6月；第4卷《如梦初醒》出版于1983年8月。此外，"惊险科学幻想小说"中的两部长篇《黑影》和《暗斗》在1981年4月分别由地质出版社和四川少年儿童出版社出版。我还写了介绍破案手段以及相关知识的《白衣侦探》一书。

上述小说属于"惊险科幻小说"。

惊险小说和科幻小说，都是广大读者所喜爱的作品。"惊险科幻小说"则是两者的结合。

惊险小说是一个总称，它包括侦探小说、推理小说、间谍小说，以及各种情节惊险的政治小说、犯罪小说、国际阴谋小说。它的特点是故事讲究悬念，情节跌宕，结构严密，使读者欲罢不能，爱不释手。毫不夸张地说，惊险小说拥有最广泛的读者。

科幻小说则是通过小说来描述诱人、奇特的科学幻想，具有"科学""幻想""小说"三个要素。也就是说，它所描述的是幻想，而不是现实；这幻想是科学的，而不是胡思乱想；它通过小说这种体裁来表现，着力塑造人物典型形象，具有小说的特点。

"惊险科幻小说"兼具惊险小说和科幻小说的特点。它既有极为惊险的情节，又有大胆奇特的科学幻想。它具有很强的可读性。正因为这样，它跟惊险小说一样，拥有众多的读者，深受人们的喜爱。

1979年5月9日至11日连载于《工人日报》的《生死未卜》，是我写的第一篇惊险科幻小说。此后，我在1979年7月号《少年文艺》杂志上发表的《欲擒故纵》、1979年8月号《儿童文学》杂志上发表的《神秘衣》和1980年1月在《科学24小时》杂志创刊号上发表的《弦外之音》，都属于惊险科幻小说。

这些作品在读者中产生的强烈反响，使我意识到惊险科幻小说具有莫大的魅力，是一种"悬念的艺术"，它拥有极为广泛的读者。我受英国作家柯南·道尔《福尔摩斯探案集》的启发，觉得与其东一篇、西一篇地写，不如集中塑造同一主角，形成"惊险科幻探案系列小说"。

于是，我着手写以公安侦查人员金明为主角的"惊险科幻探案系列小说"。在1980年2月18日《光明日报》上，我谈了自己的创作设想："在新的一年里，我将把主要精力用在科学幻想小说的创作上。我很喜欢惊险小说，正在尝试把科幻小说与惊险小说结合起来，创作惊险式科幻小说，这是科幻小说创作中的新途径，还需要努力探讨。这种作品特别讲究悬念的运用，情节要曲折，幻想要大胆。我将创作一组以同一公安侦查人员为主人公而故事不同的'惊险科幻探案系列小说'。"

我的第一篇以金明为主角的惊险科幻探案小说是《杀人伞案件》，连载于1980年1至2期《科学与人》杂志；第二篇是《X-3案件》，我在《光明日报》发表创作打算的次日，广州《羊城晚报》开始连载这篇小说，至3月14日载毕。接着，我又写出了短篇小说《奇人怪想》《球场外的间谍案》，中篇小说《碧岛谍影》，电影文学剧本《归魂》与《国宝奇案》。在1981年元旦前后，我的四部以金明为主角的中篇、长篇——《科学福尔摩斯》（单行本名《暗斗》）、《鬼山黑影》（单行本名《黑影》）、《乔装打扮》、《纸醉金迷》、《秘密纵队》，分别连载于上海《文汇报》、广州《羊城晚报》、西安《西安晚报》、上海《科学生活》杂志和武汉《长江日报》。每部小说短则连载两个月，长则连载五个月。《文汇报》和《羊城晚报》都是发行量达一百万份以上的报纸。连载在读者之中产生广泛影响，使金明开始成为读者熟悉的人物形象。

这些"惊险科幻探案系列小说"的主角是金明。金明，在汉语中，与"精明"同音，即为人精明之意。他的外号叫"诸葛警察"。诸葛亮是在中国享有极高声望的历史人物，是聪明、智慧的象征。诸葛亮又名孔明。主人公取名金明，这"明"字也含有取义于"孔明"之意。至于金明的主要助手戈亮，在汉语中与"葛亮"同音，也取自于"诸葛亮"。

我所着力塑造的金明形象，如《杀人伞案件》中金明首次出场时所描写的——"金明不是英国作家柯南·道尔笔下的侦探福尔摩斯，不是英国女作家阿加莎·克里斯蒂笔下的矮个比利时侦探埃居尔·博阿洛，也不是英国作家柯林笔下的探长克夫，金明是生活在科学技术高度发达的社会主义中国，采用现代化设备侦破疑案的具有广博科学知识的公安侦查人员。"——这，是他不同于别的惊险小说警察形象的地方。

"惊险科幻探案系列小说"同样要讲究悬念，它的中心事件同样是惊险案件，主人公也常是公安侦查人员。然而，它又不同于一般的惊险小说，它写的是科学境界、幻想境界。正因为这样，我着力塑造公安侦查人员金明的形象，与一般惊险小说中公安侦查人员不同之处，在于他懂得科学，能采用现代化的科学手段进行侦查，而敌方呢，也是用现代化的科学手段进行间谍活动、特务活动。这些惊险科幻小说的主要矛盾，是现代化的间谍、特务手段与现代化的侦查手段之间的激烈斗争。金明是一个精明强干、机智沉着、言语不多而常常能未卜先知的公安侦查人员，是一位具有现代科学技能的侦探。

金明是侦查英雄、"警察博士"。细心的"中国科幻小说研究会"日本会员野口真己先生于1981年6月2日来信询问：

"我看到单行本《神秘衣》里的金明是滨海市公安局侦缉处处长，单行本《碧岛谍影》里的金明也是公安局侦缉处处长，但单行本《乔装打扮》里的金明是公安局刑侦处处长，而且《球场外的间谍案》和单行本《暗斗》里的金明竟是公安局侦查处处长，请问这是怎么回事？我是个很喜欢金明和以他为主人公的作品的人，我希望以后金明更加活跃，斗争取得更多的胜利！"

我答复道：金明的身份，最初发表时为"侦缉处处长"。群众出版社认为，改作"刑侦处处长"或"侦查处处长"较好，以与目前中国公安部门所用名词统一起来。至于金明有时为"滨海市公安局侦查处处长"，有时为"公安部侦查处处长"，是看案情而定。如果是全国性案件，则以"公安部侦查处处长"身份出现；若是地方性案件，则一般以"滨海市公安局侦查处处长"身份出现。

1981年，我在接受《亚洲华尔街日报》（The Wall Street Journal Asia）记者采访时，曾就记者所问"金明与福尔摩斯有什么区别"作如下答复：

一、福尔摩斯是英国私人侦探，金明是中国公安英雄；

二、福尔摩斯破案是为了个人赚钱，金明是为了保卫社会主义祖国；

三、福尔摩斯连血型、指纹都不懂，金明是精通现代科技的"警察博士"，是"科学福尔摩斯"。

我力图把金明塑造为社会主义的新人、智勇双全的侦查英雄。如同我在作品中所写及：

"'上靠天，下靠地'，这是金明经常挂在嘴边的话。所谓'天'，就是党的政策、国家的法律；所谓'地'，就是人民群众。金明认为，'上靠天，下靠地'，再加上现代化的科学侦破技术，这是破案的三大法宝。"

正因为这样，日本的评论《中国科幻小说中的英雄——金明》（日本《SF宝石》，1981年6期），称金明为"中国文艺作品中的新的英雄形象""中国人创造的、为了中国人民的、属于中国人自身的英雄"。

这套小说所表现的主题，如同《暗斗》中所言："在当今世界上，国与国之间虽有政治上的明争，更多的却是高科技领域内的暗斗。"对照发生在2018年中美之间的"中兴通讯事件""华为事件"，恰恰印证了1980年在《暗斗》中超越时空的预见。

这套小说，涉及脑电波研究、"克隆熊猫"、"穿壁衣"、复活冷冻人、海底机器人、外星人，以及太空卫星战等众多当代高科技领域。

这套小说，一边写，一边出，到了20万字左右交给群众出版社出一卷。每卷的首印数均达20万册（《秘密纵队》首印25万册）。

这套小说被改编成连环画，总印数超过1000万册。

这套小说中的部分作品，被译成英文、法文以及德文出版。

从《杀人伞案件》《X-3案件》《奇人怪想》《球场外的间谍案》《乔装打扮》《碧岛谍影》等作品中，可以明显看出，我的创作确实受《福尔摩斯探案集》的影响。渐渐地，我觉得柯南·道尔的作品虽然十分惊险，但是缺乏社会性。我很赞赏日本的社会派推理小说，所以在后续的创作中，我逐渐加强了作品的社会性。《秘密纵队》着力写人物的命运，使作品具有鲜明的主题思想，而不是单纯追求惊险和曲折的情节。《失踪之谜》（即《不翼而飞》）甚至被评论家称为"人才学科幻小说"。

《其实只有一个》是应美国科幻小说作家主席波尔（Frederic Phol）先生之约而写的。波尔先生"规定"了同一科幻构思——"思维传递"，邀请了不同国家的科幻小说作家根据各自不同的文化背景设计故事，所以我写了发生在上海的《其实只有一个》。这篇小说由吴定柏教授译成英文，收入波尔先生主编的集子里，在美国出版。《其实只有一个》英译篇名为"The Thursday Events"，即《星期四事件》。2019年1月，在美国的学者李桦给我来信，说他正在仔细研究《星期四事件》，撰写论文。他在信中说："在20世纪80年代，您就已经参与到国际性的科幻写作项目中，我觉得非常了不起，也非常超前。我想请教您，您的这篇小说之前在国内发表过中文版吗，篇名是什么，在哪个期刊上发的？我试着用《星期四事件》的篇名搜索，但没有找到，所以只能直接请教您。另外，我想了解一下是什么样的机缘令您参加到这个写作项目中来？我觉得您的这个经历对中国科幻史也是很重要的一个信息。"

我的文友、科幻作家郑文光先生于1981年6月5日给我来信说及："《暗斗》及《乔装打扮》，小儿河间拿到后一口气看完了，可见对青少年是颇具吸引力的。全始全终。当然，如果能从克里斯蒂作品中吸收其较曲折的构思，就更好了。"

对于我来说，1983年是我创作的转折点。从此我告别早年的科普、科幻小说创作，转向中国当代重大政治题材的纪实文学创作，转向纯文学长篇小说创作和散文创作。

应北京书香文雅图书文化有限公司之约，把"惊险科幻探案系列小说"分5卷结集，内中包括曾收入群众出版社出版的4卷中的"惊险科学幻想小说"。另外，把我之前所写的惊险科幻小说《生死未卜》《欲擒故纵》《神秘衣》《弦外之音》也收录其中。这4篇作品的主角不是金明，但是是与"惊险科幻探案系列小说"同类的作品。收入这4篇作品，也使读者了解我从最初的零打碎敲，发展到系列小说的历程。

我写下以上的话，算是向读者言明它的创作始末，知道它的写作背景。

值得说明的是，"惊险科幻探案系列小说"毕竟写于20世纪80年代初，带有明显的时代印记。这次重新出版，并未作大的修改，大体保持原貌，这些时代印记犹如作品的"胎记"，无法抹去，倒是让读者了解作者是在怎样的时代背景下创作这些作品的。

叶永烈

2019年3月23日

于上海"沉思斋"

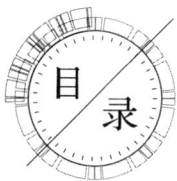

目录

Catalogue

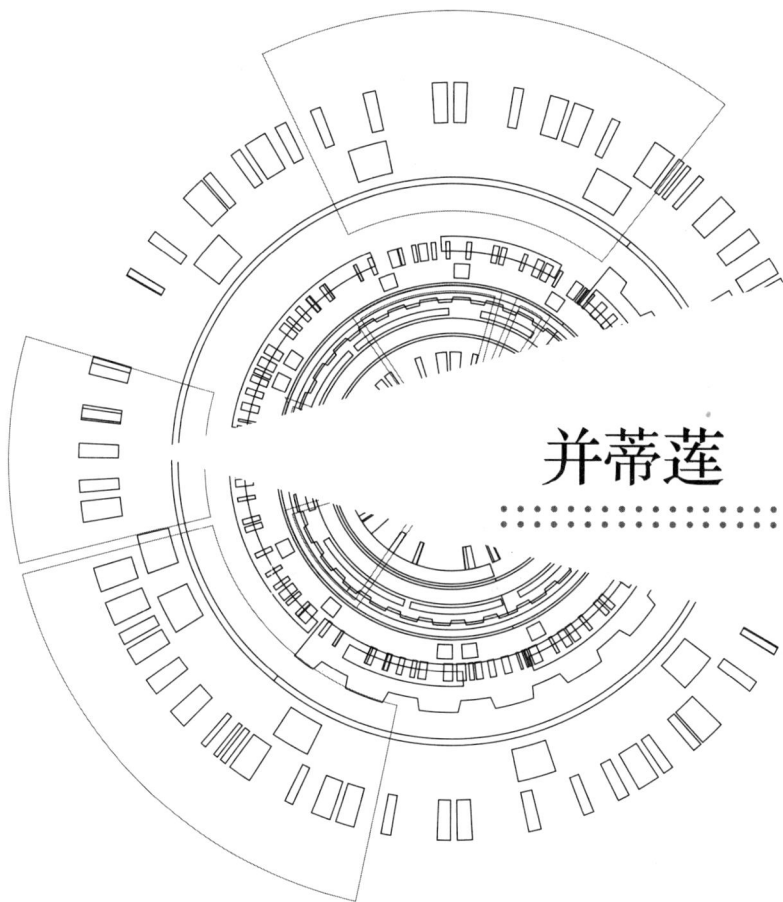

并蒂莲

并蒂莲即并头莲，红白俱有，一干两花。

——清·陈淏子 《花镜》

出淤泥而不染，濯清涟而不妖。

——北宋·周敦颐 《爱莲说》

第一次来到中国的华裔

　　一架后掠式三角翼超音速客机，正在一万多米高空疾飞。雪白的机身上，写着"中国民航""CAAC"字样，高翘的机尾上漆着醒目的五星红旗。

　　在前舱紧靠窗口的座位上，一位旅客不时透过舷舱玻璃，朝下观望。

　　他看上去二十七八岁，一头乌亮的黑发朝后梳，没有一根乱丝，前额高而圆，方脸，皮肤白皙，两腮发青，看得出那络腮胡子被精心刮得干干净净。他戴着一副深紫色镜框的近视眼镜，一双锐利的黑眼睛闪着明亮的光芒。

今天，天气格外晴朗，机翼下是一片蓝缎似的海洋，偶尔飘过一团团轻纱般的白云。景色十分单调，加上飞机发动机那单调的轰鸣声，许多旅客都已在闭目养神，甚至打起瞌睡来。

这位年轻的旅客却不停地看着窗外，似乎在寻找什么。在飞机的前方，终于出现一片灰绿色的东西。这时，飞机上的扩音器响了，用汉语和英语播送这样的话："各位乘客，飞机即将进入中国境内，飞机即将进入中国境内……"

年轻人的嘴角，出现了浅浅的笑。他的胸脯，却在剧烈地起伏着。看得出，他的内心颇为激动。

其实，他怎能不心潮澎湃呢？他是位华裔，然而，这却是第一次来到中国！这位眉清目秀、文质彬彬的青年，叫徐天华。他的父母都在国外，他生在国外，长在国外。他只是从电影、电视、照片上，认识万里长城，认识天安门……幸亏他的父母从小教他汉语，所以，刚才他毫不费力地听懂了空姐的汉语播音。

飞机降低了飞行高度。扩音器里又传出了这样的声音："各位乘客，飞机即将抵达中国滨海机场。机场地面气温三十五摄氏度……"

正值盛暑，由于机舱内冷气开放，不觉得热。到达滨海机场之后，一开舱门，迎面吹来一股热浪。徐天华却依旧穿着白色长袖衬衫，系着藏青色领带，连领口、袖口的纽扣都扣得整整齐齐的。

除了中国旅行社的工作人员，没有其他人前来迎逅——徐天华在中国无亲无友。

徐天华的行李颇为奇特，除了两只普通的手提箱、一只旅行袋之外，竟然随机托运一件两米来长、半米高和宽的铁壳箱子，箱子里足够睡下一个人！

当然，这只特殊的铁箱子，引起了中国海关检查人员的注意。

徐天华似乎很识时务，见到中国海关检查人员的眼睛直勾勾地盯着箱子，便主动拿出钥匙，打开箱盖。

箱子刚一打开，海关检查人员竟不由自主地惊叫了一声："啊哟！"

箱子里装着什么东西呢？原来，箱子里装的是一堆破碎的瓷片！

"是在飞机上摔坏的吗？"人们很关心地问道。

"不，不。"徐天华坦然一笑，说道，"本来就是碎的。你们瞧，这些碎片都是事先用泡沫塑料包起来的！"

海关检查人员帮徐天华关好箱子。中国旅行社的工作人员抬起箱子，放上了大轿车。人们感到不解：这位年轻的华裔，在回国时为什么带一箱子破瓷片呢？

奇特的医院，奇特的医生

中午，徐天华住进了滨海市华侨宾馆。这是一幢高达七十层的大厦，在滨海市是屈指可数的一流宾馆。

华侨宾馆大厦矗立在市中心，面临滨江。它的外墙，是由整块整块巨大的玻璃组成的。远远看过去，仿佛是一座晶莹剔透的水晶宫。

徐天华住在第六十五层。透过那宽大、明净的玻璃窗，繁华的滨海市区尽收眼底。这比透过飞机那狭小的舷窗从一万多米高空俯视，要清楚多了。

对于一个第一次回到"父母之邦"怀抱里的海外游子，一切都是那么亲切。他多么想在窗前多站一会儿，多么想多看几眼祖国的面貌，然而，他却忙着打开手提箱，从中取出一张纸，递给了中国旅行社的老吕，说道："吕先生，请你帮助我寻找这位杨师傅。今天下午，我就想见到他！"

老吕仔细看了看那张纸片，原来是一页《华侨日报》上的报道的复印件，用繁体字排印。报道的标题是《奇特的医院，奇特的医生》。

报道是中国新闻社记者写的。他采访了一所"奇特的医院"——滨海市"文物医院"，见到了一位"医术高超"的"奇特的医生"——杨师傅。报道中详细描述了杨师傅妙手修复种种古代文物的故事。

"他是你的亲戚？"老吕问道。

"不，不，我还不认识他呢！"徐天华笑了，解释道，"是这样的——刚才，你在机场见过，我的长铁箱里，尽是破瓷片。那是我家里的一个大花瓶，不幸摔破。这个大花瓶是我家的传家宝。自从大花瓶摔破之后，父亲心中日夜不安。我四处打听，在国外无人会修复这样的大瓷器。后来，我的一位朋友用电脑查出这份资料，知道在中国滨海市有一家'文物医院'，能够修复古瓷器，妙手回春。家父看了剪报，欣喜万分，命我专程带碎花瓶回国，请杨师傅精心修复。"

经徐天华这么一解释，老吕心中的疑团冰释了，明白了徐天华为什么带了一箱子破瓷片回国。

只花了三分钟，老吕就打通了文物医院的电话，把工作联系好了。

徐天华一听，像个孩子似的跳了起来，拉着老吕就往外跑。

"你刚到，天气又热，先午睡一会吧。"老吕劝他道。"不，我一向没有午睡的习惯。"年轻人执拗地要求立即去文物医院。

老吕见徐天华如此急切，只好立即准备了一辆旅行车，把长铁箱放进车里，与徐天华直奔文物医院。

并蒂莲花瓶的碎片

文物医院设在一座废弃了的庙宇里。这儿，黄墙、红柱、绿瓦、青砖地，一走进去，仿佛从现代化的社会一下子回到了中世纪。

不过，细细看一下，这庙宇修葺一新，整整齐齐，大抵它本身也曾经过"奇特的医生"的精心修复。

跨进红漆大门，便是有好几个篮球场那么大的前院，院里青松参天，苍劲古朴。走进正殿，虽然没有开放冷气，但是凉风扑面，使人忘记了炎夏。

在正殿、在回廊，到处是陶俑、佛像、铜鼎、青铜镜鉴、熏炉、石碑、古画、织锦……有的破碎待修，有的已整修如新。

文物医院的院长办公室，设在方丈室里。院长矮矮胖胖的，五十多岁，姓刘。他听说徐天华要修补瓷器，就带他到旁殿，请一位姑娘接待他。

这位姑娘二十二三岁，穿着雪白的大褂，白色塑料凉鞋。她的发髻高高绾起，瓜子脸，一双黑白分明的大眼睛，挺直小巧的鼻子，身材娉婷，皮肤白净，看上去像古代仕女画上的美人。

徐天华见接待他的竟是这么一个年轻的姑娘，有点不大高兴，便对刘院长说道："请问，杨师傅在吗？"

刘院长显然看出了徐天华的心思，解释道："杨师傅前几天应日本学者的邀请，到那里协助工作——在日本附近的海底，打捞了一艘中国古代木船，在船舱中发现大批中国瓷器。这些瓷器大都碎裂了，所以日本学者请杨师傅帮助修复。杨师傅估计要两三个月才能回来。"

听到这里，徐天华暗暗怪自己的运气不好。如果早点来，能请杨师傅亲手修复，那该多幸运！他深知，不遇高手，他那只大花瓶是难以恢复原状的。让面前这位年轻的姑娘来修，花瓶比她个子还高，她能修得好？

这时，刘院长把手朝姑娘一伸，向徐天华介绍道："徐先生，这位小姐姓郭，是杨师傅的高徒。请她与您洽谈业务。"

刘院长说罢，因忙于别的事务，便告辞了。

这下子，弄得徐天华进退两难：不修吧，人已经来了，碎花瓶也运来了；修吧，让这位"高徒"修，不知能修成什么样子！

忽然，徐天华灵机一动，便从裤袋里掏出手绢，手绢包着什么东西。徐天华小心翼翼地打开手绢，原来，里面是一片碎瓷片。

徐天华把碎瓷片递给姑娘，问道："郭小姐，你看看，这是什么碎片？"

这位郭小姐接过碎片，在灯下细细地端详了一番，霍地站起来，走到徐天华面前，满脸惊讶地反问道："徐先生，这宝贝怎么会落到你的手中？"

这下子，弄得徐天华捉摸不透，不知姑娘的葫芦里卖的是什么药。他顺着姑娘的话，倒过来反问她："什么宝贝？"

姑娘用手拢了一下垂下来的鬈曲的额发，随口滔滔不绝地说了起来："徐先生，从你的这块碎瓷片的弯曲形状，可以断定，这是一只花瓶的碎片。

"从这碎片的厚度，可以推测出花瓶相当大，起码有一人多高，是个大花瓶。

"从碎片的断面颜色，从碎片正面的彩绘，可以看出，这是中国清朝同治年间的重工粉彩花瓶。

"这碎片上的彩绘，红色的地方，是莲花花瓣的瓣尖。我说这碎片是宝贝，因为它是著名的'并蒂莲花瓶'上的一块。

"'并蒂莲花瓶'，总共只有一对——两个。它是清朝艺人刘鼎山先生花费了毕生精力，才制成的。这对花瓶一模一样，一面画着一对红色并蒂莲，另一面画着一对白色并蒂莲，所以叫'并蒂莲花瓶'。此外，花瓶上还用工笔画着数以千计的花鸟人物。在瓶颈，饰着一对浮雕双耳环；在瓶肩，饰着四条大蛟龙。

"这对'并蒂莲花瓶'有一只保存在首都博物馆，另一只在新中国成立前不知去向，如今下落不明。

"正因为这样，徐先生，当我看到你手中的这块碎瓷片，感到震惊！"

与其说是郭小姐感到震惊，不如说是徐天华听了惊心动魄！

本来，徐天华想用碎瓷片考考面前这位小姐。如果她连这是什么碎片都说不出来，他就把长铁箱寄存在文物医院，等杨师傅回国之后修复。

008

真是微言惊人！他万万想不到，这位纤纤女子，娓娓而谈，竟然如此通晓古今，精于技艺。

"郭小姐窥一斑而知全豹，令人佩服！令人佩服！"徐天华连连说道。

"徐先生，你怎么会有这块碎瓷片？"郭小姐并没有理会徐天华的恭维，追问道。

徐天华没有马上答复，却回头对老吕说道："吕先生，能否请人把铁箱从车上卸下来？"

趁老吕出去请人搬运铁箱的空隙，徐天华走近郭小姐工作台，见上面放满了各种各样的古瓷器。

郭小姐指着一个刚补好淡青色的瓷碗，说道："这是后周世宗（柴荣）的御碗。据说，当时有人请示周世宗，瓷碗做成什么颜色。周世宗答道：'雨过天青云破处，这般颜色作将来。'所以，这瓷碗是青色的。"

郭小姐又指着一只薄如蛋壳、经她修复的瓷杯，说道："这是江西景德镇的瓷器，素称'声如磬，白如玉，薄如纸，明如镜'。"

郭小姐说着，往杯里倒入清水。徐天华一看，杯壁上显出几条蓝色的小鱼来。可是，一旦把清水倒掉，杯壁上的小鱼立即消失了！

徐天华看罢，不由得瞠目结舌。郭小姐用一根象牙筷子轻轻敲击那粘补过的瓷杯，发出清脆的声音，真是个"声色如旧"。

郭小姐还让徐天华细看她刚修好的一座六角瓷亭，这瓷亭横竖不盈尺，亭脊是镂空雕刻，在六个亭角飞檐末端，各挂着一只小瓷钟，这钟只有绿豆大小。这座六角瓷亭的镂空亭脊、亭顶葫芦飘带以及精巧的小瓷钟，本来都已残缺不全，经郭小姐妙手生辉，恢复了原貌。

正在这时，老吕和一个工作人员人用小车把长铁箱推了进来。

徐天华用钥匙打开了长铁箱，郭小姐一看，戴起手套，小心翼翼地检查箱中的碎瓷片。

沉默了好久，她抬起头，神情异常严肃地问徐天华道："一个好端端的'并蒂莲花瓶'，怎么会碎成一百多块？这国宝怎么会落到你的手里？"

直到此时，徐天华才一边用信赖的目光注视着姑娘，一边把来龙去脉侃侃而谈：

"我祖父母和父母多年在国外经商，人称'当代石崇'。（注：石崇，西晋时的荆州刺史，巨富。曾与王恺斗富，以蜡代薪。后人便以石崇象征巨富。）

"我父亲颇为喜爱各种古玩文物。

"有一次，他在一家外国古董商店里见到了这只'并蒂莲花瓶'。商人介绍说，此瓶乃是中国国宝，本是清宫中御用之物，总共才一对。如今，一只在中国，另一只在此。

"我父亲请专家鉴定，证实商人的话并未掺假，便决定买下这国宝，不愿让它落在外国人手中。

"谁知古董商人趁机要挟，抬高价格。

"我父亲一掷千金，在所不惜，以高价购进这一价值连城的国宝，放在家中客厅中央。

"从此，我家来往宾客，一见此瓶都赞不绝口，称它既是稀世国宝，又是我家瑰宝。

"谁知这只巨瓶引起了盗贼的注意。趁夜深人静之际，来我家客厅盗瓶。

"我父亲曾请专家在巨瓶的红木底座上安装了防盗警铃。当盗贼移动巨瓶时，警铃响了。

"盗贼们惊慌失措，连忙夺路逃命，在慌乱之中撞倒'并蒂莲花瓶'……"

说到这里，徐天华长叹了一口气，表情黯然失色。

郭小姐把眉梢朝上一挑，用十分坚定的口气说道："徐先生，请你放心，我一定尽心尽力，使国宝恢复原貌，重放光辉！"

"多谢！多谢！"徐天华连声说道。此刻，他已完全相信面前的这位苗条白净的纤纤女子确有起死回生之力。

"还未动手修，何必先道谢呢！"

"请问，何时可取货？"

"一个月。"

"一言为定！"

"说一不二！"

"说一不二！"

朵云路707号

徐天华本是一个老成持重的人，然而，离开文物医院之后，脸上却是喜滋滋的。他克制不住内心的喜悦，几乎全身的每一个细胞都在跳舞！

他一回到华侨宾馆，立即给父亲拍了电报，报告了"巨瓶可在一月内修复"的好消息。

对于他来说，这一次回国，真是美差：竟然有一个月的空余时间，可以从容地游览全国，亲眼见识见识"父母之邦"。

中国旅行社为徐天华安排了长长的旅游路线。他，离开了滨海市。

不知怎么搞的，连徐天华自己都说不清楚，尽管他与那位郭小姐只一面之缘，然而她的形象却像刀刻下来似的，深深地留在他的脑海之中。不论他在哪儿旅游，眼前不时浮现出这样的形象：她，穿着雪白的大褂，发髻高高绾起，标致的瓜子脸，一双黑白分明的眼睛，挺直小巧的鼻子，身材娉婷，皮肤白净，看上去像古代仕女画上的美人。她的神情是那么娴静，那么深沉，那么端庄，又那么自信。她的聪颖的目光总是朝着正前方，从不朝谁乜视一下……

有时，徐天华力图驱散这在脑海之中时隐时现的白衣姑娘的形象，然而，这一形象仿佛在他的脑海中深深地扎下根来。有时，徐天华竟出现了幻觉：白衣姑娘变成了大花瓶上的白莲花，大花瓶上的白莲花又变成了白衣姑娘。不论是白莲花还是白衣姑娘，都不染纤尘，洁白如雪……

人们常说，在愉快的旅途中，日子会过得特别快。然而，徐天华却渐渐觉得时间过得太慢，一个月太长了！有时，他甚至怀疑手腕上的电子表是不是出了毛病，表示日期的数字怎么老是不变？

一个月总算过去了，徐天华又重新回到滨海市，依旧住在华侨宾馆。

当徐天华正准备到文物医院提货的时候，中国旅行社的老吕告诉他，有人前来拜访。徐天华感到有点惘然，他在中国无亲无友，有谁会拜访他呢？

房门开了，进来一个矮矮胖胖的男人，五十多岁。徐天华的记性还算不错，马上就认出来这是文物医院的刘院长。在他的身后，两位宾馆服务员推着小车，车上放着长铁箱。原来，徐天华一回到滨海市，老吕就打电话给刘院长，询问那只"并蒂莲大花瓶"是否已经修好，刘院长立即送货上门。

长铁箱被轻轻地放在地毯上，刘院长打开了箱子。他和老吕以及两位服务员小心翼翼地从箱子里扶起大花瓶，把它竖立在房间正中。

刘院长站在比他还高得多的大花瓶前，一伸手，说道："徐先生，'并蒂莲大花瓶'已经修复，请你过目。如有什么地方没有修好，请当面提出。"

徐天华几乎不相信自己的眼睛了！他带来的一堆碎瓷片，如今变成了大花瓶，变得跟没有碎裂之前一模一样！

徐天华不由得记起，在一个月之前，郭小姐只看到一小块碎瓷片，便勾勒出整个花瓶的形象：起码有一人多高，是个大花瓶，是中国清朝同治年间的重工粉彩花瓶。它的一面画着一对红色并蒂莲，另一面画着白色并蒂莲，还画着数以千计的花鸟人物。在瓶颈，饰着一对浮雕双耳环。在瓶肩，饰着四条大蛟龙……

眼前的这个大花瓶，正是郭小姐当时所描绘出来的模样，丝毫不差！

"奇迹！奇迹！真是人间奇迹！人们常说，破镜难以重圆；如今，碎瓶竟然得以重生！"徐天华绕着大花瓶细细看了一圈，不住地赞叹道。

刘院长见客户对大花瓶非常满意，便拿出收据，请徐天华签字。

出乎徐天华的意料，大花瓶的修缮费十分低廉。当他拿出一大把外币交给刘院长时，刘院长只收下了其中的十分之一。

刘院长办事十分细致，他把大花瓶重新放入长铁箱之后，往箱中倒入一种油状液体。转眼之间，油状液体内像汽水似的，产生许多气泡。不久，液体凝固了。刘院长说，这是一种速凝泡沫塑料，是文物医院专门用来保护文物的。这样一来，即便文物在运输过程中受震，也不会碎裂。到达目的地之后，可以用手像掰玉米似的把泡沫塑料剥离。

另外，刘院长还交给徐天华一张文物出境证明。

在十分利索地办完了这些例行公事之后，刘院长就要起身告辞。

直到这时，徐天华终于忍不住了，讲出了一句从刘院长进房间以来一直想讲的话："刘院长，郭小姐怎么没有来？"

"郭小姐是负责修复文物的工程师。送货、收款不属她的业务范围，所以她没有来。"刘院长解释道。

徐天华从刘院长的话里，才知道原来郭小姐是一位工程师，怪不得年纪轻轻、技艺超群。他略微思索了一下，又对刘院长说道："这个大花瓶，是郭小姐花费了一个月时间精心修复的。如果现在她在文物医院的话，我与刘院长一起去，向她面谢。"

"今天她不在文物医院。"刘院长答道，"郭小姐的工作是很忙的。她常常同时承接多项文物修复任务。昨天，她修完大花瓶，就开始着手修一个刚出土的观音瓷塑。这个塑像破损很厉害，观音的半边莲座和一只手臂不知去向。她知道青云寺有一座观音塑像与这座瓷塑造型一样，今天一早就带着画稿到那里去临摹了。"

"下午会回来吗？""青云寺很远，她恐怕要到傍晚才能回来。"

"她明天在吗？"徐天华说完这句话，马上意识到自己这样穷根究底地盘问一个姑娘的去向，似乎不大合适，就解释道："是这样的，刘院长——我已经预订了后天的飞机票，准备带着这大花瓶回家去。在离开中国之前，我希望能够见到郭小姐。我备有一点薄礼，送给她，略表谢意。"

刘院长看了一下自己的电子表，说道："徐先生，明天正好是星期天。如果你明天有空的话，可以到郭小姐家去拜访。我素知她的为人，星期天倘不是加班或者外出临摹，一般只是在家挥毫作画或者研读史书。不过，你不必给她送礼，她是不会收的。她曾给许许多多外宾、华侨修复过珍贵古物，从不收礼——她认为，那是应当做的本职工作。她家住在朵云路707号，很好记，也很好找——她家对面便是朵云轩画苑。"

徐天华送别了刘院长，心中一直默记着："朵云路707号。"

"投之以桃，报之以李"

第二天一大早，徐天华就起床了。这可以说是他到中国后的一个月中，起得最早的一天。

从敞亮的玻璃窗望出去，东方刚刚泛起鱼肚色。滨江反射着银色的光芒，两岸鳞次栉比的高楼大厦已逐渐显示出清晰的轮廓。早班公共汽车开始在街道上行驶，零零散散、稀稀落落的行人出现在街头巷尾。

徐天华呆呆地坐在窗前，无所适从。他大抵纯粹出于无意识地轻轻地哼起了西班牙民歌《幻妮塔》：

黎明的曙光，

在天边出现。

你那美丽的眼睛，

射出热情的光辉；

忧郁温存的目光，

向我说再见。

妮塔！幻妮塔！

难道我们该分离？

妮塔，幻妮塔！

常把我想念！

哼罢，他细细回味着歌词的意思，白皙的脸不由得唰地红了，一直红到耳根。他慌忙回过头来，见房间里空荡荡的，并无他人，这才放下心。他的眼前，又浮现出白衣姑娘的形象：朝他微微颔首，倏然而逝……

徐天华不由得记起一个月前，当他启程前往中国的时候，母亲曾悄悄地这样嘱托："天华，这次回国，除了修好花瓶之外，你还得留意一下你自己的事情！你的年纪不算小了。你哥哥到了你这年纪，已经与外国姑娘结婚了。你不愿意娶外国人，这一点，我们的意见是一致的。你回国，如果遇上中意的姑娘，就不要犹豫。你爷爷、奶奶、外公、外婆这一代，背井离乡，漂洋过海，好不容易在国外站住了脚。父母这一代，自幼长在国外，虽然继承了祖辈的产业，生活富裕，却是在异乡做温梦，心里总觉得空虚。人们称我们这一代是'无根的一代''飘零的一代'，不无道理。你们这一代，应当成为'有根的一代'！我多么希望你这样连祖国都没见过的孩子，心中要有祖国、爱故土。莫做浮萍，随波逐流。你若能在国内成亲，将来，我和你父亲也能托你的福，叶落归根！对于我们这些海外赤子来说，祖国，有着一股看不见的而又无时无刻不存在的吸引力——一股强大的向心力！"

徐天华牢记着母亲的托付回到祖国。他意想不到，他回国的第一天遇到的这个中国姑娘，她那不平凡的举止谈吐，就给他留下不可磨灭的印象。从那以后，徐天华在中国行程万里，竟然再也没有心思去留意任何别的中国姑娘。

不过，当他头脑稍微冷静的时候，他的心中感到懊悔：那位白衣姑娘除了专注于工作之外，对他并没有任何感情上的表示。正因为这样，她亲手修复的大花瓶，由刘院长送来，而她却忙着上青云寺去了。

想到这里，徐天华对于今天该不该到郭小姐家去拜访，有点犹豫起来，何必如此单相思呢？

他甚至连郭小姐叫什么名字，都还不知道！

转念一想，郭小姐花了一个月功夫修复了大花瓶，作为客户，登门致谢，又有何不可呢？如果不告而别，反而显得失礼。

经这么一想，徐天华终于下了决心，去拜访郭小姐。在镜子前，他把脸刮得干干净净，两腮微微发青；头发朝后梳得光光的，没有一根乱丝；长袖衬衫的领子、袖口的纽扣全都扣得整整齐齐，系上藏青色领带——一切都像他回国那天的模样。

朵云路并不难找。徐天华离开了华侨宾馆，坐上地铁，直达朵云站。一下车，对面就是朵云路。

朵云路不是交通干道，路面不算太宽，两旁的法国梧桐树的树冠连成一片，遮住了骄阳。这里行人稀少，是个闹中取静的好地方。

当徐天华找到朵云轩画苑那块醒目的白底黑字招牌之后，朝马路对面一看，就找到了707号。

707号是一座一楼一底的石库门房子，独门出入，有一个小天井。虽然是老式房屋，可是大门漆得乌黑，墙壁刷得雪白，显得干干净净。

大门紧闭着，徐天华鼓足了勇气，用手按响了门铃。

过了一会儿，从里面传出银铃般清脆的声音："来啦——！"

令人不解的是，紧接着，又响起尖厉的古怪声音："来啦——！"

紧接着，响起了一阵高跟鞋在水泥地上走过的橐橐响声。

吱呜着，黑漆大门开了。

站在徐天华面前的，正是郭小姐。不过，此刻她是另一番打扮：她穿着红色的连衣裙，熠熠照人，不由得使人记起"红裙妒杀石榴花"这样的唐诗。连衣裙腰间，束着雪白的宽腰带，显得体态苗条，轻盈婀娜。那"V"形的衣领和袖口也镶着白边，使红裙更加醒目。不过，她今天的发髻并未高高绾起，而是时髦的菊花式烫发，波浪形的头发如菊花花瓣，蓬松自然，十分潇洒，前额的刘海飘逸在两眉之间。她足穿白色高跟鞋，个子看上去更显得高了。

徐天华不由得一愣——白衣姑娘怎么摇身一变成了红衣姑娘？

郭小姐也不由得一愣，双眼直勾勾地看着徐天华，上上下下打量他，双眉微蹙，似乎不认识他。

徐天华想，大概她不认识我了，便连忙自我介绍说："郭小姐，我就是请你修复'并蒂莲大花瓶'的华侨客户……"

"喔，是徐先生！"郭小姐一听，把身子略微朝前一倾，退到门侧，把手一伸，娇声细气地说，"请进！"

徐天华一进门，郭小姐便把大铁门关紧，把横栓闩上。

徐天华趁郭小姐闩门时，环视了一下四周。虽然天井不大，可是却种满奇花异草。靠墙，放着一排洁白的瓷缸，养着金鱼。

郭小姐橐橐地在前面走，领着徐天华走过天井。突然一声尖厉古怪的"您好"，使徐天华吓了一跳。

他抬头一瞧，原来鸟笼里一只红嘴鹦鹉，在向他问好哩！他这才明白，刚才第二声"来啦——"，是鹦鹉学舌。

郭小姐让徐天华坐在会客室的沙发上，转身走了出去。

徐天华觉得郭小姐的家，虽然远不及他家富丽堂皇，却很安静、整洁。他抬起头来，墙上的一幅国画，引起他的注意：画的居然是并蒂莲——有白色的，也有红色的，一干两花，成双成对。在画面的右上方，写着一行苍劲的毛笔字——"出淤泥而不染，濯清涟而不妖"。

尽管徐天华是在国外长大，对于中国的古典文学并不怎么熟悉，可是这一名句他却是知道的，因为他父亲就常常指着并蒂莲大花瓶教他背这一句，说是出自北宋理学家周敦颐的《爱莲说》。父亲曾告诫徐天华，"出淤泥而不染，濯清涟而不妖"这句名言应当成为人生的座右铭！

真是不期而遇，在郭小姐的家里也有并蒂莲，也有这句话。

徐天华仔细一看，见画上的落款是"爱莲居士草"。

正在这时，徐天华听见身后传来高跟鞋的橐橐声，回头一看，郭小姐一手拿着一瓶"可口可乐"。

徐天华喝了几口，指着那幅国画问道："郭小姐，这是你的大作？"

"怎么？你连我的名字都不知道？"郭小姐显得有点惊讶。

"是的。"徐天华那白皙的脸，一下子涨得绯红，不好意思地说，

"我只知道小姐姓郭，帮我精心修复了并蒂莲大花瓶，未敢贸然动问小姐大名！"

郭小姐听了，略微思索了一下，答道："这'爱莲居士'，不是我，是先父的别号。他平生最喜欢莲，喜欢周敦颐的《爱莲说》。他擅长丹青，是我家对门的朵云轩画苑的画师。他爱莲，画莲，就连我……"

说到这里，郭小姐停顿了一下，才接着说下去："就连我降生以后，都以'金莲'命名。"

"喔，小姐的大名叫郭金莲！"徐天华感到很高兴，他借那画旁敲侧击，终于弄清了郭小姐的名字。"嗯"郭金莲点头道，"先父除了擅长国画，对古文、金石、雕塑也很爱好。先母擅长刺绣，也爱丹青。可惜，他们都过早离开人世。"

"这么说，郭小姐家学渊源，怪不得博学多才，技艺超群。"徐天华又感到高兴，他知道了郭金莲的身世和家庭情况。

这时，郭金莲反过来问道："徐先生，听说令尊是'当代石崇'，双亲俱在，比我要幸运得多！"

"哪里，哪里。"徐天华说道，"我们久居国外，尽管家资雄厚，锦衣美食，终究是在异乡为异客，不如在祖国的怀抱里温暖。俗话说，美不美，故乡水；亲不亲，故乡人。这次我回祖国，每天都像生活在蜜糖里。"

郭金莲又继续问道："徐先生在国外，不知从事什么职业？"

"我？跟你是同行！"徐天华笑着说道。

"跟我同行？"郭金莲的心头，不由得一震。

"我跟你是'大同行'，不是'小同行'，"徐天华解释说，"你是修补古代文物的。我呢？是修补人的身体的——外科医师。在国外，有两个'金饭碗'，一个是当律师，一个是当医师。我父亲送我去学医，他说，还是学点技术吧，做点有益于人类的事。不过，医学院的学制比任何学校都长，要念八年，所以那里几乎没有穷学生，都是富家子弟。我靠着家里有钱，念完了医学院，获得了博士学位。如今，我可以独立开业了。"

郭金莲听了，这才放下心来，试探地问道："徐先生行医，徐太太做什么？"

这一次，徐天华朗朗大笑起来，答道："我还没结婚，哪来太太？医学院的功课很重，我忙于学业，没时间考虑个人问题，毕业后，又忙着开业。再说，我们那里都是外国人，而我却坚持要娶个中国姑娘，这么一来……"

说到这里，徐天华发觉在郭小姐面前直言不讳地谈这些问题不太合适，就改口道："郭小姐，我明天就要离开中国。这次回国，仰仗大力，不胜感激。我深知郭小姐一向不收财物，不敢造次。我身边只有父亲给我的宝物一件，送给郭小姐，作为纪念，乞望笑纳！"

徐天华说着，从手提包中取出一只极为精致的小盒子，打开盒盖，见里面放着一条纯金项链，链上挂着一只鸡心形的红宝石，晶莹透亮，色泽鲜艳，光彩照人。

徐天华指着项链说道："这是我家的传家宝。它原是我父亲送给我母亲的。如今，我母亲年老，不戴此物，转送给我。这颗红宝石象征一颗赤诚之心。我把它献给郭小姐，请……"

郭金莲含笑收下这件珍品，对徐天华道："感谢你的一片赤诚之意。

中国有句谚语：投之以桃，报之以李。来而不往，非礼也。我亦有微物一件，赠予徐先生存念。"

郭金莲说罢，转身出去。过了一会儿，她拿着一个质地很好的白信封走了进来。她把信封交给了徐天华。徐天华一看，信封是刚刚用糨糊封口的，上面一个字也没写，是空白的，信封内似乎装着一张又硬又厚的纸片。

郭金莲说道："这信封，在你离开中国之前，不许拆开。里面是什么，暂且保密！"郭金莲说罢，嫣然一笑，露出波谲云诡般的神色。

此时此刻，徐天华感到面前的这位红衣姑娘，与那沉醉于工作之中的白衣姑娘，判若两人。

他万万想不到，郭小姐竟会是如此热情奔放的人。他从手提包中拿出一本精装的外科学书籍，小心翼翼地把信封夹在书中，再轻轻放回手提包。

郭金莲满意地注视着徐天华的一举一动，嘴角挂着浅淡的微笑。她又叮嘱一句："徐先生，请记住——在你离开中国之前，不许拆开！"

"一定遵嘱照办！"徐天华诺诺连声。

"徐先生明天几点起飞？""八点起飞，七点离开华侨宾馆。""很抱歉，明天我要上班，不能相送。回去之后，请代我向伯父、伯母致意！"

徐天华一听这话，知道该起身告辞了，便站了起来。

意想不到，这时郭金莲却说了这么一句话："徐先生，虽然明天我不能送你，但是今天我休息，如果你今天也有空的话，我可以陪徐先生到滨海市的公园、名胜走走，当个不称职的向导。"

徐天华喜出望外，不住地说："有空！有空！有空！"

就这样，他们俩在碧水荡漾的湖面上泛舟，在浓荫蔽日的幽林里漫步，在芳菲满目的花丛中言笑晏晏，在夕阳映紫的滨江之畔谈天说地……直到夜深人静，月明如洗，徐天华和郭金莲这才依依相别。

跌入情网的年轻人

一架后掠式三角翼超音速客机，正在一万多米高空疾飞。雪白的机身上，写着"中国民航""CAAC"字样，高翘的机尾上漆着醒目的五星红旗。

很幸运，徐天华又坐在紧靠舷舱的座位。他注视着渐渐远去的祖国大地，泪水模糊了他的视线。

他的膝盖上放着那本精装的外科学书籍。他是一个十分用功的人，外出时手提包里总是放着专业书籍，一有空就随手翻翻。不过，此刻他无心看书。他的耳边，一直回响着郭金莲的话："在你离开中国之前，不许拆开！"徐天华恪守诺言，把"离开中国"严格地理解为飞机越出中国国境。这样，直到听见扩音器播出"飞机已经离开中国国境"，徐天华这才从外科学书籍中取出那只神秘的信封。

信封里装着什么呢？这是徐天华猜测不透的谜。

他很小心地拆开信封，里面竟是郭金莲的一张全身彩色照片。她穿着那件红色的连衣裙，亭亭玉立，使人不由得联想起那红色的莲花。

在照片背面写着一行秀丽的字：

天华先生存念

金莲敬赠

徐天华看罢，又把照片翻到正面，细细端详。

"好漂亮的中国姑娘！是你的未婚妻？"邻座的一位华侨老太太，笑眯眯地问徐天华道。

这下子，徐天华的神经像触了电似的，赶紧把照片放进信封，夹进书里。他的脸涨得通红，一声不吭，不敢答复华侨老太太的问题。这么一来，那位老太太反而笑得更加厉害了。

"是你的未婚妻？"这句话在徐天华的耳际久久地回响着。

徐天华沉醉于幸福的回忆之中。

他不由得记起刘院长说过的话："你不必给她送礼，她是不会收的。她曾给许许多多外宾、华侨修复珍贵古物，从不收礼。"可是，郭金莲却偏偏收下了他送的礼物！对于他来说，郭金莲把自己的照片送给他，这是最为珍贵的礼物。

他不由得记起母亲的嘱托："你若能在国内成亲，将来，我和你父亲也能托你的福，叶落归根！"这一次回去，把信封里的照片拿出来给父亲、母亲看，嘿，他们会怎么样？不，不，一回去，我不能先把照片拿出来，应当先把长铁箱打开，拿出面目一新的大花瓶，叫他们大吃一惊。他们一定会称赞修复大花瓶的师傅心灵手巧，问起师傅是谁，到那时候，再把信封里的照片拿出来……

徐天华的眼前，不断地出现幻影。不过，如今出现的不再是白衣姑娘，而是红衣姑娘……

一直到空姐向旅客们报告飞机即将到达终点站，徐天华才从迷梦中惊醒。

徐天华刚走出飞机，就看见家里那两架奶黄色的和浅绿色的直升机，已经等候在机场上了。

除了几个佣人没来，父亲、母亲、哥哥、嫂嫂全体出动，前来迎接。

回家之后，徐天华按照自己在飞机上考虑好的顺序，进行了"汇报演出"。果真，当他打开那本《外科学》，从信封中取出那张彩色照片，"演出"达到了"高潮"。

父亲的眼角皱起了鱼尾纹，母亲笑得合不拢嘴。哥哥和嫂嫂也都为他感到高兴。

父亲根据自己的"恋爱经验"，向儿子详细盘问了关于郭金莲的身世、父母、职业、技术水平、职称和为人。

母亲根据自己的"恋爱经验"，则向儿子盘问了郭金莲的长相、肤色、嗜好、脾气以及是否有过对象。

虽然父母亲看问题各有各的角度，不过，母亲对这种事情的关心和热情，总是胜过父亲。母亲悄悄提醒儿子道："赶快给金莲写信。情书要多写，要'勤奋'。想当初，你父亲三天两头给我写信哩。不然，'人一走，茶就凉'。特别是那姑娘长得俊俏，你不抓紧，就会飞啦！"

听了母亲的"恋爱经验"，徐天华羞赧满脸。不过，母亲的话，他一字不漏地听进去了。当天晚上，他就写了一封航空信，寄给"中华人民共和国滨海市朵云路707号郭金莲小姐"。

这位单纯的第一次跌入情网的年轻人，万万没有想到……

貌合神离的孪生姐妹

事情发生在徐天华离开滨海市的那个早上。当他坐上飞机时，郭小姐已经穿好白色工作服，在文物医院里忙开来了。

这时，矮矮胖胖的刘院长踱了进来。

郭小姐朝他点了点头："你早，刘院长。"

谁知刘院长没头没脑地问道："那个华侨客户，昨天到你家去过没有？"

"哪个华侨客户？"郭小姐感到奇怪。

"就是那个让你修复并蒂莲大花瓶的华侨客户徐天华。"

"他到我家里去干什么？"

"他说要当面致谢，还要送'薄礼'给你。"

"他怎么知道我家地址？"

"我告诉他的。他昨天真的没来过？"

"我不知道他来过没有。我昨天加班，忙着修这座观音瓷塑，博物馆催得很紧。我一直搞到昨天晚上九点多才回家。陶俑组的姚师傅昨天也加了一天班。晚上，我和她一起离开这儿的。"

"也许他去过你家，没遇上你。"

"昨天我回家，姐姐也没说起过有什么客人找我。唉，我这个人，巴不得躲掉这些客套事儿，还是多做点实事，心里觉得踏实。"

郭小姐说罢，又埋头于修理那座观音瓷塑了。

这究竟是怎么回事？难道郭小姐把昨天相会的事瞒着刘院长了？

其实，郭小姐被蒙在鼓里。她叫郭玉莲，而那位红衣姑娘——郭金莲，则是她的孪生姐姐，她们俩长得酷肖，以至徐天华把郭金莲错当成郭玉莲！

这对孪生姐妹命运多舛。当她们降生到这个世界上时，母亲就因难产而被死神夺去了生命。

她们的父亲悲痛欲绝。这位画家成亲之后，多年未得子女，正愁老来膝下无人，妻子却怀孕了。据医生诊断，竟是双胞胎。画家喜出望外，欣然命笔，画下了那幅并蒂莲图。谁知这对双胞胎，竟是以他的爱妻的生命为代价换来的！

画家便又挑起母亲的重担，一边挥毫作画，一边照料孩子。他给两个女儿取名金莲、玉莲，以表他"爱莲居士"的爱莲之情。

渐渐地，他发觉两个女儿虽系孪生，外貌酷似，难辨难分，然而脾气、性格却截然不同，可以说是"貌似神离"。

比如，画家总喜欢买同样的衣服给两个女儿。金莲好动，又不知爱惜东西，所以常常很快就穿旧穿破了。玉莲爱静，穿衣仔细，当金莲的衣服穿旧穿破了时，她的衣服依然崭新。金莲不爱穿褪了色的或者打补丁的衣服，吵着要父亲买新衣。这时，玉莲总是把自己的衣服拿给姐姐穿，自己穿姐姐的旧衣服。玉莲对父亲说："不要买了，一买就得两件，太费钱！"

又如，画家教两个女儿从小学画。每天早饭之后，他要去上班，总是给两个女儿铺好两张纸，放好两块蛋糕。中午，他回家一看，两张纸上都画好了画，蛋糕都已吃光，画家心中颇为高兴。一天，他因东西遗忘在家，偶然在十点钟回家。这时，他看到玉莲已画完一幅画，正在替姐姐画画，而金莲呢，她吃完了一只蛋糕，正在吃妹妹的蛋糕！画家这才明白，原来金莲懒于作画，每天都是妹妹代笔，而妹妹忙于作画，无暇吃蛋糕，总是把蛋糕让给了姐姐。画家在盛怒之下，举起画尺要打金莲，而玉莲却跪在他的面前，苦苦地请求父亲饶恕姐姐……

女儿渐渐长高，画家的头发渐渐花白。这些白发，有的是因操劳过度而添，有的则因金莲屡次惹他生气所致。

两个女儿都成长为闭月羞花的少女，画家却终因积劳成疾，一病不起。在他离别人世的时候，指着那幅并蒂莲图，谆谆叮嘱两个女儿："记住，做人也应当像莲花那样，'出淤泥而不染，濯清涟而不妖'……"说罢，泪如泉涌，长叹一口气，终于油尽灯灭。

当时，金莲和玉莲年仅十七。玉莲刚巧高中毕业，金莲因学业欠佳，正在读高一。

玉莲放弃了报考美术学院的念头。她想，我应当参加工作，让姐姐有机会去上大学——起码应当让姐姐读完高中。金莲呢？如果不是父亲的催促，她恐怕连初中都不愿意念。

这是因为金莲从小没有打好基础，学习当然很吃力，她又怕吃苦。她在小学时留过一级，妹妹在小学时却跳了一级。这么一来，每当她与妹妹一起上学，看到妹妹走进比她高两年的班级的教室里，常常使她的脸变得火辣辣的。很自然的，在父亲去世之后，金莲也就不愿再念书了。

姐妹俩一起去要求参加工作。领导考虑到姐妹俩出自丹青世家，分配他们到文物局。玉莲听说文物医院的杨师傅要招收徒弟，便要求到那里工作。金莲觉得修补古代文物，太厌气了，不如到文物商店当个营业员轻松，就要求到那里去工作。领导同意了姐妹俩的要求。

很快的，玉莲成了杨师傅的得意门生。杨师傅悉心地教，玉莲勤奋地学。真是名师出高徒，没几年，玉莲深得真传，渐渐能独当一面。

金莲呢？她庆幸自己的眼力不错，刚跨出校门，就挑中了惬意的工作。

在文物商店里当营业员，确实颇为轻松。这里窗明几净，一尘不染，室内冬暖夏凉，四季如春。这里的工作清闲，准时开门营业，准时下班，从来不必加班加点。光临这儿的顾客都衣冠楚楚，十有八九是外宾或华侨，即使是中国人，一般也是专家、文人、学者，可以说是"谈笑有鸿儒，往来无白丁"。这里绝不像卖开水的老虎灶、卖棒冰的冷饮店，不做那几分钱的生意，用不着整天忙个不停，这里的每笔生意少则几百元，多则几千元、几万元以至几百万、几千万元，每天只做几笔交易而已。

不过，在这里工作，也有使金莲为难的地方。她记得，她第一次见到文物商店经理，他头一句话便问："你懂几国外语？"金莲羞答答地摇摇头。唉，怪自己不争气，上中学时，英语的"最佳成绩"只有45分！

金莲一向懒散。但是，要想在文物商店干清闲差事，不懂外文确实不行。她咬咬牙，下了点功夫。嘿，她也不笨，没多久，居然能讲一口流利的英语！

当金莲能够用英语与外宾或者华侨直接交谈，她的心中产生了一种从未有过的快乐，一种异样的感情。她仿佛觉得自己的身价高了好多倍，仿佛变成半个外国人，至少成了半个华侨！

她为什么会有这种异样的感情呢？

刚进文物商店的时候，金莲觉得那些购买文物的外宾、华侨，近乎傻瓜！花那么多的钱，去买这些不能吃、不能用、浑身长着铜绿或者泥斑的东西，干什么？如果她有这么些钱，才不会去买这些废铜烂铁、旧纸破布哩！

渐渐地，她才懂得这些文物贵若幽兰，是稀世之宝。只有最有钱的人，才会拿出成沓成沓的钞票，去购买这些"废铜烂铁""旧纸破布"！

渐渐地，她经手大把大把的外钞、黄金、白银，对这些东西产生了一种神秘的感情。有一次，她坐在柜台前读莎士比亚的名著《雅典的泰门》，她才发现莎翁把她的这种说不出的神秘的感情，用非常形象的语言描绘出来了：

"金子，黄黄的，发光的，宝贵的金子！只这一点点儿，就可以使黑的变成白的，丑的变成美的，错的变成对的，卑贱变成尊贵，老人变成少年，懦夫变成勇士。……这黄色的奴隶可使异教徒联盟，同宗分裂；它可以使诅咒的人得福，使害着灰白色的癫病的人为众人所敬爱，它可以使窃贼得高爵显位，和元老们分庭抗礼；它可以使鸡皮黄脸的寡妇重做新娘……"

金莲反复读着这段话，她才明白她那金莲的"金"字的含义。她渐渐从贪图清闲，到慑服于金钱的魅力。

看到那大把大把的金钱是从衣冠楚楚、温文轩昂的外宾和华侨的口袋里拿出来，他们的形象在金莲心目中变得越来越高大。

当金莲学会英语之后，她可以直接阅读外国的书籍、杂志、报纸，可以直接收听来自国外的电台，渐渐地，她对国境线以外的世界产生了异样的感情。她羡慕那里，向往那里。这样，在她的内心萌动了一股异样的力量……

金莲的天平倾斜了

常常有这样的事儿：顾客认得营业员，而营业员并不认识顾客。

一天，金莲在柜台上翻看着一本英文画报，入了迷。猛地，她听见有人用英语轻声说道："小姐！"

金莲从迷梦中惊醒，抬头一看，柜台前站着一个华侨打扮的人。他穿着大花格子衬衫，牛仔裤，细挑个子，三十来岁，样子倒还斯文，蓄着一撮风雅而煞有派头的小胡子，只是有个大鼻子，未免有点煞风景。

他见金莲抬起头来，继续用英语说道："小姐，请拿左边柜子里最上面的那一件。"

金莲端来凳子，从高高的柜子里取出一件玉器。金莲记得，这件玉器进货大约已有一年光景，一直无人问津，所以把它放在柜子最高的一格里。

这件玉器看上去很平常，翠绿色的莲叶上放着一只淡绿色的桃子。估计那块玉石本来的颜色就是上浅下深，工匠利用这一特点雕成了桃子和莲叶。不过，莲叶上怎么会放着桃子？这似乎是违反常识的。看来，这是一件平庸的玉雕，怪不得无人光顾。

那人看了许久，又用放大镜细细照了一遍，喃喃自语道："这是真货！价钱倒不贵。"

金莲一听，感到奇怪，因为在她看来，这件玉器的价格标得太高了，所以卖不掉。

那人很爽快，决定买下这件玉器。他见金莲投来怀疑的目光，便问道："小姐，你可知道这件玉器的来历？"

金莲摇摇头。她心想，莲叶上放个桃子，会有什么来历？

那人生怕这件玉器会涨价似的，先付了款买下了玉器，这才把底细告诉了金莲："小姐，这是一件珍品！作者甚至为它献出了生命！"

金莲当然感到震惊。

那人改用汉语，细细讲述起来：

"在1900年，八国联军侵占北京，慈禧太后连夜逃脱。后来，慈禧太后回到北京，重新大兴土木。一位玉匠终日劳累，不胜其苦，就雕成了这件玉器。

"慈禧太后见到这件玉器，十分高兴，认为工匠独具慧眼，因势雕琢，很好地利用了那块玉石的特点。

"然而，很快有人告诉慈禧太后：莲叶上托放着桃子——'莲叶托桃'，乃是'连夜脱逃'的谐音！

"慈禧太后这才明白玉匠的真正用意，立即下令处死玉匠……"

金莲本来对这个大鼻子的人有点厌恶，可是，听他这么一说，知道此人很有学问，很是敬佩。这人见左右没别人，便从手提包中取出一个牛皮信封，鼓鼓囊囊的。他对金莲说：

"我是华侨，考古学家。这件珍品，我带到国外，起码可卖十倍以上价格。这点零钱，送给小姐。请小姐多多关照，不要把我刚才说的故事告诉任何人！"

尽管金莲的心怦怦跳着，她还是收下了那个牛皮信封，放进了自己的手提包。她想，这是人家送的，收下来有何不可？

回到家里，打开牛皮信封，里面的"零钱"，竟是一大沓美元！

其实，那位华侨曾多次光临文物商店，早已注意起白皙丰润、楚楚动人的金莲。不过，忙于看画报、听音乐的金莲，并没有注意这位鼻子特别大，有明显特征的顾客。

自从金莲收下了他的零钱，这位顾客就经常光临文物商店。他自我介绍说，他叫彭国栋，考古学家兼古董商人。他比一般的考古学家有钱，因为考古学家只有薪金和专著版税等收入，而他有商业收入；他比一般的古董商人会赚钱，因为他能从考古学角度观察古董，识货。比如"莲叶托桃"，考古学家见了，口袋里没那么多钱，买不起；古董商有钱，不识货；只有像他这样的人，既识货又有钱，才会买下它。到了国外，一转手，就赚大钱。他腰缠万贯，就是这么来的。他嘲笑那些考古学家是书呆子，不懂得赚钱；他嘲笑那些古董商人是糊涂虫，不懂得行情；他夸耀自己有着科学家的精明头脑和商人的精明算盘。

一回生，二回熟。金莲与这位彭国栋先生渐渐熟悉起来。

彭国栋是一个大方又热情的人，而金莲则是一个近乎闲得无聊、对华侨怀有异样感情的人，很自然的，当彭国栋送来了戏票、电影票、球赛票，金莲都一一赴约了。他们之间的距离，渐渐缩短。他们在花前、湖边、月下、林间、江畔、剧场、饭馆、公园、舞池，窃窃私语，消磨着岁月，传递着秋波。

金莲一边与彭国栋热恋着，内心的天平也在不断地摆动着。她在思忖，在犹豫，在矛盾：爱上他吧，他的年纪大了将近十岁，而且那个大鼻子多少有点惹人讨厌；不爱他吧，他是华侨、学者，而且手头也算宽绰……

有一件事，使金莲心中摇摆不定的天平，终于一边倒了：彭国栋住在滨海饭店。有一次，金莲来到彭国栋的房间。彭国栋拿出了水果罐头招待她。一时竟找不到开罐头的刀。彭国栋东翻西找，在打开箱子寻找的时候，金莲看到箱子里满满的是一沓沓钞票。金莲是跟大把大把钞票打交道的人，一望而知箱子里是一颗重重的"砝码"。就这样，自从加上了这颗"砝码"，金莲心中的天平不再摇摆了，终于倒向一边。

他们俩的关系逐渐明朗化，开始"实质性谈判"。金莲提出的条件十分干脆，终于说出了她心中多年的愿望："第一，你带我到国外去，在国外举行婚礼。没有离开中国国境，绝不结婚；第二，你的钱，由我来管。"

没想到，彭国栋也十分干脆，一口答应了金莲的条件。他坦然地把那一箱子钱，交给了金莲，存放在金莲家中，箱子的钥匙也交给了金莲。彭国栋还说，只要到了国外，他存放在国外的钱，也会这样全都交到金莲手中。

这下子，金莲放心了，她与彭国栋之间的最后一道篱笆拆除了。她开始做起美梦来了，憧憬着在异国的锦衣美食、出入豪车的生活。尽管她从未去过异国，甚至还没有离开过滨海市，可是，一种莫名其妙的感情，使她以为异国什么都好，以为那是一个金满天、银满天的极乐世界。也正因为这样，她发誓要嫁给华侨，在国外找一个阔丈夫，而她的奋斗目标就是当一个阔太太。

就这样，金莲占有了彭国栋的钱，彭国栋也就占有了她的肉体。

晴天霹雳

就在金莲做着出国梦、华侨梦、阔太太梦的时候，一声晴天霹雳，使她从迷梦中惊醒。

那是一天下班之后，她来到杏花楼饭庄前的公共汽车站附近。那是她和彭国栋约会的地点。

彭国栋平常总是提前在那里等候，然后与她一起进杏花楼吃晚饭。

奇怪，这天却不见彭国栋。大约等了一刻钟，仍未见他的影子。

金莲估计彭国栋有什么特殊的事儿，不能来了，便径自回家。

家里冷冷清清。玉莲出差已经几个月，到一座古墓发掘现场工作去了。

金莲一到家，就挂电话给金星旅馆907号房间。彭国栋是个喜欢换环境的人，他在一家旅馆住厌了，就搬到另一家旅馆去住。这几天，他住到金星旅馆去了。

电话打通了，没人接。

彭国栋到哪里去了呢？金莲在家里吃好晚饭，又打电话到金星旅馆，依旧没有人接。就这样，她一连打了好几次电话，都没人接。她甚至怀疑自己是否记错了电话号码。她打开笔记本，上面清清楚楚写着金星旅馆的电话号码，一点也没错。

她想去金星旅馆看看。不过，细细一想，既然电话都没人接，到那里有什么用？彭国栋总不至于人在房间不接电话。

她安慰自己，过一会儿，彭国栋会来电话，或者干脆亲自到这儿来。自从玉莲出差以后，彭国栋常在这里过夜。

为了解闷，金莲独自看着电视。

一直到十点多，电视节目结束了，彭国栋毫无音讯。金莲再次打电话去，仍然没人接。

金莲感到不安。她打开了大橱，取出皮箱检查，箱子里的钞票一张也不少。她这才放了心，独自上床睡觉。

就在金莲似睡未睡的时候，响起了一长一短、一长一短的门铃声。

金莲一听这熟悉的铃声，欣喜若狂，披上外衣就去开门。因为这特殊的铃声，意味着是彭国栋来了。

门开了，金莲吓了一跳：在依稀的路灯下，她看见门外站着两个公安人员，一个中等个子，四十多岁，瘦削，一双鹰一般的眼睛闪闪发亮；另一个是高个子，熊腰虎背，二十多岁。

"你是郭金莲同志吗？"那个中年人用清晰而严肃的声调问道。

"嗯。"金莲只好点点头。

中年人给金莲出示公安局的证件，金莲只好请他们俩走进家门。

他们俩在会客室坐定之后，中年人自我介绍说："我姓金，叫金明。

他姓戈，叫戈亮。"

金明直截了当地说明了来意："彭国栋已经在今天早上被捕！"

金莲几乎不相信自己的耳朵。她那本来已经相当白皙的脸，顿时变得毫无血色。她的目光呆滞，胸脯剧烈地起伏着。

金莲急切地问道："彭国栋是华侨，是考古学家，你们凭什么逮捕他？"

金明冷冷一笑，答道："他是华侨？是考古学家？他是假华侨，是窃贼！"

金莲只觉得天旋地转、眼冒金星。她木然地坐着，双眼直愣愣地望着正前方。她的双手，吓出了冷汗，变得又湿又凉。

事情的经过是这样的：

彭国栋喜欢三天两头换旅馆，除了怕天长日久，被人看出他与金莲之间的关系之外，还另有用意。

他，确实是一个窃贼。不过，他从来不在他正住着的旅馆里作案。用一句俗话来说，也就是"兔子不吃窝边草"。

他常常选择已经住过的旅馆作案。这样一来，熟门熟路，十拿九稳。他趁服务员不注意，复制了房门钥匙。

他有一整套偷窃的"经验"。比如，他手中拿着复制的钥匙，来到准备作案的房间。他并不悄悄地开门进去，而是屈着手指笃笃敲门。如果房里有人，开了门，他便随口而问"张同志""王同志"在吗？对方的回答当然是否定的。他立即故作惊讶，抬头看了一下房间号码，连声说"跑错了房间，对不起"，就走开了，另打主意；如果敲了好一会儿，没人开门，那他就动手开门了！

今天早上，他来到前些日子住过的滨海饭店，眼看着一个客人从446房间内走出，关上房门。他估计那人吃早饭去了，等那人走远，他敲了一会儿门，无人答应，就开门进去。

正当彭国栋偷得起劲时，那人因餐券忘在446房间，返回那里。于是，一把捕获了彭国栋。

没一会儿，彭国栋就被押到滨海市公安局。

侦查处处长金明从彭国栋的衣袋里，查到了金星旅馆的出入证。很快就赶到金星旅馆907房间。不过，在那里除了查获一些衣服和零星钱财之外，未发现什么赃物。情况似乎正如彭国栋所自称的，他是偶然失足！

为人精明的金明，用鹰一样的眼睛检查着彭国栋的衣物。金明发现，在彭国栋的一条咖啡色涤纶西裤膝盖附近，有一两处很不醒目的小孔。看上去，这小孔是被火星烧坏的。金明"顺藤摸瓜"，在西裤脚卷边里面，找到几颗比中药六神丸还细小得多的圆珠。金明对这些圆珠，产生了莫大的兴趣。

金明把小圆珠交给了助手戈亮。戈亮用激光光谱仪分析了小圆珠的化学成分。

金明看了化验报告单，不由得记起几个月前，在另一个城市里，银行的保险柜被作案者熔割切开，盗去大量现钞。由于作案者极为狡猾，未在现场留下可疑痕迹，此案未能及时破案，只得通报全国。

金明立即与当地公安局查对，发现小圆珠的化学成分与银行保险柜钢材成分一致，只是多含了一种元素——钛。

为什么多出钛这种元素呢？经查对，原来，那个保险柜的表层颜料中含有钛。

这样，金明断定，那个潜逃的作案者，就是彭国栋！这也就意味着，彭国栋窝藏了大批赃款，没有坦白。

尽管彭国栋抵赖了一阵子，可是，当金明点穿了保险柜盗窃案与裤子卷边里的小圆珠之间的关系之后，他的脸上出现惶恐的神色。他是一个有"文化"的窃贼，他为了能够熔割保险柜而学会了喷焰器使用技术，为了装华侨而学会了英语，为了装扮考古学家而"钻研"过一些考古学书籍……这样的有"文化"的窃贼，当然要比那拦路抢劫的草莽之辈"高明"得多。也正因为这样，他坐在金明面前，知道自己已是穷途末日，他审时度势，权衡利弊，终于不得不把郭金莲交代出来……

金明向金莲揭示了彭国栋的真面目之后，用不容争辩的口气，对金莲说道："请你马上把彭国栋的赃款交出来！"

金莲的目光，不由自主地朝大橱扫了一下。金明敏锐地觉察到这一点，走到大橱前，说道：

"我还是希望你能主动交出来……"

金明那鹰一般的眼睛，射出明亮的光芒，一直盯着金莲。

金莲沉默了一会儿，终于慢慢站了起来，一步一步走向大橱。她抖抖索索拿出钥匙，打开橱门，取出那只沉甸甸的皮箱……

在金明和戈亮走后，金莲通宵未合一眼。她第一次感到，她的内心是如此空虚、孤独。人财两空，使她的心灵处于极为痛苦的境地。懊恨与悲伤，孤寂与卑屈，自暴与自弃，恍惚与渺茫，交织在一起。她曾经痛不欲生，然而，在痛定思痛之后，却又变得更加冷漠、乖戾、虚伪。

那种少女的单纯、朴实、痴情、胆怯，在她的身上渐渐消失了。她的感情经历了连她自己都难说清楚的错综复杂的变化。

是那种对于金钱的强烈的占有欲、那种对异国生活的莫名其妙的向往和追求、那种对华侨的奇特的羡慕心理，使金莲上了彭国栋的当。彭国栋正是利用了社会上某些青年的这种异样感情以售其奸。然而，在金莲心灵之中，这种毒素已如鸦片似的，越吸越不能自拔，以致成瘾成癖。

这样，在彭国栋被捕之后，金莲度过了一段痛苦的日子，便渐渐把他淡忘了。她坐在文物商店的柜台前，又开始用羡慕的目光，打量着来来往往的衣衫笔挺、钱包鼓鼓囊囊的外国商人和华侨……

由于从古墓中出土的文物非常之多，加上又在旁边发掘到另外几座古墓，玉莲出差的时间延长了。

当玉莲回到滨海市之后，她没看到彭国栋来找过姐姐，便意识到大概"吹"了。她作为妹妹，不便于启齿，只是在心中暗暗猜度罢了。玉莲压根不知道，在她离开之后所发生的种种事情。

没多久，杨师傅出国了，压在玉莲肩上的担子就更重了。特别是当她接到了修复并蒂莲大花瓶的任务之后，工作几乎占据了她的全部身心。只是在一天吃晚饭的时候，她跟姐姐聊起了并蒂莲大花瓶，谈起了那位来自"当代石崇"之家的华侨徐天华……

言者无心，听者有意。玉莲的话，像是在磁带上似的牢牢地刻在金莲心里。

金莲很想见识见识这位富得流油的华侨。

真是打灯笼也找不着的好机会，在星期天，徐天华居然不请自来，而玉莲恰巧忙于工作，加班去了。

金莲见到这位风度翩翩的华侨青年，不觉动了心。

略加试探，使金莲惊喜交加：第一，徐天华把她当成了玉莲，他不仅不知道玉莲的名字，也不知道玉莲有个孪生姐姐；第二，徐天华未婚，是真正的华侨，真正的博士；第三，徐天华书生气十足，是一个单纯、缺乏社会经验的人。

金莲将错就错，装成玉莲，热情接待了徐天华……

向心力与离心力

玉莲正醉心于她的工作。她像一只辛劳的蜜蜂，正忙于采蜜，至于人们将会怎样答谢，她连想都未曾想过，所以，对于她来说，客户是不是向她致谢，那是无所谓的事情。

那天，由于刘院长特地来到玉莲的面前，问起华侨客户是否去过她家，玉莲下班后才转问姐姐。

金莲听了，心里一惊，却连忙反问道："什么华侨客户？他跑到我们家里干什么？"

金莲这么一反问，弄得玉莲不好意思起来，也就没有再问起这件事了。

不久，徐天华从国外寄出了第一封热情洋溢的情书，信封上写着"中华人民共和国滨海市朵云路707号郭金莲小姐收"。名正言顺，当然是金莲拆看了这封信。

金莲下班，总是比玉莲早。她一回家，头一件事就打开挂在大门上的信箱。这样，金莲和徐天华之间函件交驰，往返频繁，玉莲却一点也不知道。

很偶然，在一个星期天早上，玉莲正在天井里浇花，邮递员送信来了。信的四周，是醒目的红、蓝斜条，一望而知是航空信。

玉莲接过信一看，信封右下方写着端正的汉字："郭金莲小姐收"，左上方用打字机印着英文"徐天华寄"。

这时，正在楼上对镜梳头的金莲听见声响，从窗口伸出头来，一见玉莲手里拿着信，就三脚并作两步，从楼上噔噔跑了下来。

玉莲连忙把信递给金莲，说道："姐姐，你的信，国外来的。"

檐下的红嘴鹦鹉也学舌道："姐姐，你的信，国外来的。"

又是言者无意，听者有心。金莲生怕玉莲多心，便解释道："这是一个华侨客户寄来的，在我那里提过货，大概寄来收货单。"

金莲说完，拿着信，上楼去了。她细细一想，糟了，因为刚才的话破绽百出：客户哪有把收货单寄到营业员家里来的？这是公事，哪会在信封上写营业员的名字？

幸好玉莲是个胸无城府的人，没有那么多的小心眼。她忙着浇花、整枝，给金鱼、鹦鹉喂食。

然而，金莲的心，却忐忑不安。一连好几天，她精神恍惚，一见到妹妹，心就收紧了。

从那以后，一到星期天早上，从来不浇花、不锄草、不扫地、不喂食的金莲，总是把妹妹打发到别的地方，自己站在天井里，竖起耳朵，留意着邮递员的喊叫声。

事情相当顺利。正如金莲所判断的，徐天华是一个单纯、书呆子气十足的人。他对金莲爱得那么深沉、那么诚挚。尽管相隔万里之遥，然而那往返不息的飞鸿，却使这对恋人心心相印。

徐天华有点性急，他不等收到回信就写信，信从一个月一封到半个月一封，到一星期一封，到三天一封，以至一天一封！

徐天华与金莲之间，很快就度过了初恋阶段。他们开始明确了彼此的关系，信誓旦旦，不思其反。

很自然的，下一步，便讨论起他们的未来——是徐天华回国成亲，还是金莲嫁到国外？意想不到，就在这个时候，他们才发觉，彼此的观点意见竟然相反！

对于徐天华来说，诚如他的母亲所讲的："祖国，有着一股看不见的而又无时不存在的吸引力——一股强大的向心力！"

然而，对于金莲来说，恰恰相反，她仿佛有着一股看不见的而又无时无刻不存在的斥力——一股强大的离心力！她向往异国，希冀着有朝一日离开祖国。

"向心力"与"离心力"，异常鲜明地对峙着，如针尖对着麦芒。

一个盼望叶落归根，一个憧憬着到国外过纸醉金迷的生活。

信件，不断地一来一往，讨论着这对恋人的未来，申述着各自的见解……

留着泪痕的长信

如果说，爱情是一艘航船的话，在到达彼岸之前，一路顺风，一往千里，是不多见的；狂风暴雨、惊涛骇浪总是常常袭击着爱情的航船。只有迎风斩浪不迷航，才能开抵胜利的彼岸。

就在徐天华与郭金莲就"向心力"与"离心力"争执不休的时候，风声嗷嗷，雨声沥沥，排山倒海般的巨澜向他们的航船猛袭过来。

那天下午，金莲回到家里，习惯地打开信箱，取出一封印着红蓝斜条边框的航空信，一望而知是徐天华寄来的。

金莲低头细看信封，不由得诧异起来：信封上的字迹潦草，左上角也不是用英文打字机打印的，而是用自来水笔写的英文草体字。

金莲赶紧上楼，坐在窗前的藤椅上，拆开了航空信。

信纸，厚厚一沓，信比往日长得多。在信纸上，还可以看出留着几滴泪痕。

金莲预感到不祥，怀着局促不安的心情，一口气读完了徐天华的来信——

亲爱的金莲：

我死里逃生，坐在医院洁白的病床上，用缠着绷带的手，写这封信给你。我的字迹潦草，请你原谅。此刻，我心如刀绞，悲愤交集。我知道，内心的痛苦，只能向你——我最亲爱的人倾诉。

中国有句俗话："人怕出名猪怕壮。"我以为这是真理。在这里，随着我们家成为富翁，也就成了社会上的众矢之的。同行、盗贼、军官以至某些政界人士，都觊觎我们：同行如仇，竭力想搞垮我父亲的公司，以便由他们垄断市场，攫取利润；盗贼当然用贼眼紧盯我们家的钱柜；军官以至某些政界人士看不惯我们，那是因为在他们看来，我们是外国人，是华侨，他们不希望华侨在那里拥有强大的经济力量。

其实，上次我们家的并蒂莲大花瓶遭窃，便是一颗信号弹。大花瓶未被窃走，被撞碎了。盗贼是很不甘心的。当他们看到我去中国修复了大花瓶，依旧放在我家的客厅里，对他们简直是莫大的讽刺！

大祸，终于在昨天深夜，降临我们家！

一批盗窃（请注意是一批，不是一两个），全都穿着黑衣、黑裤，戴着三角形黑面具，背着微型飞行器。这种飞行器像个小背包，背包上装着螺旋桨。螺旋桨转动起来，人就能飞上天。这么一来，盗贼可以飞过我家围墙。墙上的电网，失去了作用。

显然，他们事先对我们家进行过周密的了解，可以说是"熟门熟路"了。另外，事先也显然制订了详尽的行动计划。

他们分头袭击了我的父母、哥嫂和我的卧室。他们使用麻醉枪。我刚从床上一跃而起，就被麻醉枪击中，顿时失去了知觉。

当我醒来的时候，已是清晨六点多。我发觉自己倒在血泊里。我的左手异常疼痛，我一看，左手的五个手指被砍掉了。我马上看一下右手，右手手背也挨了一刀。我意识到，盗贼知道我是外科医生，砍断我的手指，等于使我失去了职业，失去了"金饭碗"。大抵由于匆忙，他们砍去我的左手手指后，往我的右手砍了一刀，没有注意到是否砍断了我的手指。我的脸上也挨了好几刀。

我挣扎着从血泊中爬起来。我首先想到的是报警。我们家装有报警器，一按电钮，警察局马上就知道我们家里出事，警察们在几分钟内可以赶到。

我忍受着剧痛，用右手按报警器的电钮。可是，报警器上的红灯没有闪亮，我意识到报警器的电线已被盗贼切断。

我赶紧去打电话。拿起耳机之后，什么声音也没有——电话线也被切断了。

我是外科医生。凭借我的经验，马上把我被砍下来的五个左手手指，放进电冰箱保存。

我来到父母的卧室，看到他们横卧在血泊之中，惨不忍睹。

我赶紧去看望哥哥，哥哥也横遭荼毒。所幸嫂嫂只是被麻醉枪击昏，未遭毒手。我想，这大抵因为嫂嫂是白人，所以盗贼没有伤害她。

我用冷水浇醒嫂嫂。她是一个心地善良的白人妇女，看见哥哥危在旦夕，痛不欲生。我劝她要镇静，赶紧去报告警察局。她支撑着起来，用纱布把我的手包扎好了，这才跑到邻居家，用电话报告了警察局。

警察们的动作似乎太慢了，大约过了一个小时，这才来到我们家。

我们全家都被送进了医院。临走，我带走了保存在电冰箱中的断指。

我的老师——一位著名的外科教授闻讯赶来。他亲自给我作断手再植手术。中国的著名外科医师陈中伟是断手再植奇迹的创造者。我的老师专程到中国学习了这一技术。想不到，他从中国学来的本领，竟用来抢救我这个中国学生。

手术进行了整整六个小时。我的老师告诉我，左手的五个手指估计可以保住，不过，将来不会像过去那样灵活，会给我的工作带来许多不便。

更麻烦的是脸上的长条刀痕，会留下很难看的疤。唉，我将会变成一个丑八怪！

我向医生们打听，获知极为不幸的消息：父亲伤势过重，经抢救无效，已经与世长辞；母亲已经恢复知觉，神志尚清醒；哥哥生死未卜，尚在危险期之中；唯一能够料理家务、来回奔忙的，是我的嫂嫂。据警察局告诉我：我家财产被洗劫一空，贵重财物与金钱悉被盗走。令人痛心的是，你花费了一个月精力修复的并蒂莲大花瓶又遭厄运，毁为碎片！

亲爱的金莲，此时此刻，我倍加思念你。正因为这样，尽管我的手疼痛难熬，我仍挣扎着亲笔给你写信。护士小姐看见了，愿意为我代笔，我婉言谢绝了。我知道，你不希望我们之间的事情，被第三者了解。

就写到这里吧。如今，我更加思念我的祖国。即使我一贫如洗，我也要回国。这里，是一个危险的海洋，时刻都可能翻船！

亲爱的金莲，看来，你一再希望的到国外结婚，已经成为泡影。照目前这样的情况，还是让我回国结婚吧！

祝你幸福！

你的天华

写于万里之外

"我在代你受过"

"唉——"金莲看完这封长信，发出了一声长叹。

她所痛心的，首先倒并不是徐天华一家的不幸，而是她的幻梦又一次破灭了！

金莲悲叹自己的运气不济：第一次，上了假华侨的当；这一次，好不容易找了真华侨，又飞来横祸！

玉莲回家了。金莲推说自己身体不舒服，玉莲烧好晚饭，她只吃了一小碗，就上楼了。

整整一夜，金莲辗转反侧，难以入眠。她没有像往常那样，一收到徐天华的信，当天晚上就写好回信。

从那以后，几乎每天都收到徐天华从医院里寄出的信。

徐天华不断告诉她新的消息：

"哥哥不幸死去！"

"嫂嫂回家查看，家中几乎变得一无所有！"

"这次大窃案，看来很有背景。""警察局正在侦察此案，竟毫无头绪。"

"据嫂嫂说，有的未被盗贼偷去的东西，被警察偷去了！"

"家中无人看管，趁火打劫者颇多！"

在一封长信中，徐天华披露了他的内心的苦闷：

"这次家中遭劫，像盆冷水从头浇下，使我的头脑渐渐清醒起来。

"我一来到这个世界，就是一个富家子弟。我从未体会过'穷'字的滋味儿。如今，我算是尝到了！

"真是'树倒猢狲散'。家里一旦没有钱，就像一棵倒塌的大树！

"我这才发现，遭窃前后的对比竟是如此鲜明：往日门庭若市，高朋满座，如今门可罗雀，无人问津；往日笑脸相迎，献媚取宠，如今冷眼相看，投井下石；往日有钱能使鬼推磨，如今无钱寸步难行，一事无成。

"我总算第一次明白了世态的炎凉，人们的势利！"

金莲越看心越冷。看了这封信，甚至觉得徐天华在指着自己的鼻子骂哩。

自从金莲收到那告急的第一封长信之后，再没有给徐天华写过信。渐渐地，她对徐天华的来信越来越失去了兴趣，甚至回家之后懒得去开信箱！

一天，玉莲下班，发觉信箱里有信。一打开，有好几封呢，都是航空信，都是同一个人写来的，都是写给金莲的。

玉莲朝楼上喊道："姐姐，你的信，国外来的。"

檐下的红嘴鹦鹉也学舌道："姐姐，你的信，国外来的。"

楼上毫无声响。然而，楼上的窗敞开着，这意味着金莲在家——因为她外出时，总是随手把窗关上。

玉莲拿着信，来到金莲卧室，见金莲正斜躺在床上，闭目养神。

当玉莲把信放在桌上，回身走出卧室准备去烧晚饭时，金莲忽然从床上一跃而起，抓起桌上的那几封信，朝玉莲一甩，大声地说道："这不是我的信，这是你的信！"

这下子，玉莲莫名其妙，问道："信封上明明写着郭金莲收，怎么会是我的信？"

"是你的信！"金莲没好气地说，"我在代你受过！"

玉莲听不懂金莲的意思，依旧把信递还给她。

金莲嚓嚓几下把信封撕开，连看也不看，扔到玉莲面前："这是那个请你修复并蒂莲大花瓶的华侨客户徐天华的信。他的信，是写给你的！你再不收，我就把它撕个粉碎！"

玉莲见金莲气呼呼的，知道她的话不是说着玩的，便将信将疑收下那几封已被拆开的信，慢慢走下楼来。

玉莲来到自己的卧室，展开信纸，逐一细看。她有点"丈二金刚——摸不着头脑"。其中，有一封信是这样写的——

亲爱的金莲：

多日以来，我不断地给你写信，未见你的一个字。

我的心乱了，我的心冷了。我渐渐明白，你为什么不给我回信。

亲爱的金莲，我喜欢意大利的《小夜曲》。我把它抄录于下，它非常确切地表达了我此时的心情——

往日的爱情已经永远消逝。

幸福的回忆像梦一样留在心里！

她的笑容和美丽的眼睛，

带给我幸福并照亮我青春的生命。

但是幸福不长久，

欢乐变成忧愁，

那甜蜜的爱情从此就永远离开我，

在我的心里只留下痛苦，

我独自悲伤叹息，

让岁月空度过。

你的天华

遥寄

玉莲看了这几封信，似懂非懂。她尤其不明白金莲刚才所说的那句话："我在代你受过！"

玉莲只得拿着信，走上楼去。

这时，金莲努着嘴，气鼓鼓的。玉莲实在不明白，今天姐姐为什么对她生那么大的气？玉莲不解地问道："姐姐，这几封信，我看了，是写给你的，不是写给我的。"

金莲哼了一声，冷冷地说道："不是写给你的？大花瓶是你修的呀！"

玉莲更加纳闷，说："修大花瓶，跟这几封信有什么关系？如果不是今天看了信，我连那个客户叫什么名字，都忘了呢！"

直到这时，金莲才把事情的真相，和盘托出："你给他修了大花瓶，他很感谢。临走前，到我们家里来，当面致谢。正好你不在家，他把我当成了你。从那以后，他不断地来信。他的信，确实是写给你——我在代你受过！"

经金莲这么一讲，玉莲才恍然大悟，才明白姐姐所说的"代你受过"的含义。

玉莲左右为难地问姐姐道："这……这可怎么办？"

"怎么办？这是你自己的事情，我管不着！"金莲说道，用钥匙打开了书桌的抽斗，里面满满的都是航空信。金莲像清理垃圾似的，把这些信扔到玉莲面前，满脸愠怒地说道："拿去，统统拿去，这些都是给你的信！这些该死的信，害得我赔了不少邮票！"

玉莲小心翼翼地捧着那一大沓信，默默地离开姐姐的房间，走下了楼。

各怀心腹事

往常，玉莲总是在书堆之中度过每一个夜晚。她深知，如果不懂文学、美学、历史、考古以及化学、粘接技术等，是无法做好文物修补工作的。正因为这样，她一有余暇，就在书海中逡巡、徜徉，拾捡着沙滩上那些斑驳灿烂的知识之贝。

然而，今天却一反常规，玉莲放下了手中的书，在灯下阅读着一个几乎没有给她留下什么印象的男子的来信。

玉莲先把这些信按照写信日期顺序理好，从头读起来。

起初，她几乎看不下去。她认为，一个客户请她修理大花瓶，仅一面之缘，就写来如此明确表达爱慕之意的信，未免显得太轻浮了！

玉莲像一朵贞洁无瑕的白莲花，她醉心于自己的事业，一向鄙薄那些投来挑逗目光的轻浮男人。正因为这样，她极力克制着自己内心的厌恶情绪，硬着头皮，才算一页页读了下去。

渐渐地，当她读到徐天华在信中谈论起对祖国的挚爱之情，谈论起"向心力"，那种厌恶之感消失了。透过字里行间，她仿佛看到一颗炽热的赤子之心。然而，她只是对徐天华那种爱国热忱表示钦佩，除此之外，并无其他好感。

然而，当玉莲读到徐天华那封字迹潦草的长信，她的视线模糊了，晶莹的泪珠夺眶而出，滴在那本来已经有着泪斑的信纸上。

玉莲对于徐天华一家的不幸遭遇，深为同情。越是往下读，她的心越是像刀绞般难受。她的眼眶干了又湿。她抽泣着，思绪万端。

玉莲开始明白，姐姐为什么起初愿意跟徐天华通信，如今却把这些信像废纸一样扔给了自己。

玉莲深深知道，徐天华正眼巴巴地盼望着金莲的回信。哪怕是几句安慰的话，对于徐天华来说，会像插秧的雨、三伏的风！

一股强烈的同情的力量，促使玉莲给徐天华写信。尽管她对这个陌生的男子只有同情之心，丝毫没有爱慕之意，然而，她觉得金莲既然把这个难题推到她的头上，她也就责无旁贷，无法推诿了。

夜色朦胧，一弯银钩挂在黑丝绒般的夜幕上。在朵云路707号，楼上的灯光早已熄灭，而楼下的灯光在子夜之后依旧通明。

玉莲展开了空白信纸，提起了笔，却又犹豫起来。她仿佛觉得笔重千斤！

以谁的名义写呢？以她本人的名义——玉莲来写，会使徐天华感到莫名其妙，在信中她也无法讲清楚那曲折的误会。以姐姐名义——那该怎么写？姐姐会不会同意？

玉莲不由得记起，她曾两次代替姐姐执笔。一次是姐姐考初中，她怕考不上会受父亲责骂，要玉莲代考。玉莲跟金莲长得一模一样，老师难辨难分。由于金莲在小学留过一级，玉莲跳了一级，金莲考初中时，玉莲要升入初三了。当然，让玉莲代考，十拿九稳。金莲背着父亲，说一句话抹一把眼泪地苦苦哀求玉莲。玉莲的心肠软，也就同意了。玉莲和金莲终日厮混在一起，熟悉金莲的笔迹。在代考时，玉莲用金莲的笔迹答卷。果真，金莲考上初中。不过，金莲的成绩曾使一些熟悉她的老师感到吃惊。后来，在考高中时，金莲又央求玉莲代考。不过，这一次，金莲变得聪明起来，要求玉莲在答卷时，故意写错几道。就这样，玉莲第二次为金莲代笔，使她考上了高中。

如今，玉莲面临着第三次为金莲代笔。玉莲本来就擅长书法，而在修复文物时常要按照不同字体补齐残缺的字，所以玉莲有着很高超的模仿别人笔迹的本领。加上她对姐姐的笔迹很熟悉，所以，连夜写出了一封酷似金莲亲笔的信——

亲爱的天华：

最近，我出差了，到外地收购文物，直到今天刚回滨海市。

我一到家，就看到你的许多来信，得知你家遭受了极大的不幸，盼节哀安心静养。

我刚回家，杂事繁多，余话后叙。

谨对父兄蒙难表示哀悼。代向嫂嫂问候！

你的金莲

写罢，玉莲又反复看了几遍，觉得这封信虽然可以使徐天华安心释念，可是缺乏热情。她想重写，写得热情些，可以使徐天华在最困难的时刻得到莫大的安慰；不过，她从未谈情说爱，少女的羞涩使她数易其稿也写不出热情洋溢的信，改来改去还不如最初那封虽然刻板、近乎公文而尚能表达心意的信。

为了写这短短的一封信，玉莲几乎通宵未眠。

翌日清晨，玉莲照例烧好早饭，金莲才姗姗下楼。玉莲把代金莲拟好的信，交给了金莲。谁知金莲不屑一顾，把信掷给玉莲，怒气未消地说道："你高兴写，你写！不关我的事！他本来就是写给你的！"

玉莲很犹豫地说："这信，是署你的名字的呀！"

金莲不耐烦地答道："由它去！反正错了，就这么错下去吧。不过，从今天起，我们说清楚——他写给'郭金莲'的信，是给你的；你以'郭金莲'名义写的回信，是代表你的。"

"代表我？"玉莲依旧犹豫不决，说道，"怎么能代表我？我是以你的名义写信给他，希望能够使他在不幸中得到安慰。"

"安慰？"金莲冷笑着说，"我才不会写这样的安慰信！"

金莲说着，就要动手撕掉玉莲代她写的那封信。

玉莲赶紧把信抢回来。她实在担心，如果徐天华没有收到这样的一封最起码的安慰信，也许会发疯，也许会给他带来双倍的痛楚，也许会使他失去生活的勇气而发生意外……

玉莲把信装进航空信封，赶紧投进了邮筒。

信寄走了，玉莲还有点担心，怕信要好几天才能收到，使徐天华心焦。她又以金莲的名义，给徐天华发去一封与信的内容相似的电报。

等玉莲从电报局里走出来，她那颗善良的心才总算得到宽慰。

从那以后，事情变得颇为微妙：

玉莲不断地给徐天华寄去一封封署名金莲的信。信是很简短的，遣词造句是很拘谨的，然而，却倾注了对徐天华的同情。在玉莲看来，这些信依旧是她在为姐姐代笔，并不代表她。如果是她的话，绝不会轻易地给一个男人写信！

金莲呢？她像当年把彭国栋淡忘了一样，如今又把徐天华抛到脑后。她再也不过问徐天华与玉莲之间的信件来往，下班后甚至已不再去开信箱了。每天，她坐在文物商店的柜台前，又开始用羡慕的目光，打量着来来往往的衣衫笔挺、钱包鼓鼓囊囊的外国商人和华侨，在打新的主意。

至于徐天华，当他收到从滨海市发来的金莲电报之后，心中的石头放下来了，松了一口气，不断地喃喃自语："喔，原来是她出差了，怪不得没来信！金莲，绝不是那种势利小人！"

不久，当徐天华终于收到中断了若干天的金莲来信，欣喜万分。不过，金莲的信明显地变短了，话变得含蓄起来。徐天华想，信变短了，大抵由于金莲出差归来，事情很多，话变得含蓄起来，大抵由于金莲考虑到我家遭劫，心情苦闷，怎能再去讲那些调情逗趣的话儿呢？

就这样，他们仨各怀心腹事，唱着"三国志"……

一封超重的长信

岁月流逝。

一天傍晚，当玉莲回到家里，楼上的窗紧闭着。这意味着金莲不在家。最近，金莲总是很晚才回来，常在外面吃晚饭。

玉莲习惯地打开信箱，取出一封航空信。

咦，今天的信上贴了许多邮票，显然，信超重了。

玉莲没去烧晚饭，先拆开了信。信中有好多张信纸，是一封长信。

"难道又发生了什么不幸？"玉莲暗暗担心。

这封长信，是徐天华寄来的——

亲爱的金莲：

告诉你一个好消息，一个天大的好消息！

自从我家遭劫以来，我几乎天天向警察局打听，那伙盗贼抓住了没有？

时间一天天过去，杳无音讯。后来，警察从电话中一听到我的声音，马上就把电话挂断了。

我百思而不解，盗贼不是一个，而是一批；盗贼不是普通的小扒手，而是有着"现代化"偷盗工具的团队；盗贼偷去的不是一个钱包，而是巨款……像这样的盗窃集团，为什么会毫无线索？要知道，我们这儿的警察局，是全国的模范警察局哩！

我暗暗猜想，也许那伙盗贼是有背景的，警察们不敢得罪，也许，我家遭劫之后，在警察局的眼里，成了榨不出油的瘪芝麻，没有什么用了。

幸亏我的老师和我的同学们热情地安慰我，帮助我。在我手的功能恢复之后，我又重操旧业，当外科医师。

我的母亲不断地催我办理回国手续。我当然是想回国的，我连做梦都梦见自己回到滨海市，回到你的身边。不过，我暂时不急于回国：第一，冤未伸，仇未报，我们走了，那伙盗贼更加道遥法外了；第二，我们不再是富翁，没势没钱，在这儿想办理归国手续，就不那么容易了。

然而，在最近两三天之中，出现了奇迹——盗贼终于落网了。

金莲，你猜猜，盗贼的头子是谁？

嘿，你做梦也想不到，盗贼的头子就是本地警察局的局长！

怪不得，就连"模范警察局"也无法侦破我家的劫案！

那么，这一次为什么会破案呢？

原来，四年一度的市长竞选开始了。市长的候选人有两名：一个是现任市长，一个是警察局长。

在竞选的时候，为了争取选票，市长揪警察局长的小辫子，警察局长揭市长的隐私。有人悄悄向市长告密。当市长获知了警察局长的底细之后，串通了报社记者，于当天在报纸上捅了出来。

紧接着，警察局长就被逮捕了。在警察局长家的保险柜里，查出了我家的钱财。钱赃俱在，警察局长无法抵赖。

由于竞选活动正在紧张进行，市长为了进一步提高他的威信，马上请法院审理此案。现在，法院已判定，被警察局长窃去的我家财物，将如数归还。由于我父亲是突然遭到杀害，没有留下遗嘱，而长子——我的哥哥又已死去，于是，法院认为我是父兄财产的唯一的继承人。

这么一来，我一下子又变成了大富翁！

　　亲爱的金莲，本来，我在今天上午接到法院的正式通知，要我以唯一的继承人的身份前去领取父兄遗产，我就想马上给你写信。可是，消息一传开，客人们蜂拥而来，我们家顿时从门庭冷落变为高朋满座。我和母亲、嫂嫂，不得不忙于接待川流不息的客人。尽管我对世态的炎凉颇为反感，可是，人家前来祝贺，总不能对他们翻白眼吧？

　　忙了一上午，忙了一下午。到了晚上，客人络绎不绝，比白天还多！

　　一直到午夜之后，客人们才算渐渐散去。我嫂嫂忙着收拾，光是客人扔下的烟头，便足有几簸箕之多！

　　我呢，赶紧躲到自己的卧室里，把门反锁，给你写下了这封长信。

　　亲爱的金莲，当你读完这封信，你在想什么？请马上告诉我，我等待着你的答复！

你的幸运的

天华

玉莲看罢长信，长长地舒了一口气，脸上泛起了笑容。

尽管徐天华在信中叮嘱要马上回信，可是，玉莲却没有动笔。她在那里静静地等待着。

大约到了七点多，天已经完全黑下来了，天井里才响起橐橐的高跟鞋声。

玉莲马上走出卧室，对金莲说道："姐姐，你快来，好消息！"

"好消息？"金莲走进了玉莲的卧室。这时，玉莲发觉金莲的耳根、眼圈、双颊发红，从鼻孔中散出一股酒味儿来。

"徐天华的信！"玉莲把厚厚的一叠信纸，放到金莲面前。

"我不看！"金莲把信一推，转身就想走，说道，"我不是讲过，他写给'郭金莲'的信，是给你的。不关我的事！"

"不，姐姐。"玉莲拉住了金莲，说道，"这封信，你应当看一看，应当为他高兴！"

"为他高兴？"金莲感到诧异。

"是的，应当为他高兴！"玉莲又重复了一句。说着，把信塞到了金莲手中。

金莲的高跟鞋橐橐地走到楼上，坐在灯下，慢慢看了起来。顿时，她的醉意全消——最近，她又找到了一个华侨男朋友，刚才陪他在饭店里喝了几盅。这位新的男朋友也还算阔绰，不过，年纪未免太大了点，以至饭店里的服务员把他们俩误以为父女俩！

金莲看完，斜躺在沙发上，思索着。她心中的天平，又开始摆动了。天平的一边，坐着徐天华；另一边，坐着她的那位新朋友。很显然，徐天华这边沉甸甸的，天平倒向他了。

金莲很久没有写过信了，她好不容易把信纸、信封、自来水笔一一找出来。

在灯下，金莲给徐天华写了一封热情奔放的祝贺信。写完了，用糨糊封好，却找不到邮票。

金莲来到楼下，玉莲正埋头于古书堆中。金莲向她要了几张邮票，玉莲问道："你给他写信？"

"怎么，我不能给他写信？"金莲很敏感地反问道。

"不，你应当给他写信！"玉莲坦然地说，"我把他的信交给你，就是希望你能给他回信。"

"我始终认为，前些日子，我是代你写信。他的信是写给你的，写给'郭金莲'的！从今以后，我不用代你写信了，我可以有更多的时间看书了。"

金莲上楼，回到自己的卧室。她的耳边，一直回响着玉莲刚才的话。

对于玉莲的回答，金莲当然感到满意。然而，玉莲说的是心里话，还是言不由衷？尽管金莲知道玉莲一向是一个大度、坦率的人，不过，一想到这是关系到彼此的终身大事，又不免狐疑起来。

金莲在想：当我不愿给徐天华写信时，玉莲为什么愿意写呢？会不会她本来就爱上了徐天华？

"买了鞭炮给别人放"

从那以后，金莲又对信箱产生了兴趣，一回家，头一件事情就是开信箱；玉莲呢？为了避嫌，即使看见信箱里有信，她也不拿。

随着金莲寄出一封封情思缠绵的航空信，她与徐天华之间的关系又明显地火热起来了。

就在这个时候，一件意想不到的事情，像一盆冷水浇泼在金莲头上。

那是在一天下班之后，玉莲回到家里，用十分为难的神色，对金莲说道："姐姐，今天刘院长通知我，要我出国……"

"要你出国？"金莲全身触了电似的，猛地颤抖了一下，急忙问道，"到哪里去？"

"是这样的……"玉莲在金莲对面坐了下来，讲述着事情的来龙去脉，"那个华侨客户徐天华，他家遭劫时，并蒂莲大花瓶又被盗贼打碎了。最近，他们那里要举行世界珍贵文物展览会，市长要求徐天华把传家宝——并蒂莲大花瓶拿去展览。可是，大花瓶已经破碎了，再运回中国修理，怕来不及，而且徐天华手头的工作也很多，一下子走不开。这样，他给滨海市文物医院发来电报，还电汇一笔钱，希望派人前往修复，出国的一切费用由他负担，修理费另付。刘院长把电报交给我看，要我马上出国。我很犹豫，因为我从来没有出过国，这一次是单独出国，怕没经验，而且一个年轻姑娘独自出远门，也很不方便。我向刘院长提出，能不能让杨师傅去？可是，刘院长不同意，说客户指定请'郭小姐'出国，况且上一次是我修的，驾轻就熟，比杨师傅更合适。"

金莲听罢，脸色惨白，全身发冷，以至风一吹来，汗毛竖起，长出鸡皮疙瘩。她战战兢兢地问道："你答应啦？"

"嗯。"玉莲微微点了点头，答道："因为这是我的本职工作，又涉及祖国声誉，所以我只好答应下来。刘院长已经在给我办理出国手续了。虽然这样，我心里一直忐忑不安……"

"为什么？"

"我想，如果是别的客户要我出国修理，即使人地生疏，想办法克服困难，也就行了。唉，偏偏是这个徐天华……"

"徐天华又怎么啦？"金莲明知故问。

"他一直把你当成我。我去了，他知道了真相，生怕惹出意外的麻烦。"

"麻烦？"金莲故作镇静地说，"怕什么呢？你叫郭玉莲，我叫郭金莲。他的信，打第一封信起，就是写给郭金莲的，不是写给你的。你把事实说清楚了，也就行了。"

"那好！"玉莲一听金莲说得这样磊落大方，心中的顾虑打消了，连忙说道，"姐姐，你有什么话托我转达，有什么东西托我捎，我一定照办！"

就这样，玉莲忙着准备出国。她修过并蒂莲大花瓶，在国内要什么有什么，得心应手，一出国，种种工具、资料、颜料、黏合剂之类，都要带齐全。少了一样，就会完不成任务。

金莲呢？她后悔莫及，知道自己弄巧成拙了！

金莲记得，徐天华曾在一封信中谈到自己遭劫后的感想："如今，我更清醒地看到，这里是一片危机四伏、岌岌可危的黑海洋，随时都可能再度翻船！那位警察局长一旦重新得势，我马上就会遭殃。何况还有第二、第三个警察局长式的人物，正用发红的眼睛觊觎着我家的财产。这样，不论是我，还是我的母亲，都希望把这里的事情料理好、把财产变卖之后，回到祖国。愿我们在祖国结成眷属……"

金莲见到此信之后，知道徐天华那股"向心力"越来越强烈。她在回信中，提出了一个徐天华很可能会同意的要求："天华，你的归国之心，我很理解。不过，我是一个从未离开过中国国境的人，我很想出国看看，这一点你也应当理解。在你回国之后，我不可能再有机会出国。能否趁你尚在国外，找个借口，使我能够到你那里去一次，见识见识异国风光，我也就满足了。等我到了你那边，不论是马上结婚、旅行结婚，或者等回国以后结婚，我都同意……"

金莲一盘算，那封信正是昨天或今天可以到达徐天华手中。她估计，徐天华在电报中所说的急于修复并蒂莲大花瓶、指定要"郭小姐"出国、汇来出国旅行费等等，正是她在信中所出的主意——"找个借口，使我能够到你那里去一次"。

至于她在信中所说的"见识见识异国风光，我也就满足了"，其中真实的含义，只有她自己明白。她深知，只要到了国外，她完全可以施展自己的魅力，使徐天华言听计从，打消回国念头，以她的"离心力"抵消他的"向心力"。

金莲万万没有想到，徐天华竟会把电报发到文物医院，把钱也汇到文物医院！这么一来，倒为玉莲出国，铺平了道路，真是"买了鞭炮给别人放"！

不过，金莲细细一想，徐天华把电报、路费寄到文物医院，也是顺理成章的事情。作为一个客户，要求中国派出文物修理技师，当然是把电报、路费寄到文物医院的。唉，错就错在徐天华至今还是把她当作玉莲，这正是金莲弄巧成拙的原因。

这，怪得了谁呢？

机票与护照不翼而飞

过了几天，金莲收到了徐天华的来信，事情果真如她所料。

也就在这时，玉莲已经办妥了出国手续，领到了出国护照和飞机票。由于是临时购票，日班的飞机已经客满了，玉莲只买到夜班飞机票，在晚上九点起飞。刘院长立即把"郭小姐"的航班班次、抵达时间，用电报告诉徐天华；刘院长还约定在晚上八点驾车到玉莲家，和杨师傅一起送她上飞机。

中午，刘院长在文物医院里，举行了小小的宴会，杨师傅、姚师傅都来了，为玉莲饯行，祝她出国顺利。

下午，尽管大家都劝玉莲回家休息，玉莲却一定要把手中的一件古瓷器补完。虽然交给别人也能补完，可玉莲怕两人的修补风格不同，影响质量，所以一直干到全部补好，这才歇手。

当玉莲回到家里，楼上的窗早就开了。今天，金莲特地提早下班，为妹妹饯行。不过，金莲平常很少下厨房，不会做菜，便打电话从附近饭店里定了些菜。好在姐妹俩胃口都不大，只是喜欢吃点爆虾仁、沙拉、清炒鳝片、荷包鲫鱼、西米银耳羹之类可口的小菜。金莲还在桌上放了两盅红葡萄酒。

尽管玉莲时常出差，姐妹俩离别是常事，不过，这一次玉莲出远门，金莲置酒送别，也是理所当然的。

平时，姐妹俩各自忙碌，难得这样相聚谈心。金莲频频举杯祝妹妹一路顺风，玉莲不时问姐姐还有什么事要她代向徐天华转达。

就在家宴开始不久，乌云从四方聚拢，天色渐渐转暗，玉莲随手打开了电灯。

起风了，朵云路上那浓密的法国梧桐树发出哗哗的响声。金莲赶紧上楼，把敞开的窗关紧。

不久，突然下起雨来。先是飘着细小的雨丝，渐渐地，下着瓢泼大雨。八点整，刘院长和杨师傅坐着轿车，准时地来到玉莲家门口。这时，豆大的雨滴落在乌黑的轿车上，溅起一层白蒙蒙的水花。

玉莲一听到门铃声，就穿过天井，跑了出去，没有请他们俩进来坐。

玉莲上车之后，刘院长驾驶着轿车，直奔机场。一路上，风雨交加。当轿车到达机场之后，电光闪烁，紧接着传来隆隆雷声。

飞机本来定于晚九点起飞。由于机场上空是一片雷雨区，不得不推迟了起飞时间。

轿车一到机场，玉莲就劝刘院长、杨师傅回去。此刻，玉莲更是推搡着他们，请他们早点回去，不必在机场等候。

可是，刘院长和杨师傅像长辈般钟爱着玉莲，生怕她第一次出国胆子小，一定要送她上飞机，笑道："俗话说，'送人送到底'嘛！"

到了十点多，依旧雷鸣电闪，风狂雨猛，飞机无法起飞。

就在这时，候机室的扩音器里传出了服务员的声音："文物医院的刘院长有电话，文物医院的刘院长有电话，请到服务台来接，请到服务台来接……"

刘院长一听，赶紧朝服务台走去。玉莲的脸上掠过惊恐的神色，紧跟着刘院长，来到服务台。

刘院长接着耳机，"嗯""嗯"几声之后，突然大声地说道："什么？什么？你再说一遍！"

只听刘院长说了声"你等一下"，把听筒搁在一边，就走到玉莲跟前。刘院长不分青红皂白，把玉莲的头发朝上一掠，把她的左耳朝前一按，顿时明白了！刘院长记得，他有一次到玉莲家做客，看到金莲与玉莲长得一模一样，难分难辨，就笑着问道："有什么诀窍，能把你们俩分辨出来？"玉莲答道："其实不难。我的左耳后面没痣，姐姐有一颗黑痣——这个不同，是我父亲发现的。"当时，刘院长掠起她们俩的头发，果真在金莲左耳后看见一颗不大的黑痣，而玉莲却没有黑痣。

想不到，那次无意戏问，此刻却举足轻重。刘院长看到，站在面前的玉莲，左耳后有一颗黑痣！也就是说，她不是玉莲，而是金莲！

玉莲哪里去了呢？

原来，金莲置酒相待，并非为玉莲饯行，而是一个阴谋！

玉莲平素不喝酒，何况夜里要远行，更是不能喝酒。金莲说，既然是饯别，怎能无酒？你喝光面前这一小盅葡萄酒，算是象征性地喝了，不再给你添酒。

姐姐盛情难却，何况喝这一小盅酒无碍于事，玉莲也就一饮而尽。

吃完晚饭之后，玉莲感到有点头晕。一看手表，才七点钟，就到自己的卧室里，坐在沙发上略休息一下。谁知一坐下来，就昏昏沉沉地睡着了。

这时，金莲急不可耐在前屋等待着。当门铃声一响，她就奔了出去，关上大门，跳进了轿车。

震耳的雷声，使玉莲终于渐渐清醒。她一看手表，已经过了九点！她一摸衣袋，护照与飞机票已不翼而飞！

玉莲想站起来，两腿像灌了铅似的，不听使唤。她用双手支撑着，爬着，来到电话机旁边。

玉莲拨通了文物医院的电话。幸亏姚师傅正在那里加班，接了电话。

玉莲吃力地告诉姚师傅，护照和飞机票不知去向。

姚师傅感到奇怪，刘院长和杨师傅不是亲自送你上飞机场吗？

一直到弄清楚是怎么回事，姚师傅着急了。她告诉玉莲，马上打电话与机场联系。

当姚师傅继续说，希望玉莲在家等候时，玉莲又昏迷了。

一声炸雷，震醒了玉莲。玉莲挣扎着起来。她披上雨衣，冒着狂风暴雨、打雷闪电，猛地朝外跑。

离玉莲家不远，在朵云路滨海大道的交叉口，有一个出租汽车站。在风雨中，玉莲跟跟跄跄往前奔。黄豆般的雨滴打在塑料雨衣上。

玉莲觉得天旋地转，眼花耳鸣。但是，她在恍惚之中，却有一个强烈的信念：坐上出租汽车，直奔机场！

玉莲来到交叉路口，出租汽车站在斜对面。这时，她什么都顾不得了，不管红灯绿灯，用尽力气朝前奔去。

夜，黑黢黢的。天像漏了似的，往下倾注着大雨。突然，一辆飞驶而来的卡车，把玉莲撞倒了，车轮从她的身上压过……

金莲在绝望中跳楼

就在玉莲被那辆卡车的司机救起，送往滨海市人民医院急救的时候，金莲被押送到滨海市公安局。

值班室里的，是一个四十多岁的中年人，中等个子。他用一双鹰一般的眼睛打量了一下金莲，认出来了："怎么，我们又见面啦？"

金莲一抬头，也认出来了。她面前的，就是到她家取走彭国栋赃物的金明。金莲一见金明，不由得打了个寒战。

"把她先交拘留室看管。"金明大致了解案情之后，对助手戈亮说道。

金莲正要往外走，金明对她说道："等一下，把你的家门钥匙交出来！"

金莲被押走了。金明站了起来，戴好大沿警帽，对刘院长、杨师傅说："我们赶快去看看郭玉莲同志！"

天空依旧挂着细密的雨帘，只是雷声渐渐稀落了。金明问刘院长："飞机票呢？"

"退了！"刘院长道，"要不要立即通知徐天华？"

"等了解郭玉莲的情况以后再定。"金明一边答谢，一边请他们俩坐上公安局的轿车。

金明亲自驾驶。他对滨海市的街道了如指掌，几分钟后，就来到朵云路707号。

金明用金莲的钥匙，打开了大门。

金明戴好手套，四处搜索，不见玉莲踪影，便知玉莲可能出事。

金明在楼下的房间里看见杯盘狼藉，桌上有两只空酒杯。他从手提包中取出两只小瓶，把两只酒杯中残剩的酒分别倒入小瓶。

正在这时，电话铃声响了。

电话是戈亮打来的。他报告道："刚才，滨海市人民医院打来电话，说急诊室里来了一个被汽车撞倒的人。据司机讲，这个人在红灯时急穿马路，加上当时风雨大作，路面不易看清，以致被撞。由于伤势过重，司机来不及喊警察，当即与车内另一乘客将她扶起，急送医院。

医生从她的衣袋里找到了工作证，工作证已被鲜血染红。当他们得知她叫郭玉莲，在文物医院工作时，马上与公安局以及文物医院取得了联系。现在，郭玉莲的心脏已经停止跳动，但是，医生们仍在尽力抢救……"

刘院长与杨师傅站在金明身边，从电话的余音中也听见了戈亮的话。

在金明挂断电话之后，刘院长显得十分焦急："怎么办呢？怎样答复徐天华呢？"

金明沉思了一下，对刘院长说："你可以打长途电话告诉他，郭小姐突然病重，另外派人出国是否同意？"

刘院长点了点头。杨师傅的眼眶湿漉漉的，为玉莲的命运牵肠挂肚。

"这样吧，我先送杨师傅去看望郭玉莲，然后我与刘院长回局。局里有可以直接与国外通话的专线电话。"金明这么一说，大家都同意了。

金明一回到局里，就把手提包中的两只小瓶，交给戈亮化验。

已过午夜，雨还在哗哗下着。

刘院长来到金明办公室，说给徐天华的电话已经打通。我们这儿过了子夜，他那里还是下午，刚上班呢！

刘院长那胖胖的脸上，满是汗珠。显然，他十分着急。他告诉金明道："徐天华一听郭小姐突然病重，异常焦急。他不同意派别人去修理。他说，他马上赶到这儿来！唉，一个心脏停止跳动，一个被捕，一个急着赶来，真是乱透了！"

"不乱，别着急！"金明不以为然，他拿起电话，嘱咐总机随即与滨海市电话总局联系，凡是打给文物医院刘院长的国外长途电话，请接到这儿来。然后，他给刘院长泡了一杯浓咖啡，笑道："我不抽烟，没法向你敬烟。喝下这杯咖啡，提提神。你熟悉情况，请你一起参加审讯郭金莲。"

这时，大高个子戈亮进来了，把化验报告单递给金明。金明一看，心里便明白了。

审讯开始了，郭金莲一把鼻涕一把眼泪地进行交代："吃晚饭的时候，我用酒灌醉了妹妹。然后，从她身上，拿走了护照和飞机票。我冒名顶替了她，来到飞机场……"

金明听罢，冷笑了一下，说道："我想提醒你一句，你所说的'用酒灌醉了妹妹'，这话不符合事实。因为你买的那瓶葡萄酒，还剩下五分之三左右。也就是说，你与你妹妹，充其量每人喝了一杯度数很低的葡萄酒。这绝不会把你妹妹'灌醉'！"

经金明这么一分析，金莲神色惊惶，但是仍狡辩道："我妹妹平时滴酒不沾，所以喝了一点，就醉了。"

金明见金莲在抵赖，扬了扬手中的化验单："我想请你解释一下，为什么在玉莲酒杯残液中，会查出迷幻药？迷幻药是一种国家取缔的违禁品，你从哪儿弄来的迷幻药？"

直到这时，金莲见已经山穷水尽，不得不交代了真情：

"是的，我确实在妹妹的酒里，事先加好了迷幻药。

"迷幻药，是从彭国栋那里得来的。

"那时候，玉莲出差了，彭国栋到我家里来，我置酒相待。想不到他在我的酒里加了迷幻药，我喝了以后，神情恍惚，听任他随意摆布。就这样，他第一次凌辱了我。

"当我清醒过来以后，又羞又气又急。彭国栋却得意地从口袋里掏出那瓶迷幻药，发出怪笑声。我一把夺过那瓶迷幻药，他一点也不在乎，反而冷笑着说，对付不听话的女人只需用一次迷幻药就够了，以后不怕你不听我的！

"就这样，那瓶迷幻药落到我手中。

"当我得知妹妹要到徐天华那里去，心中万分嫉妒，巴不得自己能够去。我记起了迷幻药。我想，迷幻药不会伤害性命，只不过使人暂时神志不清罢了。于是，我在妹妹的酒杯中加了迷幻药。这样，当妹妹醒来，我已经离开了中国。她并不热衷于出国，也并不爱徐天华。所以，她即使知道我冒名顶替，也不会生我的气……"

"迷幻药不会伤害性命吗？"金明的神情十分严肃，用低沉而缓慢的语气对金莲说道，"你知道你使用迷幻药所造成的严重后果吗？"

"严重后果？"金莲自言自语道，"我吃过迷幻药，不就只是昏迷了一阵子？"

"迷幻药会使人神经错乱。"金明说着，拿出一张照片——那是传真机刚刚收到的滨海市人民医院发来的照片。照片上，玉莲躺在手术台上，她的身上鲜血淋漓。

金莲先是眼睛瞪得大大的，死盯着照片，露出恐畏的目光。当她看清照片上确实是玉莲，突然用双手掩住了脸，呜呜地失声哭了起来，嘴里不断地嘟囔着："妹妹……妹妹……"

这时，门开了，杨师傅迈着沉重、蹒跚的脚步，走了进来。

刘院长立即站了起来，急切地问道："玉莲怎么样？有希望吗？"

杨师傅摇了摇头，老泪纵横。沉默了半晌，长叹了一口气，说道："玉莲抢救无效……唉，多好的姑娘，死得那么惨！"

金莲一听，"哇"的一声，发出尖厉刺耳的大哭声，不住地用双手打着自己的耳光，呜咽道："我……我该死！我成……成了……杀人凶手了！我……我的妹妹……玉莲……玉莲……"

也就在这时，电话铃声响了。金明听了几句，就把电话递给刘院长。

金莲停止了哭泣，抬头细听着。

刘院长在打电话："喔，是徐先生。嗯，嗯，你已经在机场，马上起飞。嗯，嗯，是市长先生帮的忙。嗯，嗯，嗯，再见！"

刘院长挂掉电话，对金明说道："徐天华的电话。他马上飞到这儿来！"

金莲听了，眼里又一次露出惊恐的目光，自言自语道："什么？他要来？在这个时候来？"

紧接着，金莲又呜呜地大哭起来，大声地说道："唉，唉，我错了！我完了！我错了！我完了！"

金明见状，对戈亮说："先把她押回拘留室，以后再审讯。"

金莲站了起来。她在前面哭哭啼啼走着，戈亮在后面押着。

金莲慢慢走远了，还可依稀听见她的哭声："我错了！我完了！我错了！我完了！"

刘院长、杨师傅把椅子朝金明挪近，开始商量该怎样接待徐天华。

就在这时，外面传来惊叫声："有人跳楼！有人跳楼！"

金明霍地跑出去，循声奔到出事地点。只见走廊上的一扇窗敞开着，戈亮已经朝楼下奔去了。金明从窗口伸出去一看，在灯光下，院子里躺着一个人，鲜血从身上涌出。

毫无疑问，那是金莲在绝望之际，跳楼自杀了！

金明也飞似的赶到楼下，一看，金莲坠落时，头部朝下，颅骨破裂，脑浆迸出。显然，她已当场毙命，无法抢救。豆大的雨点，已经把她淋透了。雨水、血水和淤泥混杂在一起。从死者"V"形的衣领里滑出一根金项链，挂着一颗用红宝石琢成的心。

玉莲的双颊泛起了红晕

雨过天晴。

当翌日中午，徐天华到达滨海市机场的时候，骄阳又把地面气温加热到三十五摄氏度。

徐天华依旧穿着长袖白衬衫，领口敞开着，卷起袖子。没有系领带。他的头发有点凌乱，两腮的胡子也没有及时刮掉，他的眼皮有点浮肿，眼白里布满红丝。

刘院长、杨师傅和金明一起去机场迎接徐天华。刘院长还没有认出徐天华，而徐天华却先认出他来了。

徐天华跟刘院长紧紧握手，他的手指已很有力，也很灵活。脸上的刀痕，经过外科整容，也已看不出来了。

徐天华见到刘院长后的第一句话，就是问："郭小姐生什么病？住在哪家医院？"

刘院长答道："说来话长，容上车之后细谈。"

一上车，徐天华要求直奔医院，去看望郭小姐，而刘院长则劝他先放下行李，驱车前往华侨宾馆。

上车之后，金明亲自驾驶，刘院长和杨师傅则把实情一五一十地告知徐天华。这时，徐天华才恍然大悟——他爱的是玉莲，而去她家遇上的却是金莲！姐妹俩虽是一干两花的并蒂莲，却貌似而神离！

轿车来到华侨宾馆前面，徐天华不肯下车，无论如何要金明把车子马上开到滨海市人民医院。

大家拗不过徐天华，只好照办。

徐天华来到滨海市人民医院，马上换上工作服，戴上白帽。玉莲和金莲的尸体，都存放在那里的冷藏室。

徐天华仔细地检查了姐妹俩的尸体，要求立即与医院外科大夫们举行会诊。

徐天华提出了一惊人的手术方案：

"经我检查，玉莲的头部完好无损，金莲的身体完好无缺。我想，能不能把玉莲的头，移植到金莲的躯干上？"

"这样的'换头术'，是世界医学史上旷古未有的奇迹。从1953年美国医生成功地进行了世界上第一例肾移植——'换肾术'以来，迄今人们只能进行'换肝术''换心术''换肺术''换胰术'。

"在1980年，美国俄亥俄州克利夫兰市中心医院神经外科主任罗伯特·怀特教授，曾用猴子进行'换头'试验。'换头'之后，一只猴子曾活了七天。

"不过，人们从未对人进行过'换头术'。

"这一次，对玉莲、金莲进行换头术，有一个极为有利的条件——她们是孪生姐妹，在手术后不会产生强烈的排异反应。所以，我对这次手术，充满信心。如果诸位先生同意的话，我愿意担任主刀医师……"

外科医生们请金明也参加了会议。金明三句不离本行，说道："从法律上讲，玉莲与金莲都已死亡，而她们又无亲无故。只要所在单位的领导同意，可以进行手术。"

玉莲与金莲所在单位领导，都同意了这次手术。于是，外科医师们一致推荐徐天华主刀，进行这次史无前例的"换头手术"。

手术异常顺利。

手术之后，徐天华一直守在病房。

第二天，病人睁开了眼睛，大约一秒钟之后，就闭上了。

第三天，病人的嘴巴张开了一下，发出一声"哎唷"，又闭上了。

金明也几乎每天来看望一次病人。他看到病人渐渐复活，笑着对徐天华说道："你的手术如果成功，将给法律提出一个崭新的问题。按理，由于头颅是玉莲的，而思想是支配行动的，复活者的身份毫无疑义应当是郭玉莲。不过，世界上还从未有过关于这方面的法律规定。立法机关在医学新技术面前，将不能不考虑制订新的法律……"

"金先生，你真三句不离本行！"徐天华跟金明也混熟了，半开玩笑地对他说道。

像谢了的花重新绽放，一个月后，玉莲终于完全清醒了。她用明亮的眸子，望着守在床前、胡子邋遢、脸色憔悴的徐天华，不知道究竟是怎么回事情。

当徐天华把事情的经过告诉了玉莲时，她才如梦初醒。

两个月后，玉莲已经能够站立。徐天华小心地扶着她，在草地上慢慢散步。

三个月后，玉莲完全康复，准备出院了。

玉莲深情地对徐天华说道："谢谢你，是你使我获得了第二次生命。"

"不用谢。作为一个外科医生，这是我的本职工作。"徐天华说完，用很细小的声音，十分胆怯地问道，"玉莲，我不知道你能不能回答我的一个问题？"

徐天华第一次称"郭小姐"为玉莲，显得亲切多了。

玉莲一听，已经猜透几分意思，仍反问道："什么问题？"

沉默了好久，以至彼此的呼吸声都听得一清二楚。徐天华终于鼓足了勇气，说出了心里话：

"玉莲，你爱不爱我？"

玉莲的双颊，泛起了红晕。她平生第一次要回答如此重要而严肃的问题。她用手掠了一下额前垂下的刘海，然后，有条不紊地答复道：

"最初，我遇上你。在我的眼中，你只不过是一位普通的客户。

"后来，我得知你与金莲通信。我也无所谓。

"当你家遭劫，我对你只不过充满同情。渐渐的，在来往的信件中，你的爱国热情使我深受感动。不过，我知道自己是在为姐姐代笔，尽量克制着自己的感情。

"也正因为这样，当你家的冤屈得以昭雪，我马上把你的信，转给了姐姐。

"如果说，我爱上了你，那是从现在开始。你抢救了我的生命，你精心地护理我，使我深深地爱上了你，爱你的纯朴，爱你的真诚……"

徐天华的脸上，浮现出三个月来从未有过的幸福的笑容。他对玉莲急切地说，"我打长途电话去！"

"给谁打电话？"

"给母亲打电话，把好消息告诉她！她早就踮着脚，竖起耳朵，在等待这一好消息了。她说过，如果玉莲答应了，她就马上回国，为我们主持婚礼！"

"请你把我的一句话，转告她……"

"什么话？"徐天华一听，脸上掠过一丝紧张的神色。

"请她把并蒂莲大花瓶的碎片全部带来，一块也不要丢掉。我一出院，就把它修好。这是我的本职工作。"

徐天华那颗提到嗓子眼的心，终于放了下来。他看了玉莲一眼，觉得眼前的这位姑娘，仿佛更加美丽。连他自己都不知怎么搞的，俯下身子，朝玉莲那白玉般的面颊上飞快地吻一下。然后，他猛地一转身，咯噔咯噔朝外边跑去，向远方的母亲报告喜讯去了……

玉莲的双颊，又泛起了红晕，像两朵盛开的并蒂莲花。

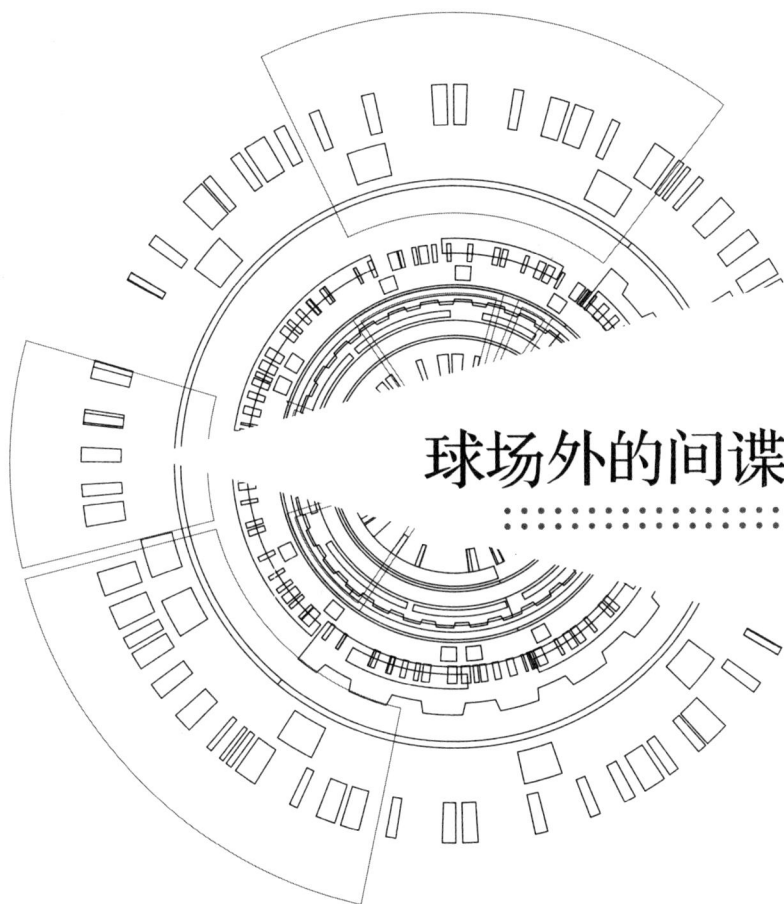

球场外的间谍案

这是作者在1980年应《新体育》杂志之约所写的关于中国足球队的科幻小说。尽管已经过去近40年，重读这篇构思奇特的科幻小说，也许会使你惊讶作者在那时候就已经把关注的目光投向中国足球队……

发现电子间谍

已经是初秋深夜12点了，从外面看过去，侦查中心大楼的灯光都熄灭了。

其实，位于99楼东侧的几个房间，室内依旧灯火通明。只不过这几个房间的窗户装了"单面透视玻璃"，人们在房间里可以俯视全城，而从外面却看不见室内的灯光罢了。

那几个房间是总值班室，以及前来汇报工作的侦查处长金明和他的助手们的办公室。

此时，金明依旧在伏案工作。桌旁的一架电报机，会不时地自动印出电报、紧急文件或《公安简报》。

金明刚刚看完第347期《公安简报》，那是关于破获一个走私集团的情况。没多久，电报机上的小红灯又亮了，电报机自动印出第348期《公安简报》。

金明取下一看，发觉这一期简报的内容很奇特，映入眼帘的居然是今天——不，已经过了深夜12点，应该说是昨天——K港《天天日报》上的一篇报道：

各国足球劲旅云集本港
中国队与B国队争夺世界杯

（本报讯）举世瞩目的世界杯足球赛，在本港揭幕。各国足球劲旅，云集本港。连日来，本港所有旅馆均告客满，其中大部分床位并非为足球队员所占，却是被从各国赶来的"足球迷"们所占。

足球是当今世界人民最喜爱的运动之一，被称为"世界第一运动"，故用"举世瞩目"四字形容此次足球世界杯赛，未为过也。在各国足球健儿之中，以中国队与B国队最为引人注目。在中国队崛起足坛之前，B国队一直是足坛霸主，夺世界杯犹如探囊取物。自从中国培养了大批足球新星，特别是球王萧勇登上足坛之后，中国队连胜B国队，多年蝉联世界杯赛冠军。

经过几天的角逐，情况与上几届世界杯赛相似：中国队与B国队又在决赛时相遇。

B国队多年来潜心钻研了中国足球队的战略、战术，特别是充分研究了萧勇的每一个动作。

此次中国队与B国队的争夺将会空前激烈，谁胜谁负难以预料。

据悉，此次决赛将通过通信卫星向全世界转播，观众估计将达15亿！

决赛将在明天下午2时，于K港体育场进行。

金明是一个"足球迷"，年轻时担任过公安足球队的守门员，获得过"金铁门"的美称。《天天日报》的报道写得精彩动人，他看了几乎入迷了，真想去亲眼看看那场扣人心弦的决赛。

然而，金明也有点纳闷，堂堂《公安简报》，怎么登起足球消息来呢？

金明接下去看了这一期《公安简报》转载的另一条足球消息，心里就明白了。

那是昨天晚上（实际上也就是几小时以前）出版的K港《新晚报》上的头版头条消息：

奇闻！奇闻！怪事！怪事！

中国队发现电子间谍，据传是B国队所设阴谋

本报记者陈波报道：

诸位读者，本报一向在傍晚5点准时出版，从不失信于读者，今晚因有重大新闻，临时推迟出版时间，望诸位见谅。

本报记者在下午4时获悉，在中国足球队下榻之亚洲饭店内，发现墙上有耳——装有窃听器。

记者当即前往亚洲饭店采访，中国足球队领队沈定先生婉言谢绝，反而盘问记者从何处获悉这一消息。

记者虽无法进入现场，但从各有关方面得知：中国队是在今天下午3点多发现球王萧勇卧室墙上装有窃听器。

截至发稿前，此事尚在进一步调查之中。

"中国黄珍珠"

金明看完第348期《公安简报》上的这两篇报道，脸上露出了微笑。

金明随手拿起电话，拨动拨号盘。在电话接通后不到1秒钟，耳机中就响起了他的助手戈亮的声音："什么事？"

金明问道："你也在'夜游'？"

戈亮笑着答道："向你学来的！"

金明也笑了，问道："348期《公安简报》看过了吗？"

戈亮："刚看完。"

金明："你马上来一下。"

果真是"马上"，只过了十几秒钟，戈亮就来了。

戈亮也是一位"足球迷"。如今，他接替了金明，担任公安足球队的守门员，人称"戈铁门"。

戈亮一进来，金明便对他说："赶快准备一下，我们俩到K港看决赛去！"

戈亮有点感到惊讶："到K港？"

金明哈哈大笑道："怎么？不愿去？精彩的决赛，不想看？"

"'814'下达任务啦？"

"814"，是侦查中心首长的代号，金明外出侦查案件，一般都是"814"下达的。

此时，金明听了戈亮的回话，很有把握地说："我料定'814'会下达任务的。"

金明话音未落，电话铃声响了。耳机里果真传出"814"的声音："348期《公安简报》看了没有？"

金明幽默地说："我跟戈亮正准备去K港呢！"

耳机传出"814"的大笑声："金明，你'料事如神'，如今料到我头上来了！这一次，你'料'得不错，给你'料'到了！"

"814"继续说道："我刚刚收到K港警察总局的电报，邀请我国侦查中心派专员共同侦破'亚洲饭店案件'，以澄清视听，使世界杯赛顺利进行。我们经过研究，决定派你和戈亮以侦查中心特派员的身份前往。这次侦破任务非同往常，是在K港这样一个错综复杂的地方，要注意处理好国际关系，维护我国同世界各国运动员的友谊。"

听了"814"的这段话，金明的神情变得严肃起来。听完之后，金明把胸脯一挺，十分响亮而又简短地答复了一个字："是！"

"814"满意地说了声"祝你们顺利"之后，挂断了电话。

紧接着，金明向戈亮下达了四项命令：

一、立即通知总值班室，办理好出国手续；

二、请档案室马上启动电子计算机，调出萧勇的档案；

三、准备好飞往K港的专机；

四、发电报给我国足球队领队沈定及K港警察总局，告知专机到达K港的时间。

戈亮的神态也变得严肃起来。在听完金明的命令之后，戈亮把右手举到帽檐，同样响亮而简短地答复道："是！"

金明是一个十分讲究办事效率的人。他常说："没有时间观念的人，不配做一个公安人员。"他还说，"在公安部门，不应当有疲疲沓沓的人。"正因为这样，在他的身教言教之下，他周围的同志们办事利索而认真。就在戈亮离开金明卧室之后一分多钟，电话铃声响了，档案室告知金明，已经调出萧勇的档案，可以在显示屏上阅读了。

金明一按显示屏的按钮，显示屏唰地亮了，出现萧勇的档案：

萧勇，男，44岁，汉族，未婚。中国足球队前锋，国际足坛的球王。

身高1.68米，体重63公斤。

萧勇自幼喜爱足球与气功。18岁时，成为中国足球队正式队员。20岁时，中国足球队首次夺得世界杯，萧勇精湛的球艺开始引起世界足坛的注意。

国外足球专家对萧勇的评价是："萧勇熟练掌握了足球运动的接、控、传、射、突、顶、防、假、门九大技术，是一位技术全面的足坛骁将。尤其是萧勇反应极为灵敏，善于用各种假动作欺骗对手，时而急停，时而虚晃，时而闪电般起动，常常出人意料，不可捉摸。萧勇是当代足坛的新球王！"

另一位国外足球专家对萧勇做如下最新评价："我不想就球艺的高低来品评贝利与萧勇，我们认为他俩都堪称世界球王。然而，至少有一点，萧勇这颗'中国黄珍珠'，超过了那颗'巴西黑珍珠'。贝利，生于1940年10月23日，于1956年9月7日加入巴西专业足球俱乐部，1977年10月1日退出足坛。退出足坛时为37岁。而萧勇自18岁被选入中国足球队，至今已经44岁，仍然奔驰于足球场，精力充沛，斗志旺盛，在足球史上乃是一奇迹！虽然就一般职业来说，40多岁正处于中年，年富力强，然而就足球运动以及大部分体育运动而言，40岁以上则已进入'老年期'矣！运动员的黄金时代，是18岁至25岁……"

正当金明很有兴味地看着显示屏上那慢慢向上移去的萧勇的档案时，戈亮进来了。

戈亮报告道："一切就绪，等候出发。"

金明关掉了显示屏，站了起来，说道："出发！"

乱糟糟的局面

金明以足球运动员射门时的速度，三步并成两步，奔向楼梯，来到楼顶——第一百层。楼顶上，停着好几架像微型摩托车那么小的"蜜蜂牌"直升机。小小的座舱里，只能容纳两三个人。

夜，那么深沉。从楼顶俯视，整座城市在沉睡之中。金明、戈亮登上飞机，很快就消失在夜色之中。

飞机只花了10来分钟，就降落在市郊机场。在那里，金明和戈亮换乘超音速专机，直飞K港。

在飞机上，金明一言不发，斜靠在柔软的椅子上。他的眉间皱起了深深的皱纹，双眼盯着天花板一动也不动，偶尔张开嘴巴深深地吸一口气。戈亮一看，知道金明陷入了沉思。每逢这种时候，戈亮尽量不打搅金明，也学着金明的样子，反复思索着案情。

戈亮常常记起金明的话："侦查人员一定要善于动脑筋！"

当机翼下出现成群成群的摩天高楼，已是黎明时分了。金明一看就知道，K港到了。

K港是个自由港。只要有钱，什么国家都可以在这儿盖高楼、办工厂、开商店。这里没有海关税，摆着来自全世界一百多个国家的商品。正因为这样，这里什么样的人都有，社会情况格外复杂，经常有一两百万没有户口的人在这个自由港里出入。金明曾多次来过这里，然而，以侦查中心特派员的身份在这里出现，还是第一次。

金明和戈亮整理了一下仪容，换上笔挺的西装。驾驶员把专机盘旋了几圈后，很快就在K港宽大的机场上降落了。

K港警察总局朱局长亲自来迎接金明。朱局长久闻金明大名，知道他屡破疑案，誉满中外，所以很想结识一下。

朱局长是个大胖子，步履蹒跚，很客气地紧握金明的手，表示愿意全力协助破案。

金明在寒暄了几句之后，单刀直入，提出了要求："朱局长，有一小事相烦，请把今天出版的K港38种日报，各送一份给我。另外，到了晚上，请把K港出版的13种晚报也各送一份给我。我是一个喜欢看报的人。如果方便的话，我在港期间，希望每天都能及时看到K港的各种报纸。"

朱局长立即答应了，说上午11点可以把日报送到。朱局长暗暗吃惊，金明对K港的报界竟如此熟悉！

谁知金明立即摇头道："上午11点送到？如果可以的话，我很希望能在早晨7点半时读到当天的日报！"

朱局长哈哈笑了，吩咐他手下的警察立即照办。

金明道谢之后，派戈亮到K港警察总局去取报，他自己随中国足球队领队沈定驾车直奔亚洲饭店。

初秋的K港，依旧是炎热的。上早班的人们迎着暖烘烘的海风，急匆匆地在马路上走着。K港的商店营业到很晚，而早上迟迟不开门。当金明的轿车从街上驶过时，商店差不多都紧闭着，老世（即老板）们还在梦乡里呢。不过，到处可以看到各种足球、足球鞋、球衣、球袜、球网的广告，广告上都画着一只杯子，写着"World Cup"（世界杯），洋溢着世界杯球赛的浓烈气氛。在有的十字路口的警察亭顶上，甚至悬挂着做成足球样子的巨大气球，写着"Football"或"Soccer"（均为"足球"）……

领队沈定是一个身材修长、皮肤白皙、十分秀气的人，看上去像一个文弱书生，一点也没有体育界人士那种粗犷、强壮的气质。他50多岁，讲话的节奏很慢，总是思考一下才讲几句话，声调低沉，听上去仿佛是个练达的老年人，然而，他的外貌看上去却只有30岁左右。一路上，沈定向金明汇报了事情的经过：

"那是在昨天下午3点多的时候，萧勇衬衫上的一粒纽扣掉了，滚到床下去。萧勇俯下身子，用手电筒照床下，在床脚旁发现一颗银闪闪、纽扣般的东西。萧勇看不出是什么名堂，就把我叫来了。

"我这个人对电子学有点兴趣，所以一眼就看出那是个窃听器！当我对萧勇说了之后，他非常惊讶。我向他做了个手势，示意把窃听器放回原处。

"这件事也使我感到震惊。我把萧勇叫到外面，附在他的耳边，轻声地对他说，关于发现窃听器一事，严守秘密，除了你、我知道，不要告诉任何人。因为我考虑到K港的情况错综复杂，在未弄清真相之前，一传开来，就会引起许多不必要的国际纠葛，容易被坏人所利用。"

金明听了，十分赞许这位领队的稳重的作风。

沈定接着说道：

"令人奇怪的是，过了半小时，就有记者来找我，要我谈谈窃听器事件，并要求到现场采访、摄影。

"我谢绝了他们的采访，但也没有表示否定此事。我的答复只是四个字——'无可奉告'。

"过了两个多小时，《新晚报》以大字标题、醒目地登出了《中国队发现电子间谍，据传是B国队所设阴谋》。

"紧接着，电话不断打来，各报记者纷纷要求前来采访，电视台要求转播现场实况，各国足球队打电话来询问，B国足球队领队皮尔逊打电话来声明他们绝不会干这类丑事。

"紧接着，K港警察总局来电，表示愿意协助破案……"

金明听了，哈哈笑道："这么一来，你可就忙得不亦乐乎啦！"

金明显得非常轻松，似乎这乱糟糟的局面，他早就预料到了似的。他仿佛是一个久经风浪的水手，面对波涛汹涌的大海，满不在乎！

抓"虱子"

亚洲饭店是K港第一流的旅馆，主楼呈"H"形，高达八十层，醒目地耸立在闹市区。门口，与K港很多闹市路口一样，挂着一个巨大的足球和一个写着"World Cup"的奖杯模型。这家亚洲饭店，除了住着中国足球队之外，还住着别的国家的足球队。

金明刚一下车，一大群摄影记者似乎早就知道他要光临，抢着给他拍照。金明从容自如地一边向记者们打招呼，一边向饭店里走去。

记者们尾随金明走进饭店，举着话筒，边走边问金明："您的高见如何？"

金明笑道："中国有句谚语——'妆未梳成不见客，不到火候不揭锅'。不日我将举行记者招待会，把真相告诉诸位。"

记者们听了，友好地与金明握手，预祝金明早日破案。金明敏感地注意到，一位体态轻盈、月貌花容的女记者，不停地从各个不同的角度拍摄金明的照片。

一直到上了电梯，金明才从记者的包围圈中突破出来。由于室内开放冷气，金明觉得凉快多了。

电梯停在第27层，沈定领着金明来到西头，那里是中国足球队住的房间。沈定告诉金明，这些房间早在两个月前就办理了预订手续。其中有两个单人房间，本来是准备让领队和"球王"萧勇住的，其余的都是两人一间，另外还有一间会议室。

金明不急于到萧勇那里去，而是先来到会议室。在会议室门口，金明打开了提包里的探测器。很快地，他查明会议室中并没有窃听器。进了会议室，金明又一次仔细检查，还是一无所有。

正在这时，一个中等个子的人从门口走过，见金明穿着一身白色西装，在用仪器检查什么，便走了进来。他瘦削的脸，体型挺直，肌肉结实，四肢发达，皮肤黑里透红，头发剪得很短，从那轻捷的动作看上去，仿佛只有20来岁。

"来，介绍一下，这就是萧勇同志！"沈定对金明说道。

金明紧紧握着萧勇的手，发现对方的手劲很大。

"金明同志，你在抓'虱子'？"萧勇风趣地说道。

金明马上接着回答："就是因为你在床下抓住了一个'虱子'，所以我才千里迢迢赶来抓'虱子'！"

就这样，金明和这位球王结识了。

萧勇急于要拉金明去看他抓住的那个"虱子"，金明却连连摇头，而问他是不是在两人一间的房间里发现的？

萧勇和沈定都笑了，佩服金明的眼力。

沈定告诉金明：来到亚洲饭店之后，萧勇硬是把那个单间让给了教练。他说自己是足球队里的普通一员，应当与队员们一致对待。况且，跟队员们住在一起，随时可以探讨球艺，方便多了。

金明听了，说道："我暂时不进那两个单间了。据我估计，那两个单间里，'虱子'可多呢！希望领队和教练从现在起，随时注意——墙上有耳，甚至可能墙上有眼！至于萧勇那里，我看也就只那么一两个'虱子'而已，别的双人间里，不会有'虱子'。"

金明说得是那么自信、肯定，使沈定和萧勇都感到十分惊讶。

五花八门的评论

金明打开只有火柴盒那么小的微型半导体收音机，从中传出用K港方言播送的关于"亚洲饭店事件"的报道。金明能听懂许多方言，有的方言还讲得相当流利，他认为这是公安侦查人员的"基本功"。电台的报道，添醋加油，进行了许多主观的猜测……

正在这时，戈亮回来了，额上沁满汗珠，手中提着一个大手提包。戈亮打开手提包，里面装着38份当天的各种K港报纸。

金明坐在会客室的沙发上，很有兴味地看起报纸来。呵，几乎所有的报纸，都在第一版上转载了《新晚报》昨晚的报道，发表了各式各样的评论。

这些五花八门的评论，十分有趣。

《玛利日报》以《球场外的风波》为题，发表评论："微型窃听器是B国足球队所设，这一点无疑。B国足球队在球场上屡败于中国足球队，此次实是黔驴技穷，狗急跳墙。"《明镜日报》发表了某足坛权威人士的建议："取消B国队的决赛权，彻底查清其阴谋。足球是应当靠踢进球门得分的，而不应当靠窃听器得分！"

《海岛日报》刊出了几位"足球迷"的来信："我们建议在'亚洲饭店事件'未查清之前，推迟世界杯决赛！"

《星星日报》则以头版头条的位置，刊出了B国足球队领队皮尔逊的声明："我队郑重声明，我们与中国足球队在球场上是对手，在球场外是亲密朋友，绝不可能做出有损于两队之间多年友谊的事情。"

还有形形色色的消息：

"K港警察总局关注'亚洲饭店案件'。"

"应K港警察总局之邀，中国侦察中心特派员金明、戈亮于今日凌晨抵港。"

"金明其人其事。"

"神秘而精明强干的金明。"

"金明出动，足以说明'亚洲饭店案件'案情严重。"……

金明看着，看着，嘴角不由得浮起了微笑——因为记者们对金明的真正"历史"其实一无所知，靠着种种传闻再加上记者们那大胆的想象力把他的形象"拔高"到九霄之上了。

这时，沈定匆匆进来，本来他讲话是慢吞吞的，现在却显得有点急促。这是因为"世界杯"决赛原定下午2时于K港体育场进行，然而，刚才国际足球协会负责人打电话给沈定："如果中国足球队认为B国足球队的卑劣行为必须受到谴责的话，今天下午的决赛应当延期。在查清真相之后，如果证据属实，国际足协将剥夺B国足球队的决赛权，从而使中国足球队不经决赛而获得'世界杯'。我静候阁下的回音，越快越好！"

金明问沈定道："你以为如何？"

沈定沉吟了一下，答道："这一步棋举足轻重，所以我犹豫不定，想请你决策。"

金明似乎早就考虑过这个问题，立即答道："我的意见供你参考——决赛，如期进行！""为什么？"沈定感到有点出乎意料。

金明有条不紊地答道："关于窃听器，只有两种可能——一种可能是B国队安放的，另一种可能则不是他们安放的。即使是B国队的阴谋，那么我们在球上赢了他，岂不是对他们阴谋的最有力打击；如果不是B国队干的，那么我们更没有理由推迟决赛。"

沈定一听，眉开眼笑，说道："好，好，照你的意见办！"

当沈定走出去打电话答复国际足协时，金明把戈亮找来，附耳作了布置。

决赛如期举行

"决赛如期举行！"

"快看'好波'（即好球）！"

"球票售完，无法'扑飞'（即找票）！"

当沈定宣布中国队将如期与B国队进行决赛的时候，K港沸腾起来了！电台、电视台立即放出了这条惊人消息；各报纷纷出版"号外"，刊出套红大字标题《决赛如期举行》。有趣的是，在"号外"上除了发表两国足球运动员的照片之外，居然还刊登了金明的照片——金明来到亚洲饭店时的照片。

世界杯决赛，本来已是众目所望、众心所思的事情，这次在赛前又发生了"亚洲饭店"事件，使决赛更像磁石一般吸引着千千万万观众。也有的人本来对足球没有多大兴趣，只想看看中国人为什么对进行窃听的B国队如此落落大方。还有的人与其说要看看萧勇，倒不如说想看看金明。

中午12点，K港体育场上已经人山人海，水泄不通。初秋的太阳依旧是火辣辣的，而观众们的情绪更加火热。电视台的记者们老早就把电视摄像机架好，以便把这场举世瞩目的决赛通过通信卫星向全世界转播。

体育场上巨大的电子钟按照正常的速度，变换着表示时间的数字。然而，在观众们看来，电子钟似乎有点不准确——太慢了！

直到1点45分，观众们骚动起来，千百双眼睛盯着运动员入场处：中国足球队与B国足球队肩并肩地出场了！

令人惊异的是，两国足球队队员之间是那么心平气和，仿佛没有发生任何不愉快的事情。进入足球场之后两国领队热烈握手，然后队员们互相热烈握手。

记者们忙坏了，一会儿蹲着，一会儿踮着，抢拍一些不平常的友谊的镜头。其中最引人注目的是两个人，一个是中国足球队前锋萧勇，另一个则是坐在观众席中的金明。

决赛扣人心弦。那只在地上滚来滚去的小小的足球，使多少人时而为之兴奋、为之鼓掌，时而为之叹息、为之跺脚。

球赛刚一开始，中国队就以闪电般的速度，发动快攻。萧勇犹如一个年轻小伙子似的，挥军掩杀，频频射门。然而，B国队的守门员确实是道"铁门"，时而蛟龙出海，时而海底捞月，不断把力射攻门的急球击出，化险为夷。然而，不到10分钟，萧勇接获左边锋的一个低传，来了个假动作，声东击西，猛然起脚劲射，球似出膛的炮弹，直落网底，为中国队赢得第一球。

B国队不愧是一支富有国际比赛经验的强队，队员们立即非常默契地改变了战略，对萧勇紧盯紧跟，进行反扑，也成功地射入一球，拉平了战局。

球又回到中间发球点，萧勇对同伴们打了个手势，只见一开球，中国队所有的队员在场上非常活跃地奔跑，B国队的盯人战术失去了目标。接着中国队左边锋沿边线衔枚疾进，沉底传中，萧勇又快步赶上急射，命中一球。

B国队再度改变战术，采用钳制长传、两翼进攻，又进一球，拉平比分。

就这样，上半场以2比2结局。

换边之后，两国运动员们的奔跑速度，明显地慢了下来。这是因为上半场激烈争夺，使他们的体力耗损不少。足球可以说是一种长时间的赛跑运动，是一种大量消耗体力的运动。就在大家都感到有点疲乏的时候，出现了奇迹：萧勇不知从哪儿来了一股不倦的力量，竟然越战越勇，越战越抖擞。

萧勇开始快速反应，势如破竹，或飞驰补位接应同伴，或不断带球强行突破，连连射球入网。

这时，观众们的情绪，像到达沸点的水一样，欢呼雀跃，如痴似狂。就连一向冷静、感情很难外露的金明，也随着萧勇每次射门成功而热烈鼓掌。

中国队终于以6比2的优势，又获"世界杯"！

令人感动的是：中国队虽然胜了，队员们却再一次紧握B国队员的手，连声说"向你们学习"；B国队虽然败了，队员们却很真诚地向中国队说："你们不愧是真正的冠军。"

萧勇，被人群抛上半空，落下来又抛了上去……

金明的推理

当人们在足球"世界杯"决赛时那狂热、激动的情绪渐渐平静之后，很自然地，又关注起"亚洲饭店事件"来了。

完全出乎人们的意料，在决赛之后的第二天下午，K港各报社、电台、电视台的记者们便接到通知，中国侦查中心特派员金明将举行记者招待会，回答记者们关于"亚洲饭店事件"的问题。通知是由K港警察局发出的，通知上印着金明刚刚抵达K港时对记者说过的一段话：

中国有句谚语——'妆未梳成不见客，不到火候不揭锅'。

不日我将举行记者招待会，把真相告诉诸位。

这通知使记者们感到震惊，金明怎么会那样快破案？罪犯究竟是不是B国足球队？

下午1时半，亚洲饭店的接待大厅里早已被记者们挤得满满的。室内人声鼎沸，热烈的气氛并不亚于24小时之前的K港体育场。

2时整，金明、戈亮、沈定、萧勇和K港警察总局朱局长、B国队领队皮尔逊一起出现在接待大厅的时候，闪光灯把大厅照得雪亮。不过，今天最引人注目的不是萧勇，而是金明。朱局长简单讲了几句开场白之后，就请金明介绍破案过程。朱局长说："此案是金明先生和戈亮先生侦破的，速度之快，推理之精确，令人钦佩。"

金明在向K港警察总局的大力协助致谢之后，就像谈家常似的说起了"亚洲饭店案件"的破案经过。他没有稿子，随口而谈，亲切而富有逻辑：

"诸位先生，诸位女士，我也是跟诸位一样，在看了《新晚报》的报道之后，才知道'亚洲饭店案件'的。

"我当时看了报道，认为前半句标题'中国队发现电子间谍'是事实，而后半句'据传是B国队所设阴谋'则不大可能。

"如果说是B国队所设，那么，无非是想窃听中国队的作战方案罢了。

"诸位，我一点也不夸口，我本人便曾经是一个业余足球运动员。我对'足球经'略有所知。踢足球犹如下象棋，所采用的战术是要看对方当时的情况随机应变的，在赛前，当然要讨论方案。可是，进入现场之后，预定方案只起参考作用。所以，B国队即使想战胜中国队，也用不着出此下策。何况据我所知，B国队的队员们都是正直的运动员，他们固然是想战胜中国队，但是他们准备在球场上当面较量，而不会在背后玩弄阴谋诡计。

"我来到K港之后，经过侦查，事实证明了我预先的分析是正确的，比如说，在中国队的会议室里，并没有发现窃听器，而中国队讨论比赛方案，一般都是在会议室里进行。

"另外，我在中国队的两个单间里，不仅发现了好几只窃听器，还发现了经过伪装的摄像机。众所周知，亚洲饭店是K港富有信誉的第一流旅馆，绝不允许对旅客进行窃听和窃视的非法行为。这些窃听器、窃视器都装在高处极为隐蔽的地方，可以看出是预谋的，不可能在中国队住进去之后再安装。

"至于萧勇的房间里，只在床下发现一只微型窃听器。这种微型窃听器只要随手往床下一放，就可以窃听。

"从这些迹象可以看出，阴谋者所注视的对象不是别人，是球王萧勇！他们本来以为萧勇肯定是住单间的，谁知萧勇来了之后，并没有住单间，而是住双人间。于是，他们只好另外派人，临时在萧勇的床下安放了窃听器。"

在金明讲话时，尽管接待大厅里座无虚席，站立者挤满四壁，却鸦雀无声，几十台录音机在进行录音。

这时，一位记者急不可待地问道："金明先生，依你所见，究竟是谁在萧勇先生床下安放了窃听器呢？"

一个女人打来的电话

金明似乎并不理会对方急于知道下文的心情，呷了口茶，慢条斯理地继续说道：

"诸位先生，诸位女士，在这里我想说明一下，那只床下的窃听器，确实是萧勇发现的。当时，知道这件事的，只有萧勇和中国足球队领队沈定。可是，不到一个小时，《新晚报》已获悉此事，并在两小时后把此事披露在报纸上。

"《新晚报》此举，很易使人产生两种错觉——一是使人以为B国足球队玩弄阴谋，这一点刚才已经剖析过了；二是使人怀疑《新晚报》本身，K港有13家晚报，为什么唯独《新晚报》消息如此灵通呢？为什么一发表报道，就把矛头指向B国队呢？

"我认为，谁如果把《新晚报》看作在玩弄阴谋，那也就跟怀疑B国队在玩弄阴谋一样可笑！"

这时，《玛利日报》的记者问道："金明先生，您刚才说，当时只有萧勇先生和沈定先生知道窃听器事件，为什么《新晚报》在不到一小时内，就获悉此事？"

金明胸有成竹、坦然自若地答道："此事不难解释，因为当萧勇从床下找出窃听器时，曾对沈定说：'刚才，我衬衫上的纽扣掉了。我一找，在床下找到这个东西，你看看，这是什么？'沈定拿过来一看，很惊讶地说：'这是窃听器呀！'

"从表面上看，此事只有萧勇和沈定两人知道，然而，其实早有第三者知道了！"

《明镜日报》的记者连忙问道："第三者是谁？"

金明笑了，答道："沈定手持窃听器，说'这是窃听器呀'，你想想，他的这句话通过窃听器，马上就传到了窃听者的耳朵中！这样，窃听者就知道自己的阴谋已经败露！"

哈哈哈哈，记者们爆发出一阵大笑，那热烈的情绪，就像昨天萧勇射球入网时观众发出的惊叹、欢呼声一样。

金明接着说道："窃听者心中十分惊恐，为了嫁祸于人，于是造谣说是B国队窃听。其实，这正好暴露了他们自己！"

《海岛日报》记者问道："那么，《新晚报》为什么能迅速获悉此事？《新晚报》是不是与窃听者有某种联系？"

金明答道："此事请朱局长答复。"

朱局长理了理头顶上所剩无几的头发，站了起来，答道："金明先生曾请本局协助调查此事。金明先生有言在先，他认为《新晚报》与窃听者无关，是窃听者通过某种途径将此事向《新晚报》透露，企图把水搅浑。金明先生说，通过本局的调查，没有对《新晚报》产生任何怀疑，只是想了解窃听者用何种途径向《新晚报》透露消息，以查清线索，破获此案。

经本局调查，事实竟与金明先生所预料的完全一样！"

正在这时，一个瘦长的戴着宽镜片眼镜的男青年站立起来。朱局长一欠身便把话筒让给他。

朱局长介绍道："这位是《新晚报》的记者陈波先生，亚洲饭店案件的最早报道者，也是本案当事人之一，请他发言。"

陈波清了清嗓子，开始说话："各位先生，我首先应当感谢金明先生对本报的信赖。尽管本报曾一度为阴谋者所利用，成为阴谋者的喉舌，而金明先生对此毫不介意，对本报极为友好，这使我十分感动，同时也使本报同仁十分感谢。

"事情经过是这样的——那天下午4时许，我接到一个电话，是一个女人打来的，讲英语，十分流利，但可以听出，她本人似乎并不是英国人。她的声音听上去很甜。她告诉我，在球王萧勇床下发现窃听器，并反复强调，这极可能是B国足球队玩弄的阴谋。

"我一听，这是一条重大新闻哪！为了弄清详情，我请她透露姓名、电话号码及地址，以便立即前往采访。可是，她说目前不便于告知，就把电话挂断了。

"我报总编得悉这个消息，立即作出两项决定：一是当天的《新晚报》推迟出版时间，二是派我马上到亚洲饭店去一次，进行现场采访。

"我来到亚洲饭店，中国领队沈定先生婉言谢绝了我的采访，但是我注意到，他并没有半个字表示否定。我想，如果没有发生过窃听案件，沈定先生会当即明确表态'断无此事'，而他当时只说'无可奉告'，说明极可能是另外一种情况。

"回到报社，诸位同仁均认为应当立即报导此事，成为独家新闻，震动K港。消息发表之后，果然各报竞相转载。我作为记者，当然深为高兴。然而，随着事态的发展，我才有点清醒——我中了窃听者的圈套，成了他的代言人。在此，我谨向中国队，特别是向B国队致歉，并愿详细报道金明先生今天对记者发表的谈话，以澄清事实，挽回影响。"

陈波刚把话筒放下，B国队领队皮尔逊便过来向他伸手，两人紧紧地握手。顿时，他俩成为几十架照相机的拍摄对象，会场上又像射球入网般地热烈起来。

这时，《海岛日报》的记者站起来提问："金明先生，你以有力的事实，排除了公众对B国队和《新晚报》的怀疑，这确实出人意料，也足以说明阁下的远见卓识。您能否继续把话题集中到公众最关心的问题上来——窃听者究竟是谁？"

他的心目中只有足球

话筒又被放到金明面前，他依旧不紧不慢地娓娓而谈："诸位，我知道你们现在最关心的，便是查清窃听者。当时，我是从调查谁去过萧勇房间这个问题着手破案的。

"众所周知，亚洲饭店的设施是一流的，每隔几个房间设有一个专门的会客室，以供会客之用。正因为这样，尽管访问萧勇的客人川流不息，但客人们几乎没有进入过萧勇的卧室。据萧勇回忆，唯一进入过他的卧室的，是一位女记者。

"自从萧勇来到K港，这位女记者便多次前来采访。她既是文字记者，又是摄影记者，她二十五六岁，花容月貌：一表人才。她是一个久居K港的中国人，能讲一口流利的英语，此人前来采访萧勇，似乎'醉翁之意不在酒'，她另有一番主意。据她自我介绍，姓郑，单名英。

"众所周知，萧勇虽已44岁，至今未婚，甚至连对象都没有……"

金明说到这里，记者们哄笑起来，眼光都投向萧勇。萧勇竟站了起来，落落大方地对金明说道："你爱怎么样谈，就怎么谈，这些都是公开的秘密，我毫不介意！"

又是一阵哄笑声，有的记者甚至笑得前俯后仰。

等笑声稍微平息，金明风趣地继续说道：

"既然诸位记者对此事笑声不绝，我就说两个关于萧勇恋爱的笑话，给诸位听听……"刚刚平息的笑声，又立即热烈起来。金明却像一位天才的相声演员似的，逗得大家哈哈笑而自己一点也不笑。金明开始说笑话：

"自从萧勇成为球王之后，很多姑娘追求他。有一次，一位姑娘转弯抹角地向他表露了爱慕之意，谁知萧勇竟直截了当地对她说道：'我早已另有所爱！'姑娘一听，当即就'吹'了！

"足球队的队员们一听萧勇'早已另有所爱'，马上前来打听，因为他们与萧勇朝夕相处，似乎从未听说萧勇'早已另有所爱'！

"谁知萧勇答道：'我早已另有所爱，连你们都不知道？'

"队员们说：'是不知道呀！你爱谁？'

"萧勇巧妙地答道：'我爱足球！从3岁的时候，我开始爱踢足球，怎么不是早已另有所爱？'"

顿时，接待厅里爆发出朗朗大笑，甚至比昨天萧勇踢球入门时还要热烈得多。

金明等了好一会儿，笑声慢慢平静下来，这才说下去：

"还有一次，一位姑娘紧紧地追求萧勇。萧勇看出来，她是慕名而来，爱'球王'这名声甚于爱他！

"为了考验一下这位姑娘，萧勇请队员们协助，演出了一场喜剧。一天，姑娘突然接到电话，请她立即赶到医院里来。姑娘来到医院一看，原来是萧勇在球赛时不慎小腿骨严重骨折，需要截肢。姑娘一听，面孔顿时变得苍白，扭头走了。

"后来，当她从电视上看到球王依旧在球场上纵横驰骋，又来找萧勇。这一次，萧勇连理都没理她！"

金明说完，连萧勇也笑了。记者们纷纷把摄影机的镜头对准萧勇。

金明接着说道：

"其实，萧勇确确实实'早已另有所爱'，他把自己的一切都献给了足球运动，专一不二。他爱足球。在他的生活中，没有一天能够离得了足球。

"想不到，萧勇44岁还没有结婚竟然引起了某些人士的注意。他们非常注意萧勇的一举一动。这次，趁世界杯足球赛在K港举行之机，他们早在几个月之前就赶到K港来，策划了阴谋。

"他们得悉中国足球队预订的房间号码，估计萧勇是球王肯定会住在那两个单间中的一个，便事先在那里安装了窃听、窃视装置。后来，当萧勇到达K港，他们又派出了他们认为最漂亮的姑娘——郑英冒充记者，多次前来采访。郑英知道萧勇不住在单间里，就借口要给萧勇拍摄他伏案写作足球论文的照片，进入萧勇的卧室。乘萧勇不备，把窃听器悄悄放到萧勇的床下……"

说到这里，《星星日报》的记者问道："金明先生，郑英究竟是一个什么样的人物？她受谁的指使？他们为什么要监视萧勇先生？"

萧勇是Androiden？

金明没有直接回答《星星日报》记者的问题，却从手提包中拿出一个只有香烟盒那么小的微型录音机，对记者们说道："这里，有一盘郑英小姐在被K港警察捕获之后的自白录音，请诸位听一下。"

记者们直到此时，方知郑英早已落入金明手中。

郑英用中国普通话自白，声音很轻，但吐字很清晰：

"我叫吴敏。郑英是我的假名。我今年25岁，我是罗波特公司的雇员。

"罗波特，英文是Robot，也就是机器人的意思。罗波特公司，是专门研究、生产机器人的公司。多年以来，我们制造的机器人都太简单，只能完成一些简单的工作。我们的老板后来制订了"安德罗丁"计划。安德罗丁，英文是Androiden，是指一种与真人一模一样的高级机器人。一旦制成了安德罗丁，那么就可以用它代替工人，就可以将现有的工人解雇90%。老板认为，实现这个计划，将可以使他获得数以亿计的美元。

"不过，安德罗丁计划遭到重重困难，因为制造与真人一样的机器人，谈何容易！我们的老板是一个足球迷。每到世界杯足球赛时，他都是坐飞机去看球。渐渐地，他开始注意起中国的球王萧勇先生。他派人多方搜集有关萧勇先生的种种资料，终于得出了一个惊人的结论——他认为，萧勇先生不是人，是一个安德罗丁！"

这时，萧勇站了起来，做了个遗憾的表情，惹得全场哄堂大笑，以至金明不得不把录音机暂时关上。

接着，又开始放出郑英（吴敏）的录音：

"老板为什么认为萧勇先生是安德罗丁呢？他的理论依据有两条。

"第一，萧勇先生今年44岁。作为一个足球运动员，他早已超过退役年龄。可是，萧勇先生一点也没有衰老的样子，一直非常年轻，保持着'球王'的头衔。如果他是真人，就不可能这样青春永驻，常年保持年轻的活力。

"第二，萧勇先生44岁了，一直独身，这也足以说明他是安德罗丁。老板认为，萧勇先生有很高的名望，英姿勃勃，姑娘们都很喜欢他。然而，萧勇先生却居然至今不结婚。如果他是真人的话，这是不可理解的。这一次老板派我去接近萧勇先生，其中原因之一，也是为了进一步试探萧勇先生是不是安德罗丁。

"老板得悉这一届世界杯足球赛在K港举行，高兴得手舞足蹈。因为他深知K港是个自由港，人员芜杂，戒备不严，便于从中刺探情报。正因为这样，老板着手制订了一个'世界杯行动计划'，刺探目标就是萧勇先生。参加这一行动的人员很少，实行严格的保密制度。老板认为，对萧勇先生进行监听、监视，目的是彻底弄清他究竟是不是安德罗丁，安德罗丁与真人有明显的区别，他不吃饭，不喝水，也不睡觉。正因为这样，老板把监听、监视的重点放在卧室里。在我们获悉中国足球队将要居住的房间号码之后，老板派人特地在那两个单间里住了几天，安装了窃听器和录像机。谁知萧勇先生来了以后，不住单间，使老板大为意外。于是，派我来到亚洲饭店，好不容易在决赛的前一天下午在萧勇先生的床下放了窃听器。可是，不到两小时，竟被萧勇先生发现了。我回去之后，挨了老板一顿臭骂，说我太无能了，怎么可以把窃听器放在那么醒目的地方，以致很快就暴露了。

"为了混淆视听，老板要我打电话给《新晚报》，把窃听器事件一股脑儿推到B国队身上。

"老板说，这是最符合逻辑的推理，一般人都会认为是B国队干的，可以掀起一场谴责B国队的风波，而我们却从中逃之夭夭。谁知金明先生的慧眼识破了迷雾，我们被抓住了！"

在郑英（吴敏）的录音放完之后，接待大厅里响起了热烈的掌声。记者们异口同声地说道："请金明先生谈谈，你是怎么抓住罗波特公司的魔爪的！"

抓住Co.Robot的魔爪

这时，金明并没有马上答复记者们的问题，而是拿起微型录音机，换了一盒磁带。

录音机中放出来的依旧是郑英（吴敏）的声音：

"我再来谈谈我们被抓住前的情况。

"最使我们感到震惊的是，中国队宣布，决赛如期举行！老板听到这个消息，半晌说不出话来。因为这个消息意味着，中国队并不以为窃听器是B国队安放的。这样一来，老板把水搅浑的阴谋败露了。

"紧接着，在进行决赛的时候，传来了另一个使人震惊的消息：中国侦查中心特派员戈亮在K港警察的协助下，正在查阅最近住过中国队那几个单间的旅客姓名、地址。据说，戈亮还在查找一个经常来找萧勇的女记者的来历。

"最使老板感到坐立不安的是，有消息说，金明是一位电子专家。他拆开窃听器之后，断定其中的元件是Co.Robot（罗波特公司）生产的。

"还有消息说，亚洲饭店的招待小姐认出，那位经常来找萧勇的女记者，原先曾在那里住过！

"这些消息不断传来，老板感到自己不久就会被人识破。他关掉了电视机，无心再观看那正在激烈进行的足球决赛。

"老板查看了中国足球队在K港的活动日程表，知道在决赛后的翌日上午，中国足球队将出席世界杯颁奖大会，下午与各国足球运动员联欢，傍晚坐专机回国。

"老板如坐针毡，心中忐忑不安。正在这时，传来了中国队荣获世界杯的消息，老板眉头一皱，计上心来！

"老板认为，今天晚上是一个绝好的机会。因为中国队荣获世界杯，各国足球队以及各界人士势必会在晚上前往中国队驻地表示祝贺，人来人往，门庭若市，正便于他手下的人混迹其中。再说，明天中国队的活动安排甚紧，不易下手，而明天傍晚中国队就要离港，再不动手便失却机会。

"老板决定要在夜间劫走萧勇。这是因为在老板看来，萧勇先生是安德罗丁肯定无疑了。如果劫持成功的话，把萧勇先生拆开，查清其中的电子线路和机械结构，可以大量进行仿造，生产大批安德罗丁；如果劫持失败，当场拆开萧勇先生，只要公众都知道萧勇先生原来是安德罗丁，就可以使中国队信誉扫地。

"另外，老板还考虑到，如果萧勇万一是真人，那也没有什么关系——所有前往绑架萧勇的人，都一口咬定自己是B国所派，再一次嫁祸于B国。"

直到这时，金明才把微型录音机关上，结束了郑英（吴敏）的自白。

金明接着说道：

"我们预料到了罗波特公司的阴谋，请K港警察总局给予协助。

"入夜之后，来宾们纷纷离去。中国足球队员们劳累了一天，兴奋了一天，都进入了梦乡。

"这时，萧勇所住的那个房间，一把钥匙轻轻打开了房门（他们事先从招待小姐那里骗到了备用钥匙，复制了一把）。当不速之客悄然走进萧勇的卧室，惊讶得手足无措——萧勇没有在卧室里，而是十来个K港的警察在坐等他们的光临！

"进萧勇卧室企图作案的两名间谍就这样当场被捕了。

"紧接着，K港警察来到这层楼的另一个房间，在那里抓住郑英（吴敏）以及另外一个间谍。原来，这四个间谍便是罗波特公司'世界杯行动计划'的有关人员。那天晚上他们趁中国队宾朋如云的机会，混进亚洲饭店，找到了一个空房间，躲了起来。

"直到子夜之后，他们才开始动手。他们原计划两人去绑架萧勇，一且得手，拖入这个房间。然后，用无线电告知附近的微型直升机。这架微型直升机有极好的隔音装置和消音设备，可以无声无息靠近窗户，把萧勇劫走，神不知，鬼不晓。谁知他们竟落进了我们设下的埋伏！

"这些间谍被捕之后，尽管一开始按照预定的口径，都说自己是B国派来的。可是，当我们点出了Co.Robot的名字之后，他们知道已经没有什么可推托的，不得不交代了自己的罪行。"

至此，记者们方知真相，拍手称快，都说金明果真名不虚传。

最后，K港警察总局朱局长宣布罗波特公司老板及其手下的间谍们为"不受欢迎的人"，限令他们于24小时内离开K港。

记者们涌出亚洲饭店的接待大厅，纷纷以最快的速度发出报道。

就这样，一桩球场外的间谍案的侦破经过，轰动了K港。中国公安侦察人员那高效率的工作作风和准确的判断力，给K港公众留下了极为深刻的印象。

萧勇的真面目

尽管金明在记者招待会上，详细说明了球场外的间谍案的侦破经过，可是，他只字未提萧勇的真面目。

萧勇，究竟是真人，还是安德罗丁——高级机器人？

这事情说来话长，得从领队沈定谈起。

沈定已经五十多岁，看上去只有三十岁左右。他跟萧勇一样，一点也不显得老。只不过他是领队，不像萧勇那样引人注目。

有趣的是，沈定看上去像个文弱书生，人称"秀才领队"。这样的"秀才"，怎么会当上足球队的领队呢？

原来，沈定并非体育学院毕业生，却毕业于医学院医疗体育系。

沈定在当学生的时候，就深为运动员青春短暂而惋惜。培养一个运动员，多么不容易。可是，当他在技巧上日益成熟，在体力上却日趋下降。不久，他们不得不"退休"，转为教练员或改行做别的工作。

为了延长运动员的青春，沈定进行了许多研究。他发现，人的衰老，跟血液中一种"T淋巴细胞"很有关系。T淋巴细胞具有抵抗癌细胞、病毒、病菌的本领。可是，随着年龄的增长，人身上的T淋巴细胞越来越少。

沈定做了这样的试验：从一只小老鼠身上抽血，把T淋巴细胞用人工进行培养，繁殖了许多。然后，冷藏起来。当老鼠衰老了，把T淋巴细胞注射进去，结果老鼠充满活力，"返老还童"啦！

这个试验成功了，使沈定大受鼓舞。他决定推广到人身上。可是，第一个进行这样试验的人，是要冒风险的。万一试验不成功，会造成生命危险。拿谁来做试验呢？拿自己！

沈定在18岁的时候，抽出自己身上的一小部分T淋巴细胞，进行人工培养，然后冷冻储藏起来。

过了10年，他把T淋巴细胞注射进了自己的身体，居然明显感到自己年轻了，浑身有使不完的精力！

就在这时，一颗新星在中国足坛上出现。沈定非常希望萧勇能够青春常在，能够多为祖国争得荣誉，便把自己的试验告诉了萧勇，马上得到萧勇的赞许和支持。沈定顺利地从萧勇身上取到了T淋巴细胞，并进行了人工培养。

为了详细观察、研究萧勇，沈定被调到中国足球队当随队医生。于是，这个"白面秀才"，整天与运动员们厮混在一起。

沈定小时候也是一个足球迷。来到中国足球队之后，他除了给队员看病，整天坐在足球场旁边，看着队员们练球，每逢球赛，他不仅是热心的观众，而且总是用小本子记下每一个球是怎样被踢进去的。

俗话说"旁观者清"，沈定渐渐地对足球越来越熟悉。特别是他爱动脑筋，爱研究足球的战略、战术，不久，他被破格提升为助理教练，后来又当上了领队。

沈定和萧勇从此结下了深厚的足球之谊。由于沈定定期给萧勇注射萧勇自身的T淋巴细胞，萧勇得以常葆美妙的青春。

正因为这样，以致闹出了笑话：罗波特公司老板把萧勇当成了高级机器人——"安德罗丁"，演出了那场"亚洲饭店案件"。

至于萧勇为什么至今未婚，那是由于他把自己的一切，都灌注到那只小小的足球中去了——他爱足球，足球爱他。他无暇旁顾。况且，萧勇还有他的"理论"哩：由于注射了T淋巴细胞，他年年都像18岁的小伙子那样富有青春的活力，所以他说，再过10年、20年结婚，也不晚哪！想不到，就连萧勇未婚这一点，也被罗波特公司老板当作他是高级机器人的"理由"之一。

金明在记者招待会上，之所以没有将萧勇的真面目公之于众，那是因为金明考虑到用T淋巴细胞进行"延长青春"的研究工作，还处于试验阶段。沈定决定在更广泛的范围内进行试验。啊，这不仅是运动员的福音，而且也是整个人类的福音。这项试验一旦获得全面成功，那么，所有的人都将青春常在，他们的"最佳年龄"时期都将延长，世界上将出现许许多多"年轻的老人"，将在古稀之年仍保持旺盛的精力，为人类的幸福作出贡献。

到了那时候，将会再次举行记者招待会。不过，那将不是金明答记者问，而是沈定答记者问了。

1980.6.27.

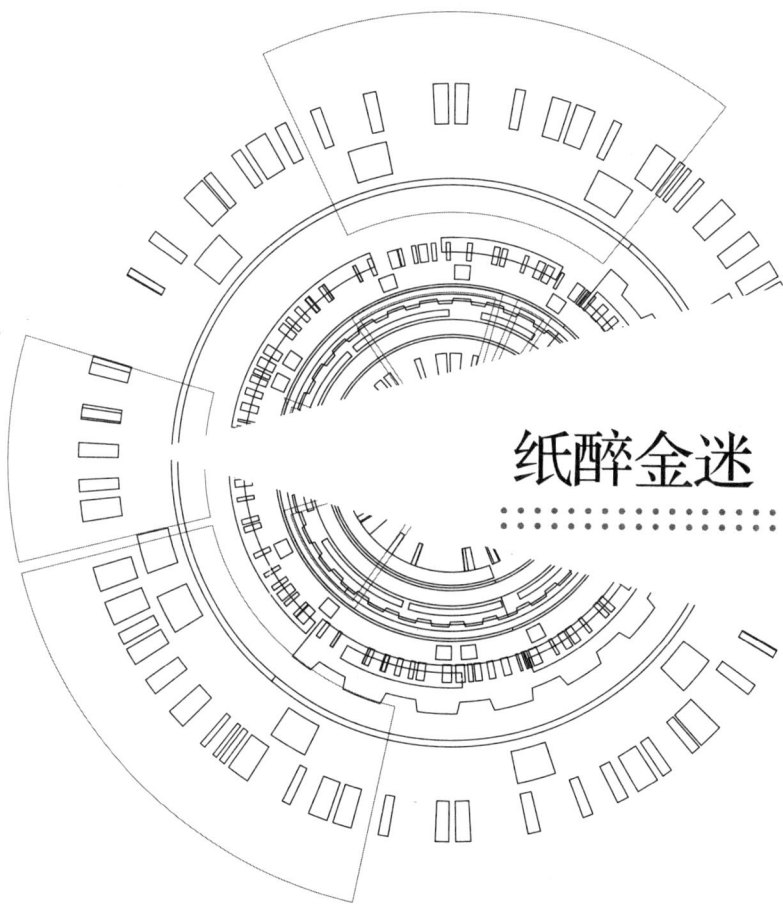

纸醉金迷

非同一般的案件

"小李，你把案情写一下，马上向市公安局报案！"凌晨一点，在电话里，滨海市银行行长老唐对技术员小李这么说道。

银行，一向是盗贼、骗子瞩目的地方。在世界各国的银行里，曾发生过多少桩抢劫案、偷窃案、诈骗案，然而，这一次在滨海市银行里发生的案件，却非同一般。

事情是这样的：

小李，叫李建中，细挑个儿，文绉绉的，白净脸，配上一副深紫色近视眼镜，益发显得像个文人。他已是四十开外的中年人了，但是人们仍喊他"小李"。这一方面出于习惯，因为李建中大学毕业后就到滨海市银行工作，大家都叫惯了"小李"；另一方面是由于小李长相年轻，脸上连皱纹都没有。

李建中是电子计算机系的毕业生，在银行里既不当会计，也不当出纳，而是承担一项特殊的工作——他花了10年功夫，设计、制造了"纸币鉴定机"。

纸币，也就是俗话所说的"钞票"。钞票，一向"谨防假冒"。如果银行从回收的钞票中发现一张假钞票，那就非同小可——因为有一就会有二，有二就会有三，大量的假钞票将会扰乱整个市场，后果不堪设想。

为了"谨防假冒"，钞票可以说是世界上最为精致的印刷品。纤细的花纹、多变的线条、众多的色彩、精美的图案、特殊的纸张以及票面上严格的编号……确实，骗子们可以伪造出足以乱真的名画，而想伪造钞票却谈何容易！没有高超的镂版术、印刷术、造纸术，无法制造假钞票。

为了"谨防假冒"，各国银行还在钞票上印了只有自己的技术专家们才知道的鉴别记号。在放大镜下，专家们细心查看这些隐藏在图案、花纹之中的鉴别记号，便可以断定钞票的真伪。就拿英镑来说，钞票上就有160个鉴别记号！

尽管钞票不易假冒，"钱迷心窍"的人总还是有的。他们处心积虑，想方设法伪造钞票。正因为这样，在世界上还是不断有伪造钞票的案件。

为了"谨防假冒"，各国银行都十分警惕假钞票，许多银行设立了专门的检查员，检查回收的钞票。检查员手持放大镜，寻找着一张张钞票上的鉴别记号，辨别着钞票的真伪。不过，每天回收的钞票数以万计，犹如整囤整囤的粮食，而检查员只能一粒一粒地检查，每查一粒要花好长时间……正因为这样，检查员们只能进行抽查，从成千上万张钞票中抽出一张进行检查，而且一般是检查大票，对于角票、硬币，就睁一只眼、闭一只眼算了。

李建中的贡献，是在于制成了"纸币鉴定机"，用电子计算机自动、快速鉴定纸币。这台机器有好多条输送带，一张张钞票整齐地排列在输送带上。钞票经过杀菌灯消毒之后，从一只只电眼下方经过。这些电眼能够在一百万分之一秒钟内，把钞票跟事先输入的钞票图像进行核对，辨别真伪。一旦发现假钞票，那条输送带就不动了。假钞票旁边的红灯一闪一闪地亮着，蜂鸣器不断发出嘟嘟声，把假钞票的位置告诉检查员。检查员一揿电钮，比乒乓球桌面还大的屏幕上，会立即显示出假钞票的图像。检查员用不着拿放大镜，便可以看出假钞票的破绽。输送带是无色透明的，上、下都装着电子眼，可以同时检查钞票正、反面图像。

这么一来，银行里每天回收的大小票额的钞票，都要从"纸币鉴定机"的输送带上经过，一方面进行消毒杀菌，一方面辨别真伪。

这台"纸币鉴定机"运行好几年了，一直太平无事，红灯从未闪亮过，蜂鸣器也从未响过。

时间久了，在人们心目中，只把它看作是一台"纸币消毒机"罢了。尽管如此，李建中每天总是坐镇控制室，监视着像流水般从身边流过的钞票。人们开玩笑地说，小李年过40而脸上没有一条皱纹，大抵就是由于"纸币鉴定机"一向太平无事，他没有遇上什么伤脑筋的事儿。

然而，今天他总算碰上棘手的事儿啦：红灯在闪亮，蜂鸣器嘟嘟响了。他一揿电钮，巨大的屏幕上现出那张钞票的图像。经过逐一核对鉴别记号，证明确实是一张假钞票！

金明出马

凌晨1时15分，滨海市公安局侦查处处长金明接到银行的报告，知道这是一桩重大案件，决定亲自出马侦察。他让助手戈亮打电话给银行行长老唐，嘱咐他们在公安人员到来之前，千万不要去碰那张假钞票！

滨海市公安局大楼高达100层，矗立在滨江边上。金明的办公室在第99层。金明和戈亮只花了一分钟，就从办公室来到楼下，坐进了那辆乌亮的"彗星牌"轿车，直奔银行。

夜，黑蒙蒙的，尽管已是春风送暖的时候，夜风仍夹带着几分寒意。细雨绵绵，在清冷的路灯下，街上几乎没有车辆或行人。戈亮驾驶着轿车在宽广的沿江公路上飞驰。滨海市银行也在滨江边上。

10分钟之后，金明和戈亮来到了滨海市银行。大门紧锁着，经过检查证件，他们俩从唯一的一扇小小的边门步入戒备森严的银行。

紧接着，门口又响起了喇叭声，一辆轿车停下。从车里钻出一个五十多岁的男人，秃头、矮胖。他就是行长老唐。深更半夜，接到李建中的告急电话，从床上爬起，急匆匆开车赶到银行，想不到竟落在金明后边。

老唐陪着金明和戈亮朝纸币鉴定中心走去。一路上，每经过一道大门，都要检验证件。他们走入地道，打开一扇厚厚的铁门，里面灯光通明，仿佛是一个钞票世界：在几十条透明的输送带带上，成千上万张10元、5元、1元的钞票正在徐徐朝前移动。看上去，五颜六色，令人眼花缭乱。只有其中一条传送带停在那里。

一个身材颀长、面孔白皙的中年人跑过来，跟金明、戈亮握手，道歉道："想不到，你们这么快就来了，我还没来得及到门口去接你们！"

很显然，他就是李建中。他总是上夜班，在夜里启动纸币鉴定机，把白天回收的钞票进行消毒、鉴别，然后由机器自动点数、包扎、入库，便于第二天发放。金明一眼看出他因为很少晒到阳光，所以脸色显得苍白。

李建中领着金明、戈亮和唐行长，去看那张假钞票……

一张"拾圆"假钞

他们来到那条停止移动的传送带旁。遵照金明的吩咐，李建中在电子眼查出那张假钞票之后，没有碰过它。

金明俯下身子看了一下，那是一张印着"拾圆"字样的人民币，画面当中是各族人民的形象，笔触细腻，看上去跟真的钞票一模一样！金明注意到，这钞票很新，只有正当中有一条折纹，四角平整，既无卷曲，也无磨损。

金明凭借自己丰富的经验，知道这符合假钞票的一般规律：一是面额大：伪造一张10元的钞票，可以抵得上伪造一百张一角的钞票，伪造者当然要印刷票面大的假钞票；二是比较新。

如果一张假钞票被用得很旧，就说明假钞票非常逼真，多次使用而未被发觉。不过，如今用电眼检查，假钞票不易蒙混过关，不大可能被多次使用。金明打开了手提包，从中拿出一双薄如蝉翼的尼龙手套，戴好，这才去拿那张假钞票。

"我可以把它带走吗？"金明问李建中道。

"可以。"李建中点头道："我已经把它用录像机录下来了，而且翻拍成放大的彩色照片。"李建中说着，领着大家来到中心控制室。李建中一按电钮，巨大的屏幕上就出现了那张假钞票的放大图像。在这张放大到被单那么大的假钞票图像上，内行人也几乎很难看出破绽。李建中调节旋钮，左半屏幕出现假钞票的局部放大图像，右半屏幕则出现真钞票的相应局部放大图像。李建中手持细长的木棒，指出左、右图像的差异之处，金明和戈亮这才看出两者之间的不同。

李建中告诉金明："刚才，我用电子计算机查出，这张假钞票是夹杂在第1078卷钞票中。我们这里，是把10元的钞票按100张一卷分开的。这第1078卷钞票，是高岳路营业所送来的，经手人是营业员朱兰香。"

戈亮一边听着，一边打开微型录音机，录下了李建中刚才提供的线索。

除此之外，李建中谈不出更多的线索。

行长老唐补充说道："从这张假钞票的伪造技术来看，相当高超。伪造者手头一定有精良的印刷机，有一整套足以乱真的镌版技术。因此，伪造者可能是一个集团，不可能是某一两个人。"

金明一边听，一边点头，他很同意老唐的分析，说道："也正因为这样，伪造者费了那么多的功夫，决不会只印刷这么一张假钞票。这张假钞票只是一个信号。还应当继续仔细进行检查。如果再发现假钞票，立即告诉我们。另外，对于假钞票，尽可能不要去碰它。即使要拿，一定要戴上手套，避免留下指纹。"

金明和戈亮告别了李建中、老唐，带着那张假钞票回去了。

当他们俩回到市公安局的办公室，传来了海关大钟的"当、当"钟声——已是凌晨2点了。

金明并不急于去找朱兰香。他跟戈亮做了分工：戈亮负责查验那张"拾圆"假钞票上的指纹，而他则去查阅有关假钞票的档案。

"柏恩哈特"假钞案

金明不愧是一位"警察博士"。在他的办公室里，除了南面是窗、北面是门之外，东、西两壁书架林立，摆满了各种各样、五花八门的书籍。金明空闲时喜欢博览群书。在东墙的两个大书架之间，有一块白色的屏幕。它是电子计算机的终端显示屏。这块白色的屏幕，也是一个"书库"。滨海市公安局设有电子档案室，把许多与公安工作有关的资料信息输入电子计算机，加以分类、贮存。金明在破案时，常常按动终端显示屏下方的电钮，以便能从屏幕上读到有关的参考资料。

此刻，金明在显示屏下刻有"A""B""C""D"之类字母字样的电钮上，先按了一下"J"，再按了一下"i""a""c""h"……很快地，在屏幕上出现了这样一行字："Jiachaoan"。

"Jiachaoan"是什么呢？它既不是英文，也不是法文，而是"假钞案"三字的汉语拼音。

金明再按一下标明"显示"的电钮，屏幕上马上出现了这样的标题——"柏恩哈特"假钞案。

字幕渐渐向上移去，出现了介绍"柏恩哈特"假钞案的文章。字幕向上移动的速度是可以调节的。金明的阅读速度甚快，一般总是把旋钮拨在"快"字上。

这篇文章如下：

"柏恩哈特"假钞案

在形形色色的假钞案中，最为著名的要算是"柏恩哈特"假钞案了。

"柏恩哈特"假钞案发生在第二次世界大战中。假钞票的制造者是德国特工组织，这项秘密工作被称为"柏恩哈特行动计划"，策划者为德国"国家保安总部"第六处处长华特·舒伦堡及其副手威廉·霍特尔。德军"最高统帅"阿道夫·希特勒亲自过问了这个计划。

希特勒指示舒伦堡，首先着手伪造英镑。特工人员把全德国最优秀的雕刻家们都召来了，把大学的数学教授们也请来了。这些人举行了绝对保守秘密的宣誓仪式之后，分头开始工作。

雕刻家们用放大镜仔细观察英镑，找出其中的鉴别记号，然后拿出看家本领，精雕细刻，为制造伪钞镂版。

数学家们干什么呢？原来，英国银行印制的英镑，那票面上的号码不是连续的。这样，如果伪造者在假钞票上，印着同一号码，则很容易被查出；如果印上连续的号码，也容易被查出——因为其中有的号码是故意不用的，一旦出现了这些号码，英国银行一看便知道是伪造的。

不过，用什么号码，不用什么号码，是有一定规律的。德国的数学教授们，从成千上万张英镑中研究这一特殊的"数学课题"，找出其中复杂的数学规律！

经过两年多的紧张工作（伪钞制造者们分三班日夜工作），终于制成了酷肖的伪英镑。特工人员拿着这些伪英镑在黑市中使用，大量购进黄金，居然未被英国察觉！

这么一来，德国特工人员们更加起劲地大量印制伪英镑。另外，还开始伪造美元。

大量印制的英镑，使德国花很少的"本钱"，赚来了大量的黄金，再用这些黄金（也有的直接用伪英镑）向国外购买武器和各种战略物资。为了奖赏那些伪英镑的制造者们，德国特工组织给他们赠送了大批伪英镑——伪造者们自己制造的"产品"。

当希特勒在战场上屡遭败北，加紧了印制伪币的工作。希特勒打算把数以吨计的伪英镑，用飞机撒落在伦敦上空！这么一来，可以搞垮英国。因为英国人一旦手中持有大批伪币，将把英国的商品抢购一空，造成极大的混乱，其影响远比掷几颗炸弹深远！

然而，希特勒来不及实现这一阴谋，就战败了。当英军从德国埃本西集中营里抄出大量伪英镑时，不禁目瞪口呆！他们用好多辆货车运走这些伪币，在半途，交通阻塞，押运者图省事，把成箱的伪币扔进陶恩西湖。谁知箱子在湖里散架了，数以十万计的伪英镑漂在湖面上，许多人闻讯前来捞伪币，又惹了一场新的风波……

金明看到这里，不由得笑了起来。

正在这时，戈亮进来了，他的嘴角也挂着笑意。显然，他从那张"拾圆"伪币上的指纹中，找到了线索。

假钞票上的指纹

戈亮确实从那张伪造的"拾圆"人民币上，找到了线索。

原来，戈亮在金明的培养下，也成为一名能干的"痕迹专家"，善于从指纹、脚印、血迹、头发之类蛛丝马迹之中，寻找破案的线索。刚才，戈亮往"拾圆"假币上喷了"显迹水"，

指纹就变成黑色，清晰地呈现出来了。

戈亮查出了谁的指纹呢？在那张假钞票的正面和反面，总共查出20多个指纹。其中，有好几个指纹是陌生的，是电子档案中所没有的。戈亮与侦查中心电子档案室联系，那里储有全国居民指纹档案，也未查到。有几个是银行营业员的指纹，其中有4个指纹是朱兰香的。使戈亮感到高兴的是，其中还有几个指纹是"青山饭店"服务员赵佩珍和会计马平的。这显然是极为重要的线索，因为青山饭店正好坐落在高岳路上，说明那张假钞票可能是从青山饭店收进的，然后交到高岳路营业所，汇总到滨海市银行。也就是说，作案者可能在青山饭店吃过饭。

"青山饭店？"金明一方面对助手能够独立工作、查出重要线索而高兴，一方面在脑海中闪现出青山饭店的形象：它是滨海市十大饭店之一，高达20层。除了第1、2、3层是大餐厅以外，其余均是小间餐室，清静雅致。青山饭店是粤菜馆。由于滨海市的广东人不算太多，所以这家饭店不

像别的饭店那么拥挤。不过，华侨们常喜欢上这儿聚餐，因为在华侨之中，广东籍的倒是不少。

在假钞票上，还发现一个模糊的指纹。从指纹的大小来看，是女人的指纹。不过，看不清指纹便无法断定那女人是谁。

就在这时，电话机响起了"嘟、嘟"声。金明拿起耳机一听，电话是公安局门口的警卫室打来的——银行行长老唐来了。

金明和戈亮在会客室接待了老唐。老唐那光秃的前额沁出亮晶晶的汗，大抵发生了什么急事，匆匆赶来。

"又找到了假钞票？"金明问道。

果真，老唐拉开公文皮包那长长的拉链，戴好手套，拿出三张假钞票。这三张也是拾元假钞，不过，票面上的号码并不连续。

老唐又拿出一张纸头，说道："经我们查对，这张 Ⅷ Ⅵ Ⅳ 4243875，也是高岳路营业所交来的，这张 Ⅰ Ⅳ Ⅹ 7747854，是江边路营业所交来的，这张 Ⅷ Ⅱ Ⅰ 3369568，是古城营业所交来的。"

老唐长期在银行工作，养成了严谨、细致的作风。金明从老唐手中接过那张写着秀丽、清晰的字的纸头，十分赞赏，连声道谢。

送走老唐之后，金明和戈亮忙着鉴定那三张拾元的假币。

金明的鼻子是经过特别训练的，嗅觉特别灵敏。他闻了一下假钞票，发现其中有两张散发着一股奇特的香味。

戈亮闻了一下，也闻出来了，说道："好像是一股檀香味？"

金明点点头，把那奇特的香味输入电子计算机。一秒钟后，显示屏上出现这样的字幕："檀香橄榄味。另外，还有少许奶油五香豆味。"

接着，戈亮又鉴定了指纹，从电子档案中查出：在一张假钞票上，有朱兰香的指纹，还有青山饭店服务员卢鸣和会计马平的指纹；在另一张假钞票上，有江边路营业所郑国贤的指纹，也有滨江游览艇售票员刘斌的指纹；在第三张假钞票上，则有古城营业所鲁琪和古城食品商店营业员陆燕芳的指纹。另外，在每一张假钞票上，有的指纹模糊，无法查出，也有的指纹虽然清晰，在电子档案里却找不到。

这许许多多指纹，说明了什么？金明背剪着双手，踱着方步，戈亮则浓眉紧蹙，沉默不语。

他们俩都陷入了沉思。

一个怀旧的人

在金明和戈亮面前，是一串杂乱的珠子。要找到一根线，把这些珠子串起来！

"当，当，当，当。"从窗外又传来海关大钟的钟声。金明猛地停下了步子。戈亮一看，便知道金明大约找到了那根串珠子的线索。

金明的眼睛里闪着兴奋的光芒。他从乱麻中理出了头绪，作了如下推理：

从那模糊的纤小的指纹判断，作案者是女的，她可能在手指、手掌上涂了一层塑料薄膜。不久前，金明曾从一个间谍身上查出一瓶速凝塑料，那个间谍在作案前在手上搓了一层速凝塑料，凝成薄膜，避免作案时留下指纹。

作案者在青山饭店向两个服务员付过钱，说明她可能曾在青山饭店吃过两顿饭。作案者很喜欢粤菜，可能她在广东住过。

作案者可能在古城食品商店买过食品。古城是滨海市的故址，古城商场富有地方色彩，有着悠久的历史，犹如上海市的豫园商场、北京的东风市场。那里出售滨海市特产——檀香橄榄和奶油五香豆。也许，作案者在那里买了这些特产，放在手提包中，使包里的假钞票沾上了檀香橄榄味和奶油五香豆味。

作案者买过滨江游览艇的船票，游览了滨江两岸的迷人风光。这说明作案者大约已经很久没来过滨海市了。另外，也说明作案者前来滨海市，"工作"是比较单一、清闲的，以致还有工夫逛逛古城商场、坐坐游览艇。当然，也可能那里有她的同伙，乘机接头。

……

戈亮听了金明的推理，觉得他确实是从一团乱麻之中理出了头绪。

戈亮又补充说道："我认为，作案者可能是一个离开祖国多年，有一种怀旧、恋乡感情的人。她在国外的生活可能不错。正因为这样，她一回到故土，虽然手中持有大量假钞，但并不急于套购高档商品，却要买檀香橄榄、奶油五香豆之类富有故土气息的特产。"

金明十分赞赏助手对作案者的面目的勾画，说道："不过，刚才你我所说的，只是主观的推想，只是一大堆'可能'。至于彻底弄清作案者的情况，还得'上靠天，下靠地'啦！"

"上靠天，下靠地"，这是金明经常挂在嘴边的话。所谓"天"，就是党的政策、国家的法律；所谓"地"，就是人民群众。金明认为，"上靠天，下靠地"，再加上现代化的科学侦破技术，是破案的三大法宝。

此时，金明和戈亮开始着手确定走访的对象。金明认为，像朱兰香、郑国贤、鲁琪这三位银行的工作人员，暂且不必去访问，因为他们只不过是经手这4张假钞票而已，并未直接与作案者接触；同样，青山饭店的会计马平也暂且不必访问，因为他也只是经手其中的两张假钞票而已。青山饭店已实现电子算账，服务员从顾客那里拿到钱，放入电子算账机，这架机器能自动找给零钱，并把收到的钱自动汇总到会计马平那里。这么一来，需要走访的对象只有青山饭店的服务员赵佩珍、卢鸣，古城食品商店营业员陆燕芳和滨江游览艇售票员刘斌。当然，饭店服务员，商店营业员、船票售票员一天要接待成百上千顾客，与顾客只是一面之交，不一定能留下印象。另外，他们当时也没有看出是假钞票，不大可能留意作案者。因此，尽管从假钞票上的指纹找到了一些破案线索，但是能否借此破案，还很难说。

金明笑着对戈亮说："当年包公曾从铜钱上找到线索，破了一桩疑案。如今，从这假钞票上破案，比包公遇到的案子要复杂得多了！"

戈亮对古代的案例也很熟悉，一听，便知道金明所说的是"包公审钱案"：一个小偷偷了油条小贩的钱，被小贩发觉，小偷死不承认，说那些铜钱本是他自己的。此案告到包公那里。

包公把那些铜钱一个个扔进一盆水中，水面上顿时飘起油花。包公断定那些铜钱是油条小贩的，因为他一边炸油条，一边收钱，钱上沾着油。这下子，小偷无言可答，不得不承认自己偷了小贩的钱。

如今，金明和戈亮面临的假钞案，远不是几星油花所能判断的，即使是包公再世也会感到棘手。

穿铁锈红上衣的女人

凌晨4点半，金明和戈亮准备出发了。在出发前，金明给银行打了电话，老唐说没有发现新的假钞票。金明建议老唐在今天白天，也开动纸币鉴定机，将银行中回收的钞票随收随鉴定，可以及时发现假钞票，为破案提供线索。老唐跟李建中商量之后，同意了。

金明和戈亮坐上轿车，朝着高岳路驶去。金明很重视青山饭店，因为在4张假钞票中，有两张是从这儿来的，所以金明外出走访，第一站就是这家饭店。

天已蒙蒙亮，牛毛细雨依旧不停地下着。街上已有稀稀落落的行人，汽车也开始多起来了。在高岳路转弯处，金明看到巨大的广告牌上画满一盘盘色彩鲜艳的粤菜，写着醒目的发光的字："青山饭店，粤菜粤点，名师烹调，服务周到，环境幽雅，清洁卫生，历史悠久，欢迎光临。"

在高岳路上，一眼就可看到青山饭店那20层高楼，那高大的、由霓虹灯组成的"青山饭店"四个字，不断闪耀着红色的光芒。高楼各个房间里的灯，下面十层此暗彼明，上面十层一片黑暗。金明一看，便知道饭店里的服务员已在准备早点，由于吃早点的人总不如吃中、晚饭的多，所以上面十层餐室未开。

金明和戈亮来到青山饭店，见大门紧锁，上面写着"5：30开始营业"。金明和戈亮来到边门，看门人一见他俩穿着公安制服，便很客气地让他们进门了。

一进门，迎面扑来一阵醉人的香味，厨房里放着一盘盘绿、白、红三色相辉映的点心。金明曾领略过这著名的粤点——"绿茵白兔饺"的制作过程：用雪白的富强粉做饺子皮，用鲜虾肉做馅，饺子做成兔子形状，兔头上有两只长耳朵、一对红眼睛。那红眼睛，是两颗火腿粒。饺子放在翠绿的芫荽上，看上去犹如一只只白兔在绿茵地上奔跑。这"绿茵白兔饺"既美丽动人，又味鲜可口。过去，全靠人工制作，如今已用机器制造，可以大量供应，招徕了大批顾客。

金明和戈亮找到了饭店经理。这位经理三十来岁，一清早就已经在店里忙碌了。他一听金明要找赵佩珍和鲁鸣，便说正巧两人都上早班，就打电话找人。没一会儿，响起了噔噔的脚步声，进来一胖一瘦两位姑娘。胖的叫赵佩珍，是3楼服务员；瘦的叫鲁鸣，是9楼服务员。

她们俩听了金明、戈亮介绍的案情之后，抓耳挠腮，一时摸不着头脑。她们整天迎来送往，怎能记得那么清楚？金明提醒她们："在顾客付钱时，你有没有见到戴着手套拿钞票的？"

"唔！"赵佩珍猛然有所醒悟。

"喔！"鲁鸣似乎也记起了什么。

谁知，此时金明却连连摆手，说道："你们先别讲！"

金明附在戈亮耳边，吩咐一番。

于是，戈亮带着鲁鸣，到隔壁的房间里去。

在这边，赵佩珍对金明说："昨天早上，几点钟记不清楚了，有个华侨打扮的女人来吃早点——'绿茵白兔饺'。付钱的时候，我记得，她的手上戴着一副漂亮的半透明肉色尼龙丝手套。"

金明问道："这个女人是什么样的？多大岁数？怎么个打扮？有什么特征？钱包是什么样子的？"

赵佩珍沉默了一会儿，思索道："我只记得她戴着一副宽镜片眼镜，四十多岁，人长得很漂亮，穿着一件铁锈红色的两用衫。好像烫头发……钱包什么样子，我记不得了。"

金明又问："还有什么特征？什么口音？是独自来的，还是两个人？"

赵佩珍答道："别的特征，记不清楚了。口音也不记得了。当时，我并没有特别注意她。她是独自来的，坐在大厅的一个角落里。她吃得津津有味。"

在另一个房间里，戈亮正在询问鲁鸣。用录音机录音。

鲁鸣依稀记得如下情况："那女人是来吃中饭，开了单人餐室。他们9楼是专门供应蛇菜的。蛇菜，是粤菜中的名菜。那女人点的菜是'双龙出海'——蛇片炒虾片，要了一瓶广东产的金奖白兰地。对了，还要了一盆粤点'像生雪梨果'。她坐在那里，惬惬意意、慢条斯理地独酌。喔，还有，她还要了一个冷盘——'孔雀开屏大拼盘'，这也是著名的粤菜，用鸡、鸭、皮蛋、虾和蟹肉等原料拼成孔雀开屏形状。她起码有40岁，浑身一股香气，穿一件红棕色的上衣，嗯，戴着一副宽镜片眼镜。她要了那么多的菜，每一种都只吃了一半或者三分之一，酒也只喝了几杯。后来，把筷子一摞，就走了。"

"她的菜钱一共多少？"戈亮问道。

"是十几块钱。具体多少，记不清了。"鲁鸣答道："对了，我在收拾盘、碟的时候，看到桌上还有一些奶油五香豆。好像是她自己带来的，我们饭店不卖五香豆。"

青山饭店的走访就这样结束了。刚才，金明把赵佩珍和鲁鸣分开，为的是比较一下她们各自讲述的内容。她们所说的那女人的形象十分相似，这说明那女人极可能就是作案者。

不过，金明、戈亮走访古城食品商店营业员陆燕芳和滨江游览艇售票员刘斌，却毫无收获。

甚至当金明、戈亮说出了作案者的具体面貌，她们仍一直摇头，说没有印象。金明以为，这也难怪，因为买食品或买船票，营业员与顾客只接触几秒钟，不易留下印象，而饭店服务员与顾客起码接触几十分钟，容易记得顾客的面貌。

到哪里去寻找那个穿铁锈红上衣的女人呢？

新的线索

真是"春天孩儿面，一天变三变"，当金明和戈亮离开了滨江游览艇售票处时，雨停了，太阳居然从云朵的缝隙里露了出来。金明看了一下电子手表，已经8点20分了。

戈亮驾驶着轿车，朝公安局驶去。

"先别回局。"金明对戈亮说，"我们再到青山饭店去一下。"

　　到了青山饭店，大门刚刚锁上。那里的早餐，从五点半供应到八点半。赵佩珍和鲁鸣脱下了白色的工作服，取下白帽和口罩，坐上金明的轿车，一起驶往公安局。

　　金明把赵佩珍、鲁鸣带到公安局二楼的一个房间。一按电钮，黑色的窗帘就自动拉上。这房间看上去像个小型电影放映室，墙壁正中挂着白色的银幕。金明又一按电钮，房间里的灯灭了，一束光线投到银幕上。没一会儿，在银幕上出现方脸、马脸、鸭蛋脸、柿子脸……原来，这是金明和戈亮共同研制成功的"电子画像机"。它存有各种各样的脸形、眉毛、胡子、头发、眼睛、嘴巴、鼻子、耳朵、皱纹……逐一放映，让现场目击者辨认，以确定罪犯的形象。逐一认定之后，还可以移动眉毛、眼睛之类的位置，或用电子画笔进行某些修改，使银幕上的画像更加接近于罪犯的真面目。

　　20分钟之后，银幕上出现了这样的画像：椭圆脸、云纹式烫发、新月般细眉、丹凤眼，稍高的鼻子，宽镜片眼镜，两颊稍丰腴，一副妩媚的神态。

　　赵佩珍、鲁鸣端详着银幕上的画像，都说："真像！真像！"

　　戈亮按了一下另一个电钮。半分钟后，数百张这样的画像就自动印出来了。

　　通过电视电话，作案者的画像很快就被传送到滨海市各旅馆。

　　当海关大钟敲了10下，金明接到滨海宾馆经理的电话，有一个面目与画像相似的女人，曾在那里住过两天——前天与昨天。此人年约40岁。不过，不是穿铁锈红上衣，而是穿蟹青色上衣。她住在1703号高级套间，一个人住，每天房费50元。从旅客登记表上查出，她的姓名叫舒展，是《星岛日报》记者，来华采访。她于今晨离去，去向不明，行李为一只手提箱，一只背包。

这个舒展，会不会就是作案者呢？金明以为，可能性很大。至于上衣的颜色不同，那倒是无所谓的。这类事是属于间谍们的"小技"：外出时，走进厕所，套上一件衣服，回旅馆前，再脱去外衣。两件外衣的颜色，通常明显的不同。

金明和戈亮赶往滨海宾馆，迅速地取到五样东西：

一、金明料定，舒展在滨海宾馆住了两天，房租100元，势必会用10元大票支付。宾馆在收到10元大票之后，是不会找出去的——只有5元、2元、1元票额的钞票才可能找出去。因此，金明取走滨海宾馆会计今天收到的所有10元票额的钞票，送去银行鉴定；

二、取走舒展填写的旅客登记表，以查找舒展的指纹，了解她的笔迹特点；

三、从舒展所住的17楼1703室中的茶杯、漱口杯、玻璃板、门把手等处，查取舒展指纹；

四、从舒展睡过的枕头上，拣到几根波浪形长发。因1703室属于高级房间，每住进一位新旅客，床上所有用品要换洗一次。舒展刚走，这房间又未住入新旅客，因此断定这头发系舒展的头发。

金明和戈亮取到这几样东西，心中十分高兴，觉得破案又有了许多新的线索。

一波未平一波又起

经过一阵子忙碌，取来的五样东西的鉴定结果，都得出来了：

一、经李建中鉴定，滨海宾馆今天收到的10元票额的人民币中，确有10张是假币。这10张假币都比较新，票面号码不连续。经戈亮鉴定，票面上同样有女人的模糊指纹，形状、大小与前5张假币上的模糊指纹相同。这说明这15张10元假币，是从同一个人手中花出去的；

二、舒展床上的气味与假钞票上的气味，经电子计算机比对，是一样的。这一点十分重要，说明使用假钞票的人，就是舒展。

三、查到了舒展的指纹。她似乎很小心，在填写旅客登记表时，都戴着薄薄的尼龙手套。不过，她大约没有想到，茶杯和漱口杯上留有她的清晰的指纹；

四、查出了舒展的笔迹。金明立即把这一笔迹用电子传真机发送到全市各旅馆，以便对每一个前来登记的旅客的笔迹进行核对；

五、舒展的头发经化验，查出她的血型为A型。

这时，窗外传来12下钟声。金明抬起头来朝外一看，天空中飘着乌云。云层迅速地移动着，太阳时隐时现，窗外的景色时暗时明。

金明双眉紧锁，在思索着：舒展的面目、身份已经初步弄清，然而，她跑到哪里去了呢？她如果在滨海市没有落脚点的话，势必要住旅馆。她带着一只手提箱，是不可能整天在街上逛的。只要她住旅馆，很快就会知道她的踪迹。然而，她在早晨离开滨海宾馆，直到现在还没消息？如果她悄悄溜掉，断了线索，那就麻烦了！

在吃中饭的时候，戈亮狼吞虎咽，他忙得连早饭也没吃（尽管当时他和金明正在青山饭店调查），而金明却一边慢慢地吃，一边在考虑着案情。

金明和戈亮回到办公室，电话机上的小红灯亮着。金明一看就知道，有人来过电话了。这是录音电话，当主人不在的时候，它能把电话内容录音，并点亮小红灯。

金明一个箭步走过去，急切地拿起录音电话的耳机。他想，大概是哪个旅馆发现舒展的踪迹了。

真是一波未平，一波又起，意料之外，电话是银行行长老唐打来的，报告了新的案情：

"发现假黄金！"

原来，老唐是一个细致的人。自从发现假钞票之后，他要求银行各部门都提高警惕，并来了个大检查。老唐在银行工作多年，除了曾经发现各式各样的假人民币之外，还发现过假汇票、假外钞、假黄金、假白银等。

一查，就查出了新名堂：金库保管员发现，混进了假黄金！

在金库里发现假黄金，这还是第一次！为什么呢？因为金库有一整套现代化的检验技术，能够准确地判断黄金的真伪、测定黄金的成色，所以假黄金总是在入库之前就会被发现的。这次发现的假黄金，经激光显微光谱分析仪分析，其中竟含有许多铅！激光显微光谱分析仪专门用来化验一些贵重物品的化学成分。它用透镜把激光聚焦，集中在一个直径只有几微米到十几微米（头发的直径约为70微米）的小点上。在这么小的区域内，激光能量高度集中，温度可达一万摄氏度。然后，根据光谱分析查出物质的成分。这种方法又灵敏，又几乎无损于被检验的贵重物品。当年，人们在湖北古墓发掘出极为珍贵的文物——越王勾践剑。这把古剑经历二千多个春秋，依旧寒光逼人。为了查清原因，科学家们用激光显微光谱分析仪分析古剑，发现古剑中含有大量的铜、锡，以及少量的锰、镁、钛等金属，终于揭开了古剑不锈之谜。如今，银行里也配制了激光显微光谱分析仪，用来检查黄金、白银之类贵金属。

行长老唐和金库保管员查阅了这批黄金入库时的化验记录，上面却明明写着："纯黄金，含金量99.9%。"

难道是入库之前的化验不准确？不会吧！入库之前，除了用激光显微光谱分析仪化验之外，还用多种方法检验，甚至还精确地测定了比重——$19.3g/cm^3$，这一切都说明确实是黄金，不可能是假的。

难道入库之后，被人偷偷换走？这似乎也不大可能。金库是闲人莫入的重地，防守严密，外人很难潜入。除非是内部有人作案……

朱霞是谁？

金明在听完录音之后，给银行行长老唐打了电话，请他迅速查清这批假黄金是什么客户支付的，嘱咐他对此事要严格保密。

140

确实是"春天孩儿面，一天变三变"。此刻，窗外彤云密布，又淅淅沥沥地下起雨来了。案情复杂化了：假钞案尚未侦破，又来了一个假金案！

下午1点，金明桌子上的电话机响起了嘟嘟声。这电话是松明县县城的居安旅社打来的，说是在中午来了一位女的旅客，脸有点跟电子画像中的女人相近，笔迹极为相似，但是发型、服装、姓名、身份不同。这个女人扎发髻，穿深蓝色灯芯绒普通两用衫，名字叫朱霞，是绿山市百货商店采购员。居安旅社经理郑树德在电视电话中出示了朱霞填写的旅客登记表，金明立即用录像机把它记录下来。

朱霞是谁？金明是一位笔迹专家。他开始用放大镜仔细比较舒展和朱霞填写的旅客登记表。

他嘱咐戈亮挂长途电话给绿山市百货商店，查问有没有朱霞这个人。

滨海市与绿山市之间，相隔千里，绿山市是一个边远的山区小城市。在10秒钟之后，电话就接通了。绿山市百货商店人事科告诉戈亮，店里确实有一位采购员叫朱霞。她是先进工作者，《绿山日报》曾报道过她的事迹。不过，她最近没有出差，一直在店里。

金明听了戈亮讲述的情况之后，脸上露出了严峻的神情。住进居安旅社的朱霞，显然是一位冒名顶替者！敌人的间谍机关，是很注意收集我国的各种报刊、杂志，就连市、县的报纸，也尽量收集。他们常常把见报的人名分类整理，编成"人名档案"。他们显然从《绿山日报》上看到了关于朱霞的报道。于是，就借用她的名字、身份进行活动。万一进行查对，那边也确有其人，不易露出马脚。另外，借用采购员的身份，对于四处活动的间谍来说，也是比较适合的。在一个间谍身上，常常有好几个不同身份、不同姓名的伪造的工作证。对这个"朱霞"应该引起高度的重视，必须马上对她进行全面的监视。

金明又研究了笔迹，舒展和朱霞的笔迹虽有变化，但是从钩、捺、撇这些笔画来分析，非常相似。

金明决定立即赶往松明县。正当戈亮站了起来，准备出发的时候，金明却朝他一笑："你去叫一下小方，一起执行任务！"

"叫小方？"戈亮这个彪形大汉，顿时像姑娘般腼腆起来。"嗯。去一个女同志，方便些。"金明说道。

小方，就是方芳，戈亮的对象。方芳也是侦查员，二十二三岁，一位娴静端庄的姑娘，看上去很难使人相信是身佩手枪的公安人员，倒像个电影演员。不过，她胆大心细、办事泼辣，正因为这样，金明把这个本想投考电影学院的姑娘，招进了公安学校，毕业后成为他的得力助手。方芳与戈亮是在公安学校认识的，戈亮比她高两届。金明认为，培养一批女侦查员是很重要的。在侦破某些案件时，女侦查员有着她特殊的作用。

春雨绵绵，下个不停。金明换了一辆挂着出租汽车公司车号牌的灰色轿车。朝松明县急驶。

公安局里有好几辆轿车装上了出租汽车公司的车号牌，为的是执行任务时不引人注目。松明县是滨海市附近的"卫星城"之一。它位于滨江入海处附近，是一个比较僻静的小城市。

雨中的柏油马路，显得格外黑。戈亮驾驶着轿车，沿着江边公路笔直前进。一路上，金明轻声地向方芳介绍了案情。

下午2时30分，金明一行到达了松明县城。金明和他的助手们都换了便装。轿车停在离居安旅社二三百米的地方，金明和戈亮下了车，穿着尼龙雨衣，手中拎着旅行袋，朝旅馆走去。

方芳则去县电话中心了解有关情况。

居安旅馆是一家3层楼的小旅馆。虽然小，倒十分清静。令人感到纳闷的是，那位女人为什么来到这样远离滨海市的小旅馆？她想干什么呢？

打了三次电话

金明和戈亮像两位旅客似的走进居安旅馆，径直来到旅客登记处。

服务员给金明一张空白的旅客登记表。金明拿出自来水笔，在登记表上写道：

"我们是公安局的，找郑树德同志。"

服务员是个机灵的小伙子，他把旅馆住宿证交给金明时，证里夹着一张纸条，写道：

"郑在114。"

金明和戈亮拎着旅行袋，来到了114房间。那是经理办公室。金明和戈亮进去后，随手关上了房门。

郑树德是一个40多岁中年男人。他见到金明和戈亮，心头的一块大石头终于落了下来，显然，他一直焦急地等候着金明和戈亮的到来。

郑树德低声地汇报了情况：

最早发现朱霞可疑，就是门口旅客登记处那位机灵的小伙子。

朱霞向小伙子说，她有点神经衰弱，夜里睡不好，最忌嘈杂，希望给她一个安静点的房间。

小伙子就把301房间给了朱霞。

301房间在第三层楼最东头。它隔壁的303房间与对面的302房间，都空着没人住。小伙子把朱霞安排在301房间之后，不再让302、303房间住人了。这位机灵的小伙子知道，如果朱霞真的是公安局追捕的对象，那么302、303房间肯定要另派用场的。

小伙子在安排好朱霞的住宿之后，马上向经理郑树德报告了情况。郑树德一方面给金明打了电话，一方面关照旅馆里有关工作人员密切注意朱霞的动向。

郑树德正说着，方芳推门进来了，提着一个收录两用机，说道："朱霞在301房间，打过三次电话，这是录音。"说完，播放了录音：

第一次是打给"4974065"。

"哪里？"女声。

"手套一厂技术科。找谁？"男声。

"找黄海生同志。""黄海生？他到二厂去了。""喔……"电话挂断了。

第二次是打给"7408876"。

"哪里？"刚才的女声。

"你哪里？"女声，反问道。

"我找王德远同志。""他在开会。你有什么事，我可以转告。"

"过一会儿，我再打电话给他吧。"电话挂断了。

这下子，又突然冒出来两个新的嫌疑对象——黄海生和王德远。

第三次是打给"5123975"。

电话接通之后，先是沉默了一会儿。

"是延龄吗？"女声。

"喔，你是永生！我已经在路上。"低沉的男声。

"我住在'市委'，103房，电话7129408。"电话挂断了。

在这三次通话中，显然，最后一次的内容最为重要。意味着一个名叫"延龄"的男人，正朝松明县进发，要与朱霞接头。

"朱霞正在301房间里，是不是先把她抓起来？"郑树德十分焦急地问道。

"不，切切不可惊动她。"金明摇头说道，"她已是瓮中之鳖，不必抓她，我们应当放长线，钓大鱼！"

黄海生是谁？王德远是谁？那个名叫"延龄"的男人又是谁？他赶到松明县要干什么？

"电子114"

金明把微型半导体报话机的拉杆天线收好之后，又从口袋里掏出一只香烟盒大小的方盒子。

一摁按钮，盒盖自动揭开，露出一排刻有数字以及英文字母的按键，还有一个暗颜色的显示屏，看上去很像一只微型电子计算器。

其实，这是金明和戈亮研制成功的微型电子资料查索器，简称"电子114"。差不多每一个公安侦查员身边，都备有这么一个小方盒，以备在执行侦查任务时迅速查索有关资料。比如，案情与某某路某某号的居民有关，只消把某某路用汉语拼音文字写出来，按动字母键和数字键，显示屏上立即出现亮绿色的文字，告知这户居民的姓名、性别、年龄、工作单位、电话电码。又如，查获某一个与案件有关的电话号码，欲知这是哪儿的电话，只需要照电话号码按动数字键，从显示屏上可以迅速获知这电话用户的名字。再如，一辆与案情有关的汽车一闪而过，侦查员看见了车牌号，欲查是谁的汽车，只需要照汽车车号按动数字键，便可获知汽车驾驶员的姓名……这只小小的方盒，能像电话局的查号台"114"一样解答有关问题，所以被侦查员们誉为"电子114"。

此刻，金明用"电子114"查询什么呢？

金明先把旋钮拨在"电话"两字上，查询"7408876"——朱霞第二次拨的电话号码。显示屏上出现了答案："滨海市中医学院打字室。"

奇怪，朱霞找中医学院干什么？

接着，金明查询了"5123975"——朱霞第三次拨的电话号码。

显示屏上出现了答案："80-2567649号汽车上的电话。"

这是一辆什么汽车呢？金明把旋钮拨在"车号"两字上，然后，照"80-2567649"按动数字键。

显示屏上出现了答案："黑色'奔鹿牌'轿车，私人汽车，驾驶员韩玉麟，临潮县丰收渔业公司。"显然，那个自称"延龄"的人，就是韩玉麟。

金明又把旋钮拨在"人名"两字上，照"HanYu-lin"按动字母键。由于在汉语中，"玉""麟"两字同音异字甚多，显示屏上逐一出现许多人名：

　　韩玉林　男　34岁　滨海市山岳路786号　中山医院内科医师

　　韩育琳　男　4岁　滨海市向明路8号9室

　　韩雨霖　男　78岁　松明县秀风路799号　松明中学退休教师

　　韩郁林　男　已故　宝海县九湖路441号　宝海盐场工人

　　韩瑜琳　女　17岁　滨海市江边路4379号303室　外语学院学生

　　韩玉麟　男　32岁　临潮县中心路467号　丰收渔业公司调度员

　………………

　　在这长长的名单中，金明终于找到了那个"韩玉麟"。金明认为，朱霞打了3次电话，分别找黄海生、王德远和韩玉麟，其中韩玉麟这线索最为重要。目前，应当全力以赴作好准备，"迎接"韩玉麟的到来。朱霞来到僻远的小县城，其目的恐怕就在于与韩玉麟接头。至于黄海生、王德远，看来不是当务之急。何况间谍们常常爱摆迷魂阵，故意把一些毫不相干的人拉扯进去，把水搅浑。

　　戈亮有点不解，问金明道："刚才，朱霞在给韩玉麟的电话中，说自己住在'市委'，这是什么意思？"

　　金明笑道："刚才我一听，也有点不解。不过，仔细捉摸了一下，似乎朱霞在电话中，一直在讲'反话'。比如，她住在'301'，说成'103'；她房间里的电话号码是'8049217'，说成'7129408'。这'市委'是什么意思呢？中国有句成语，叫作'居安思危'。我们这个旅馆叫居安旅馆，她用这成语的另两个字——'思危'，听上去就成了'市委'了！"

　　经金明这么一点，谜底揭穿了，戈亮和经理郑树德恍然大悟。

金明指出，既然这个韩玉麟能够听懂朱霞的暗语，可见他们之间早有联系，而且当朱霞——也就是舒展来到滨海市的时候，已经用电话与韩玉麟联系过，朱霞如今赶到松明县来，显然，她要与韩玉麟见面，或者把什么东西交给他，或者有什么事需要当面密谈。

看来，破案的关键，就在于摸清朱霞与韩玉麟见面的情况⋯⋯

半途抛锚

雨，越下越大了。铅灰色的云，低低地压在田野上空。一切景物都变得模糊起来。

在居安旅馆301房间，一个中年女人不时望着窗外。尽管雨滴不时从窗口被风吹进屋里，她依旧把窗敞开。

她的心情，也确如"春天孩儿面，一天变三变"。说实在的，当她去吃"绿茵白兔饺"的时候，当她在滨江游览艇上浏览两岸迷人风光的时候，她的心情是轻松的，然而，当她一想到自己肩负的使命，心情马上变得紧张、沉重起来，此刻，她不安地在房间里来回踱着。她几次走到电话机旁，想拨号打电话，可是，当那双戴着尼龙手套的手一碰到拨号盘，又放了下来。

301房间，确实很安静。3楼的旅客很少。就这一点来说，她感到十分满意。她来到这里之后，一切平安，似乎没有任何不祥的征兆。

突然，电话"嘟，嘟"响了。她急切地拿起电话耳机。

"'市委'103吗？"打电话的人，有着浓重的苏北口音。

"嗯，我是老朱。"

"我是老韩。雨太大了，车子在路上出了点毛病。"

"能修好吗？"

"问题不大。"

挂断电话之后，她的脸色就像窗外密布的乌云一样灰暗。她不由得想起一句谚语："屋漏偏逢连夜雨！"怎么搞的！韩玉麟的汽车偏会在半路上抛锚？哎，在这么大的雨中修车，能修得好吗？

不过，她是一个很善于自己安慰自己的人。她转念一想：韩玉麟晚一点来也好。再过1个小时，天就黑了。在黑夜中，行动更方便些。

天黑了。她开灯之后，关上了窗户，拉上了窗帘。她没有去吃晚饭，守候在电话机旁，生怕在自己离开之后来了电话。她从箱子中取出雨衣，放在桌子上，随时准备外出。

5点20分，电话机终于"嘟，嘟"响了。

电话是韩玉麟打来的，他说自己的轿车修好了，马上开到旅馆。

她没有同意韩玉麟的意见，而是告诉他，她穿一件白色的尼龙雨衣，在公路上与他见面。她离开了301房间，锁上了门。不过，她没有关灯。在房门前，她弯下腰，把裤脚管塞进半高筒套鞋。

这会正是开饭时间，旅客们差不多都在餐厅里吃晚饭。她很庆幸，在这个时候外出，最适合不过了。

她直到走出了大门，才从衣袋里掏出一件又轻又薄的白色尼龙雨衣，在风雨之中快步朝前走去，消失了。

雨中洽谈

朱霞在离开居安旅馆之后，长长地舒了一口气。她不时回头看看，透过粗密的雨帘，几乎见不到什么行人。显然，她的后面没有"尾巴"。

清冷的雨滴溅在脸上，使人感到几分寒意。不过，对于在小房间里闷了一下午的朱霞来说，却觉得非常舒服。她依旧快步走着。当她拐了个弯，离开了县城，走上临潮县通往松明县的公路时，步子开始放慢，她的眼睛紧盯着正前方。

公路上的汽车不多，偶尔驶过几辆大卡车。突然，迎面驶来一辆黑色的轿车。司机似乎也发现了这个穿白色雨衣的女人，降低了车速。

轿车缓缓地停在朱霞身旁。她看清这是一辆奔鹿牌轿车。在车灯照耀下，车号牌"80-2567649"清晰可见。

朱霞一瞧这正是韩玉麟的车号，但朝车内看了一下。车里只有一个中年男司机，朝她点了点头，主动打开了车门。

朱霞一边脱雨衣，一边朝车里钻。坐定之后，在微弱的车灯下，她看清了司机的模样：古铜色的脸膛，大抵是长期生活在海上的缘故。虽说是32岁，看上去已有40岁的样子：前额和眼角皱纹不少，两颊消瘦，头发浓密，双眼布满血丝，目光倒十分明亮。两道扫帚眉又浓又黑，右眉尖有一颗黑痣，扁平的鼻子，宽厚的嘴唇……

朱霞虽然是第一次亲眼见到这个人，可是，她早就见过他的照片，熟悉他的面貌，知道此人明显的特征——右眉尖上的黑痣。

接着，两人互相核对接头暗语："你贵姓？"

"我姓韩，萧何月下追韩信的韩。你贵姓？"

"我姓朱，明太祖朱元璋的朱，有烟吗？"

"三角牌的。你有火柴吗？"

"熊猫牌的。"

朱霞一听，暗语丝丝入扣，天衣无缝，便又说道："我钱不够用了，能借我十元吗？"

"很抱歉，我只有半张十元。"

朱霞把那半张的十元人民币拿来，与自己的另半张十元人民币合拢在一起。这是一张假币，横着剪成两半。朱霞的是上半张，韩玉麟的是下半张，锯齿形剪开，这锯齿也是丝丝入扣。

朱霞特别注意看右下方那钞票号码，经拼合后，正好为"Ⅳ Ⅴ Ⅲ 0637807"。

这下子，朱霞脸上露出了笑容。她确信，坐在她旁边的是韩玉麟。

她环视四周，黑茫茫的。风更狂了，雨更大了。路上不见车，也不见人。朱霞让韩玉麟把轿车调了个头，朝临潮县方向缓缓驶去，在行驶中轻声交谈。

朱霞心中十分得意。本来，她想约韩玉麟到居安旅馆洽谈的，然而，旅馆进出要登记，人来人往眼杂得很。现在，改成在轿车中边驶边谈，神不知，鬼不晓！

韩玉麟呢？他一边开车，一边与朱霞洽谈着"生意经"。他掩饰着内心的兴奋，似乎朱霞是一个不大老练的"经纪人"，她几乎没有讨价还价，任凭韩玉麟开价。就这样，朱霞和韩玉麟很快就谈妥了交易，商定了交货日期和地点。

雨，依旧在哗哗下着。朱霞完成了使命，让韩玉麟把轿车调头，朝松明县城驶去。

韩玉麟送朱霞来到松明县城附近，朱霞就下车了。她依旧穿上那件白色的尼龙雨衣。举目四顾，唯见黑夜茫茫。

朱霞回到了旅馆，似乎一切正常，谁都没有注意她。当她来到301房间门口，拿出钥匙开门时，似乎是一不小心，钥匙落到了地上。她弯腰捡起钥匙，在这一刹那之间，她的脸上又浮现满意的笑容：原来，当她离开301房间时，关上了门，曾在门前弯下腰来，把裤脚管塞进半高统套鞋，趁机以极为迅速的动作，把一小块透明的胶纸贴在门缝下方。此时，她装着拣钥匙，查看了一下透明胶纸，见胶纸好好的。这说明在她走后，没有人来过301室——如果有人来过，透明胶纸就破了！这种透明胶纸，谁也不会注意的，然而，它却是一张小小的"封条"！

301室的灯，依旧亮着。朱霞把门反锁，来到卫生间洗了个热水澡，然后，睡了个难得的安稳觉……

国籍不明的轮船

第二天，风停了，雨住了，太阳暖洋洋地照着大地，气温明显地回升了。

傍晚，晚霞映红了海面。微风吹拂，金波点点。海上的船影渐渐稀落了。

在海面远处，有两艘轮船待在那里，随波逐流。看样子，大抵是渔轮，等待着天黑之后，用灯光围网捕鱼。

就在这时，一艘国籍不明的轮船朝那两艘渔船驶来。信号灯不时闪烁，那艘轮船与渔轮交换着暗语。

渔轮甲板上，站着一个中年妇女，用望远镜观察着渐渐驶近的轮船，脸上堆满了笑容。她就是朱霞，此刻怎能不心花怒放？

朱霞的身边站着那个韩玉麟，注视着前方，满脸严肃的神色。

在另一艘渔轮甲板上，站着一个熊腰虎背的大高个和一个细高个子的姑娘。

轮船的指挥台上，一位络腮长胡、胡棕色头发的大汉，不时看着荧光屏。当荧光屏上清晰地出现朱霞和韩玉麟的特写镜头时，大汉的嘴角浮现了笑意。

轮船和渔轮靠拢，朱霞手舞足蹈，兴高采烈，第一个跳到了轮船上去。紧接着，韩玉麟、大高个和那姑娘，还有十来个渔民也跨过船舷栏杆，来到轮船。

朱霞把韩玉麟带到了指挥台，站在两人中间，介绍道："这是威廉先生！"

"这是韩玉麟先生！"

威廉欣喜地伸出双手，紧握着韩玉麟的手。说时迟，那时快，韩玉麟以迅雷不及掩耳之势，"咔嚓"一声，给大汉的双手戴上了手铐。

威廉正想用脚踢韩玉麟，一个冰冷的东西碰到了他的脑袋。身后，传来严厉的声音："不许动！"

这时，朱霞感到莫名其妙，她还未明白过来，那姑娘已经利索地给她戴上了手铐。

紧接着，那些渔民纷纷掏出手枪，逮捕了轮船上的船员。

威廉恶狠狠地用生硬的中国话对韩玉麟骂道："姓韩的，你想抢劫？当心，我的潜水艇正在水下游弋！"

那姓韩的居然无动于衷，傲然说道："放心，我们的潜水艇也正在水下巡逻！"

威廉感到惊讶，你们这些走私贩子，哪来什么潜水艇？

过了一会儿，直到威廉和朱霞看到那些渔民全都换上中国公安制服，这才明白是怎么回事！

威廉用愤怒的目光逼视朱霞，仿佛在责怪她的无能。朱霞恐惧而惭愧地低下了头……

天才的演员

这是怎么一回事情呢？

那韩玉麟不是别人，正是金明！而大高个和姑娘，则正是戈亮和方芳。

原来，昨天下午，金明让戈亮穿上服务员衣服，坐在居安旅馆三楼服务台前，监视着301房间。他自己则与方芳一起，坐着那辆挂着出租汽车公司号牌的灰色轿车出发了。金明打扮成司机，方芳则以极快的速度化装成朱霞模样。公安侦察员们都学会了电影化妆师的本领，手提包中总是带着化妆用品。

此刻，戈亮通知县电话局，切断了朱霞房间里的那只电话——外边打不进，而朱霞要打出去则总是遇上忙音。

方芳用轿车内的电话，拨"5123975"——韩玉麟车内的电话。方芳装扮成朱霞，通知韩玉麟在半途中接头，她已坐了一辆灰色出租汽车迎面驶来，车号为"80——6437695"。

当两车交会时，都停了下来。方芳跳下了车，给金明付了车钱，然后，她钻进了韩玉麟的轿车。

当韩玉麟用暗语与方芳交谈时，方芳趁其不意，用手枪对准了他的脑袋。韩玉麟见方芳不过是个年轻姑娘，转过身子便用手夺枪。谁知这姑娘臂力过人，竟像铁钳般抓着韩玉麟的手，用力一扭，把韩玉麟痛得哇哇叫。

正在这时，金明站在车外，也用手枪对准韩玉麟的脑袋，厉声喊道："不许动！"

姑娘把韩玉麟的双手一并，给他"咔嚓"一下戴上了手铐。金明和姑娘向韩玉麟出示了公安局的证件，韩玉麟的脸色顿时吓得灰白。

金明在车上先给戈亮打了个电话。紧接着，便以韩玉麟的口气，给朱霞打了个电话，说是汽车半路抛锚。韩玉麟讲话，有着浓重的苏北腔，金明模仿了韩玉麟的腔调。

其实，这是金明的"缓兵之计"。

趁这"修车"的时候，金明在汽车上审问了韩玉麟，查清了韩玉麟与朱霞的接头暗号，拿到了那张剪成锯齿形的假币。

金明与韩玉麟互换了衣服。然后，金明打开手提包，拿出头套、假眉毛、假黑痣之类，坐在韩玉麟对面，化装成韩玉麟的模样。金明仿佛是一位高级化妆师，转眼之间，变得跟韩玉麟一模一样，就连韩玉麟见了，也暗暗吃惊。

化妆完毕，金明坐上了韩玉麟的轿车，而方芳则驾驶着那辆灰色的挂着出租公司车号的轿车，押着韩玉麟走了。

接着，金明又打电话给朱霞，说汽车"修"好了。于是，便"演"了雨中洽谈那一幕。金明似乎是一个天才的演员，装谁像谁。朱霞中了金明的计……

"猪鼻孔里插葱"

　　两艘渔轮和那艘国籍不明的轮船，一起编队前进，朝着滨海市驶去。夜幕降临了，海面上显得异常平静。

　　其实，此刻在海面之下，剑拔弩张，很不平静。几艘不明国籍的潜水艇，紧紧尾随着船队，然而，当他们发现几艘中国的潜水艇掩护着船队时，不得不退却了。

　　在轮船上，金明和方芳正在抓紧时间提审罪犯。戈亮带领着几位战士，忙着搜查船舱。第一个被提审的是朱霞。

　　审讯朱霞，十分顺利。这是因为她早就领教过金明的厉害——这位假"韩玉麟"使她上了当！

　　朱霞又名施展，她的真实姓名叫俞珊。她出生在广州，也曾在滨海市住过，后来因嫁给一个外国人，离开了中国。到了国外，她才知道丈夫原来是奥罗斯财团的间谍，于是她也沦为间谍。奥罗斯财团是一个规模庞大的垄断集团，它设有专门的间谍机关。奥罗斯间谍机关不光是刺探军情，而且大量搜集各种工业情报、科技情报、经济情报。另外，它还插手于各国黑市市场。这一次，俞珊被派往滨海市，她的使命是与韩玉麟洽谈一笔数目惊人的交易。韩玉麟是临潮县的黑市头目，他手下的渔轮常在海上进行走私交易。俞珊来滨海市时，她的上司——威廉给了她一笔外币作活动经费，嘱咐她不可亲自使用假币。然而，俞珊舍不得用掉外币，装入私囊，来中国之后仍使用假币……

审讯朱霞结束之后，戈亮来了。他悄悄告诉金明，在轮船船舱里发现成箱成箱的人民币和黄金。经他仔细查核，那人民币是假的，至于黄金是真是假，一时无法判定。

接着，开始提审威廉。

威廉一问三不知，头像货郎鼓似的摇个不停。他表示自己听不懂中国话——他似乎忘了，当他被捕时，恼怒之极，曾用生硬的中国话骂过金明。

金明深知，威廉在拖延时间，他仍寄希望于水下的潜水艇。

意料之外，威廉面前的这位中国警察，竟操着流利的英语开始对他进行审讯。这下子，威廉无可奈何，只得用英语做了答复。

威廉承认自己是一个投机商。这一次，他派出俞珊来到滨海市，为的是同韩玉麟进行一笔巨额黑市交易，他们渴望获取中国的珍贵文物、麝香、人参、蟾酥、牛黄……

威廉说："警察先生，你只要检查一下我的船舱和韩玉麟的船舱，就可以证明我的话没有半分假。在我的船舱里，装的是人民币和黄金，用来购货；在韩先生的船舱里，装的是文物、麝香、人参……"

金明听了，冷冷地说："你的话没有半分假？我想提醒你一下，你的船舱里的人民币，经我们鉴定，全是假的！我想用一句中国的歇后语来形容，你们不过是'猪鼻孔里插葱——装象'而已！"

威廉迫不得已，只好承认了奥罗斯财团伪造人民币的罪行。他说，伪造人民币，一是用假币在黑市市场上大量套购物资，从中渔利，二是扰乱中国的经济建设。为了逃避罪责，他们只把假币用于黑市交易，通过走私犯流入中国市场。

这时，金明请威廉抬起头来，看看窗外的"风景"。

威廉透过左右两舷的窗口，都看到了灯光。他知道，这意味着，轮船已经进入滨江。也就是说，他们那些潜水艇，早就被中国的潜水艇赶走了。

威廉露出了惊惶不安的神色，鼻尖上冒出了冷汗。

金明抓住时机，又紧紧追问了一句："你的人民币是假的，难道你的黄金是真的？"

威廉一听，像触电似的猛然一震，他这才明白，站在他面前的这个瘦削、中等个子的中国警察，是一个非同凡响的人物。威廉这一辈子，不知在黑市中做过多少次交易，跟各式各样的警察打过交道，都被他滑过去了，至今仍是好汉一条。想不到这一次落到这个貌不出众的中国警察手中，却感到日子不好过，如坐针毡。

威廉不得不承认，他的黄金如同他的人民币一样，也是假的！

然而，奥罗斯财团用什么办法制造假黄金呢？

威廉对此守口如瓶……

反面的启示

当金明、戈亮和方芳回到滨海市公安局，窗外传来海关大楼十一下钟声。

金明走进办公室，见电话机上的小红灯亮着。这意味着有人来过电话。金明拿起耳机，里面传出了录音：

"金明同志，我是滨海银行的李建中，自从发现假黄金以后，我找到一些线索。你回来以后，请给我回一个电话。在没有破案之前，我日夜都在银行。"

金明一听李建中找到了新线索，立即打电话请他来。

没一会儿，李建中和行长老唐一起坐着轿车来了。

李建中夹着一个黑色的文件包。打开以后，拿出好多份论文复印件，说道："这就是新线索！"

原来，在发现假黄金之后，李建中百思而不解：黄金，怎么会变成铅呢？这些假黄金，是怎么制成的？

在滨海市银行，装有图书终端设备。利用这终端设备，可以查阅滨海市图书馆那浩如烟海的藏书。滨海市图书馆是用电子计算机管理的，几乎每一个工厂、企业、学校以至许许多多家庭，都装有图书终端设备。查阅者按动终端设备上的电键，显示屏上便会出现所需要的资料。如果查阅者要留存这些资料，按动标明"复印"的按键，一份份复印资料就从终端设备中送出来了。

李建中想，金变为铅，属于"元素转变"。于是，他便查阅起关于"元素转变"的文献。呵，关于"元素转变"的文献，真是多如牛毛：有的是讲述放射性元素如何蜕变、裂变，变成别的元素；有的是讲如何使原子核聚变，变成新的元素；有的用回旋加速器，有的用静电加速器，有的用同步加速器，有的用直线加速器……在这令人眼花缭乱的科学文献中，唯有一篇法国内务部劳动卫生局环境卫生科科长克尔福兰先生写的题为

《生物和原子转换》的论文，引起了李建中的注意。

在这篇论文中，克尔福兰引述了著名瑞典化学教授柏齐利阿斯在1849年出版的《论动植物与矿物化学》一书谈到的例子：1844年，一个名叫福格尔的人曾把莴苣种子种在一个不含硫酸盐、硫化物的玻璃罐里，只浇蒸馏水，莴苣长大以后，烧成灰，发现灰里的含硫量比种子中多了一倍！这些硫是从哪儿来的呢？

克尔福兰还引述了许多奇特的事例：有人在不含镁的土壤里种植庄稼，用不含镁的水浇灌，庄稼仍绿叶满枝。要知道，在叶绿素中含有2.72%的镁！这些镁从何而来？又如，人们又发现非洲哈拉沙漠附近的矿工，食物中含镁很少，每天每人只摄入263.8毫克，却排出380毫克镁，相差116.2毫克。这些镁，又从何而来？

克尔福兰提出了他的新学说，认为生物体有一种特殊的本领，能使一种元素转变为另一种元素！那些奇怪的硫、镁，就是别的元素转变而来的！

李建中又查到一篇新的论文，作者叫詹姆斯。他声称掌握了生物的秘密，用普通的金属锡，制成了贵金属银！不过，这种白银不大稳定，在几个月后又变为锡。

尽管李建中没有查到关于人造黄金的论文，可是，他以为詹姆斯的方法能够制造银子，当然也能制造黄金！

金明听罢，又细读了詹姆斯的论文，觉得这确实是一条重要的新线索。金明用公安局的图书资料终端设备查阅了詹姆斯的著作目录，发现那篇关于用锡制造银子的论文，竟是他的最后一篇论文——发表于3年前，从此詹姆斯这名字便从科学杂志中消失了！金明一看，便明白了其中的奥妙……

金明决定立即重新提审威廉。威廉依旧对制造假黄金的秘密保持沉默。直到金明问他是否认识詹姆斯博士，威廉这才乱了阵脚，不得不作了如下交代：

奥罗斯财团的科学间谍们，很注意各国的科学论文。当他们看到了詹姆斯博士的论文，喜出望外。他们立即派出间谍，悄悄地绑架了詹姆斯博士，并用潜水艇把詹姆斯博士运到了他们的总部所在地——怪岛。在那里，他们逼迫詹姆斯博士，用类似的方法，以铅为原料，制成了黄金。不过，这种黄金不大稳定，在几个月后会变为铅。

奥罗斯财团的间谍们一边大量印制假纸币，一边成批生产假黄金，做着"纸醉金迷"的美梦……

威廉抬头看到他面前的中国警察的严峻目光，低头看到手上那银光锃亮的手铐，终于从"纸醉金迷"的美梦中惊醒过来了。

此时，窗外传来"当"的一下钟声，意味着已是凌晨1点了。金明长长地舒了一口气——从银行行长老唐打电话报告发现假钞票，到现在案情真相大白，正好48小时！

尽管金明已经两夜未合一眼了，但是他并没有去睡觉，而是跟戈亮一起，忙着摘录克尔福兰、詹姆斯的论文和威廉的交代，以便转交中国科学院。金明认为，奥罗斯财团的间谍们从反面给了我们有益的启示，用生物方法促使元素转变，这是一种很值得重视的新技术！

1981.1.29.夜写毕

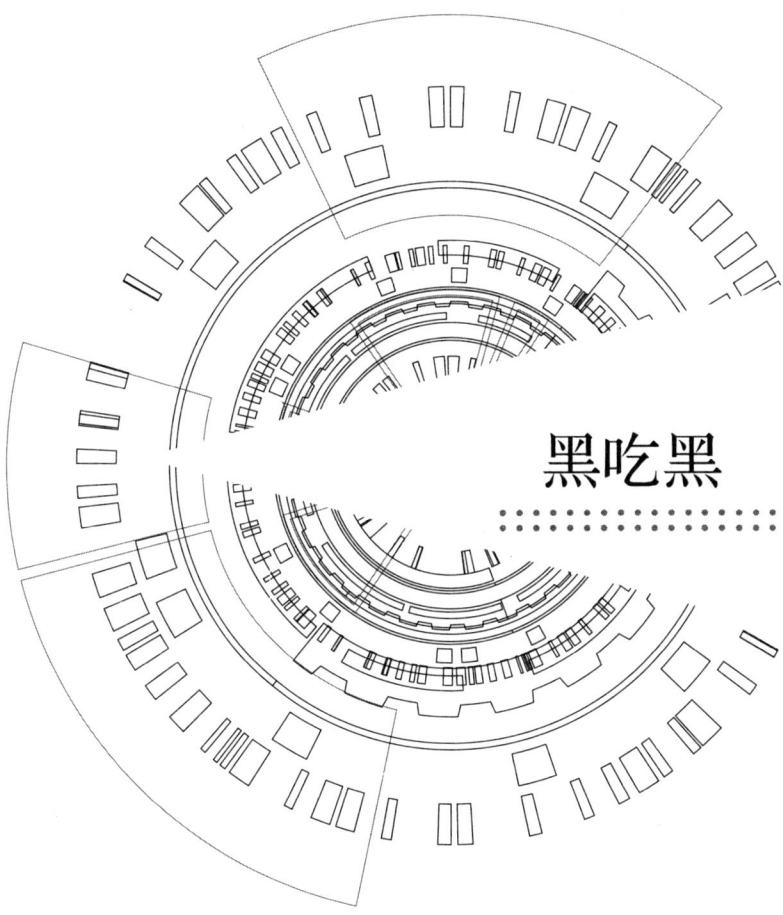

黑吃黑

金库被盗

《星星晚报》头版头条，套红大字标题：

惊人！惊人！

巨亨陈兆渊家金库被盗！

如此醒目的标题，如此惊人的消息，立即像闪电一般传遍了K港，轰动了K港。

《星星晚报》的报道说：

本报记者梁伟光获悉，今天上午，巨亨陈兆渊发觉家中的水磨石地上，有一条金光闪闪的擦痕，顿起疑心。

陈兆渊立即检查了家中的地下金库，大吃一惊——大批金条被盗！

陈家的金库，装有厚厚的铁门，门上装有当今世界上最先进的锁——指纹锁。

打开指纹锁的钥匙，是指纹！英国著名人类学家弗朗西斯·高尔顿先生早在1892年所著的《指纹》一书中，便曾指出，在几十亿人之中，不会找到一对特征完全相同的指纹！几十年来的科学实践证明，弗朗西斯·高尔先生的理论，是完全正确的，科学家们核查了数以百对计的孪生兄弟或孪生姊妹，没有发现指纹相同者。甚至在四胞胎以至五胞胎中，亦未有指纹相同者。正因为每个人的指纹互不相同，指纹便成为一种特殊而又可靠的钥匙了。

指纹锁是一种新发明，锁内装有指纹存储器和图像鉴别器。事先把主人的指纹图像输入指纹存储器，于是，只有把主人的手指按在指纹锁的图像鉴别器上，指纹锁才会自动打开。由于人人指纹不同，因此，指纹锁是现代最安全、最可靠的锁。

陈兆渊家金库门上的指纹锁，事先只输入了陈兆渊和他父亲陈伯瀛先生的指纹图像，因此只有陈氏父子才能打开此锁。

陈伯瀛先生已于上月故世。这么一来，陈兆渊成为唯一能够开启金库大门的人。

奇怪的是，如此防备严密的金库铁门居然被打开了。更为奇怪的是，丝毫没有被撬损的痕迹！

难道世界上有与陈伯瀛、陈兆渊指纹相同的人？

此事真令人费解！

当陈兆渊向警察局报案之后，著名探长金明先生当即亲自出马，奔赴现场。

经金探长侦查，断定水磨石地上的金色擦痕，确系黄金。金探长认为，这是窃贼不慎金条落地，留下的痕迹。

然而，那金库的指纹锁为什么会被打开？这个问题，就连经验丰富、被誉为"东方福尔摩斯"的金慧明先生，也感到棘手。

目前，这一重大疑案，正在侦查之中。

欲知后事如何，本报将继续报道，请诸位读者订阅本报，关注本报！

公众关注

《星星晚报》的报道，如一石击破井中天，读者的脑海中顿起涟漪。这不仅由于金库被盗一事是公众关心的社会新闻，更重要的是，陈兆渊本人，也引起了大家的注意。

《星星晚报》刊登了陈兆渊的照片。可以看出，他大约三十岁，眉目清秀，油光可鉴的头发朝后梳，鼻子上架着一副宽镜片的近视眼镜，几乎遮去三分之一的脸。嘴唇上方，鼻子下方，蓄着一小撮浓黑的胡子。他的样子，倒还斯文。那副度数不浅的近视眼镜，说明他相当用功，很可能是个大学毕业生。

令人不解的是，《星星晚报》居然称陈兆渊为"巨亨"！

"要知道，在K港，凡是够得上称为"巨亨"的人，无一不是社会知名人士。然而，这个陈兆渊的知名度甚低；甚至可以说，他是个无名之辈。

就连陈兆渊的父亲陈伯瀛，也没有多少人知道他。

这样的人，会是"巨亨"？

如果说不是吧，报社记者却是这么称呼陈兆渊先生的！何况，窃贼在偷盗时，金条会落在地上，可见所偷走的"黄鱼"数量一定相当多——尽管记者在报道中没有透露陈家有多少黄金，也没有透露陈家被窃走多少黄金。

确实，陈兆渊是谜一样的人物！

陈兆渊毕业于玛利大学英语系，后在索尼公司当译员。算是"白领阶级"中的一员。

尽管他快到"三十而立"的年纪，却未结婚。照他那当译员的一点菲薄收入，一辈子也成不了巨亨。

至于陈伯瀛，一个瘦得像丝瓜筋般的老头儿，一点也没有巨亨的派头和风度。

陈伯瀛本是一个穷律师，虽然在某些时候充当讼棍，能捞到一点钱。然而，光是靠吃胡子上沾着一点饭粒，是吃不成胖子的。陈伯瀛在潦倒中度过了大半生。

大约在三年前，陈伯瀛开始发迹，买下了那座西班牙式的花园洋房。这房子一楼一底，跟K港的大老板们的公寓比比，不算宽敞，可是跟一般平民比比，算是天堂了。更何况陈伯瀛的妻子已病故，家中只有独子陈兆渊，父子俩住这么一座小洋房——父亲住楼下，儿子住楼上，那是相当舒服了。

人们只知道陈伯瀛暴富起来，他那瘦削的脸略微丰满起来。可是，任谁也不会想到，陈伯瀛会成为巨亨；几乎谁也未曾料到，陈伯瀛家居然有地下金库，还有那么多"黄鱼"！

正因为这样，尽管报上的头条新闻常常是杀、烧、奸、抢之类的案件，却没有像陈家金库被盗那么轰动。

探长出马

K港警察局探长金慧明亲自出马，受理陈家金库被盗一案，足见警方对此案之重视。

金慧明年约四十，已是"不惑"之人了。金慧明做过二十多年侦探，屡破疑案，被提升为探长。

金慧明中等个子，皮肤黝黑，两个眼窝深凹，一对聪颖、精明的眼睛闪闪发亮，眉间有三道像川字般深深的皱纹，稍厚的嘴唇两侧则有八字形两道皱纹。他是一个头脑冷静、沉默寡言而又十分擅长思索的人。

K港是个自由港，这里没有海关税，全世界一百多个国家的商品在这里都能买到。除了K港的港币之外，不论是美元、日元、英镑、法郎、马克，都可以在这里通用。这里人烟麇集，各式各样的人都有。这里的黑社会的势力也很大，各种各样的案件多如牛毛。金慧明自从当上侦探之后，一年到头忙得喘不过气来。也正因为成天处理各种案件，所以他经验丰富，善于侦破各种疑难案件，屡建奇勋，获得了"东方福尔摩斯"这么个美名。

陈兆渊在早上七点一刻发现地上的金色条痕，七点二十发觉金库被盗，可是直到十点零七分才打电话向警察局报告。金慧明当即带了几名助手，于十点一刻到达陈家。

据陈兆渊说，在他父亲上月溘然病逝之后，家中只剩下他一个人。他依旧住在楼上。正因为这样，地下金库在夜间被窃，陈兆渊直到翌日早晨才发觉。

金慧明是个精细的人，擅长于从蛛丝马迹之中找出破案线索，人称"痕迹专家"。

陈家的大门，只装着普通的弹子锁而已。金慧明从锁孔里找到了一星半点金属碎屑，便断定窃者精通锁术，用万能钥匙打开了大门。在地上，未发现清晰的脚印，只查到模糊的长方形的印痕，估计作案者在鞋上包了橡皮或布。另外，在现场，未能查到一个可疑的指纹或一根失落的头发，甚至连一颗丢失的烟蒂也没有……这种种迹象说明，作案者是一个很有经验、老奸巨猾的家伙！

最使金慧明感到棘手的是，地下金库的指纹锁，是任何"万能钥匙"所无法打开的。那指纹锁竟好端端的，没有任何撬窃的痕迹。

这究竟是怎么回事呢？

毫无头绪

金慧明向陈兆渊询问了地下金库及建造经过。

陈兆渊答道：

"这座房子，本来有一间地下室。我父亲买下这幢楼房之后，就请人重新修建了地下室——四周砌上一米多厚的混凝土墙，装上厚厚的铁门，门上安装了指纹锁。

"我这里有一份参与建造者的详细名单，请你过目。也许，窃贼就在这些人之中——因为他们对我家已是熟门熟路了。"

金慧明拿过这份名单，复印了一份。

金慧明办事利索，他很快就用警察局里的电子计算机查出了地下金库建造者们的档案，然后又逐一访问了他们——金库设计师、金库建造工人、铁门制造工人、铁门安装工人，特别是指纹锁的制造者和安装者……结果毫无头绪，没有找到任何可疑线索。这些人都在一家公司里工作，专门为各家建造金库、保险库，都说彼此是很可靠的人。自然，这并不足以说明他们都可靠，可是，众口一词，一时很难从中查出破绽。

也就在这天下午四点多，陈兆渊给金慧明挂了紧急电话。

金慧明坐着警车，急急赶到陈兆渊家里，见他手里拿着一张当天的《星星晚报》，气急败坏，脸色惨白。尽管室内冷气开放，他的鼻尖沁着豆大的汗珠。

陈兆渊指着报上的头条新闻，用责问的口气，对金慧明说道："探长先生，案件还没有侦破，你怎么能让报社记者知道？这下子，弄得沸沸扬扬，谁都知道我家有黄金，我是巨亨！叫我怎么办？"

金慧明沉默着，心里明白：陈兆渊最怕"露富"！

在K港，人们都以有钱为荣。钱，成为衡量人们身份高低的标准；有钱，就有荣华富贵，就有享不尽的山珍海味……即使是穷光蛋，也要去借钱，买一套体面的衣服穿在身上。不过，也有极少数像陈兆渊那样不愿"露富"的人——有的是怕引人注目，招引盗贼；也有的是因为自己的钱来路不干不净，怕人追查。至于陈兆渊属于哪一类，尚不得而知。

金慧明沉默了半晌，才答道："陈先生，我做过多年的侦探。我养成了我的职业习惯——案件尚未真相大白之前，不会向外界透露半个字！对于记者之类，我尤其提防。显然，《星星晚报》的记者是通过别的什么途径打听到这一消息。记者们的职业习惯跟我正好相反——他们无孔不入，尤其喜欢在案件刚发生时抢先发表。他们常常给我的工作带来麻烦。"

经金慧明这么一解释，陈兆渊哑口无言，只是长长地叹了一口气。

绣花手绢

这时，金慧明转换话题，向陈兆渊打听起陈伯瀛的死——他以为，陈伯瀛之死，可能与案情有关。

陈兆渊用手绢擦去鼻尖上的汗珠，又叹了一口气。金慧明注意到，陈兆渊用的是一块绣花女式手绢！

陈兆渊沉浸于回忆之中，说道：

"先父虽然很瘦削，可是精神矍铄，一直没有什么病。

"搬到这里之后，先父偶尔头痛。一个多月前，夜间起床小解，不慎跌了一跤。次日，先父便卧床不起。我问他话，他却不能答——舌瘫了。不久，左面手、脚瘫痪、抽搐，神志不清。我立即打电话，喊来急救车，送到仁济医院。刚进急诊室，先父就离开了人世。据主治医师赵楚帆先生诊断，先父是因脑血栓，造成脑梗而猝死。

"赵医师要剖开先父的脑袋，以便彻底查明死因。我未同意。我认为，先父猝然死去，已使我很悲伤，怎能忍心在他死后剖开脑袋呢？何况，先父死前，家中一切如常，没有外人来过的痕迹，不大可能是被害而死。

"就这样，我把先父遗体送往火葬场火化……"

金慧明问道："火化时，你在场吗？"

陈兆渊答道："追悼会是我主持的，火化时，我不在场。"

金慧明又问："骨灰盒在哪里？允许我启开吗？"

陈兆渊答道："骨灰盒埋在金安公墓，如果你一定要启开——不，不，最好是不是启开。唉，何必惊动他在天之灵呢？"

金慧明摇头道："当然是最好不要启开。可是，根据目前的情况，一定要打开骨灰盒。"

陈兆渊眉头紧皱，问道："你怀疑先父是被毒死？"

尽管金慧明并未说明检查骨灰盒的原因，陈兆渊倒先这么猜测道。他站了起来，用钥匙打开书桌的抽屉，从中取出仁济医院赵楚帆医师亲笔开具的陈伯瀛死亡证书，上面清楚地写道：

"因脑血栓暴发而猝死。"

金慧明看罢，问道："你父亲是几时火化？哪个火葬场火化？"

陈兆渊答道："上月八日，在港西火葬场火化。"

陈兆渊说着，又拿出那绣花手绢，擦了擦鼻尖上的冷汗。

风雨交加

　　当金慧明回到警察局时，天已经黑了。天气是那么闷热，金慧明调大了空气调节器的冷风，依旧觉得很是烦热。

　　案情，犹如迷雾一般，叫人捉摸不透，真是："不识庐山真面目，只缘身在此山中。"

　　地下金库的门，究竟是被谁打开的呢？门上的指纹锁，只有陈伯瀛和陈兆渊才能打开，而这两个人似乎都没有作案的可能性：陈伯瀛已经死去，死人怎能来偷东西？至于陈兆渊，他是陈伯瀛的独子，是陈伯瀛的财产的当然继承者，唯一继承者，他已经得到金库里的全部财产，何必偷呢？

　　金慧明在下午访问了指纹锁专家。据专家说，指纹锁绝对可靠，除了陈伯瀛和陈兆渊之外，第三者无论如何无法开锁——他愿意以指纹锁专家的信誉担保。这位指纹锁专家以斩钉截铁般的口气说道："倘若第三者能打开指纹锁，我可以把我的全部财产奉送给你！"指纹锁专家是个十分认真的老头儿，他说"军中无戏言"，竟亲笔写下文书，交给金慧明。由此可见，作案者只能在陈伯瀛和陈兆渊两者之中，不可能有第三者。

　　这，真是咄咄怪事！

　　金慧明是不大抽烟的。此刻，他却忍不住点燃了一支纸烟，吞云吐雾起来。他的眉宇之间，出现了三道像刀刻般的竖纹，这表明他陷入了深思。

金慧明的耳边，仿佛响起了陈兆渊刚才的话音：

"骨灰盒埋在金安公墓，如果你一定要启开——不，不，最好是不要启开。唉，何必惊动他在天之灵呢？"

金慧明突然掐灭了烟头，猛地从椅子上站了起来。

这时，窗外乌云密布，看样子是要下雷阵雨了。

金慧明却毫不犹豫，带上一名助手，驾车直奔金安公墓。

金安公墓在郊区海边。警车在高速公路上飞驰。半路上，狂风大作，紧接着豆大的雨滴就哗啦啦地泼了下来，在公路上溅起一个个铜钱般大小的水泡泡。

当金慧明来到金安公墓，闪电像银蛇般在漆黑的天空中蠕动。一道道炫目的光芒掠过之后，随之而来的是振耳欲聋的响雷。

看墓老人在小屋里独酌，面前是一盘五香牛肉、一碟油炸黄豆和一瓶金奖白兰地。他万万不会想到，在这风雨交加、雷电大作的夜晚，竟有人专程从城里赶来。

看墓老人呆呆地望着面前的两位不速之客。

双手被斩

金慧明和助手在滂沱大雨之中，在十字架和墓碑林立的金安公墓中，找到了陈伯瀛的新坟，取走了他的骨灰盒。

警车冒着狂风暴雨，回到警察局，已经是夜里十点多了。

金慧明打开了骨灰盒，里面是一根根雪白的骨头。金慧明对法医学也颇有研究，他细细地检查着，脸上露出了笑容。

金慧明连夜带助手赶到港西火葬场。在火化记录册上，金慧明查出，陈伯瀛是一个名叫萧阿弟的火化工火化的。

正巧，萧阿弟值夜班，正在火化炉前工作。金慧明向他出示了警察局的证件之后，就问起火化陈伯瀛时的情形。

原来，萧阿弟家甚为穷苦，妻子久病，孩子又多。为了多挣点钱，他天天上夜班——夜班的工资比白班高。在夜深人静之际，谁高兴去跟死人打交道？然而，尽管日班十分忙碌，夜班也并不清闲。其中，有特殊的原因——深夜静悄悄，便于焚化一些带有神秘色彩的尸体！陈伯瀛是在夜间火化，大抵也属于神秘的尸体。

不过，当金慧明把陈伯瀛的照片递给萧阿弟，他眯起眼睛看了良久，还是记不起来！唉，萧阿弟成天价跟死鬼打交道，他很少去看死人那龇牙咧嘴的脸，怎能记得是否烧过他的尸体？此刻，金慧明提醒了他一句："是一具没有双手的尸体！"

金慧明为什么会断定陈伯瀛的尸体没有双手呢？这是因为他刚才仔细检查了陈伯瀛的骨灰盒。所谓骨灰，其实不过是烧毁尸体之后剩下的白骨罢了。在骨灰盒里，金慧明没有找到一根手掌部位的骨头——没有发现掌骨，也没有发现指骨，甚至连腕骨也未看到。金慧明对人体骨骼极为熟悉。就拿腕骨来说，共有八块——舟状骨、月舟骨、三角骨、豌豆骨、大多角骨、小多角骨、头状骨和钩骨，金慧明能够一眼就识别出来。

金慧明知道，一般的尸体在火化之后，小骨头被扔掉，骨灰盒中只象

175

征性地放几块大骨头。

然而，陈伯瀛是富亨，是有身价的人，骨灰盒里肯定要保留完整的骨头。即使那些小骨头会被扔掉，可骨灰盒中的尺骨和桡骨不知被什么利器斩断。这尺骨和桡骨是手臂前臂骨头与手腕相连。金慧明据此断定：陈伯瀛死后，双手被斩去了！

在夜总会

经过金慧明的提醒，萧阿弟记起来了：

"对啦，在一个来月前，我上夜班时，烧过一具没有双手的尸体！

"那是我们火葬场的董经理亲自叫人从停尸间推来的。当时，尸体上盖着白布。推来以后，推尸工走开了。董经理这才亲自揭开白布，要我立即火化。我遵命照办了。那具尸体，好像瘦瘦的，是个老头子。别的，我就不知道了。"

"那双手被斩去，创口缠着白纱布吗？"

"没有，没有缠白纱布。"

"你们的董经理呢？"

"他哪有工夫到这儿来！只是在有什么神秘的尸体要他亲自监视火化的时候，他才来。那一次，他看见我把尸体推进了炉子，就转身走了……"

金慧明听了，心中豁然开朗。他知道，从董经理那里，可以找到破案线索。

金慧明向阿弟道了谢，便从港西火葬场值班员那里查到董经理家的地址。

"现在，才十二点。你到董经理家，恐怕还找不到他。不如先到兰心夜总会去看看，董经理十有八九在那里。"值班员似乎对董经理的行踪了如指掌，这么劝告金慧明道。

金慧明觉得值班员的话很有道理，便驱车直奔兰心夜总会。金慧明对兰心夜总会也很熟悉，因为一些走私犯、盗窃犯弄到一点钱，常在那里花掉，所以金慧明常常在那里出没。

用霓虹灯管组成的绿色的"兰"字和红色的"心"字，在黢黑的夜幕中十分耀眼。金慧明刚才查看过董经理的照片，所以尽管夜总会里人声嘈杂，他很快就从一个花枝招展的女人的怀抱里，找到了董经理。

董经理脸色白皙，点点雀斑显得十分突出。他戴着一副宽镜片茶色眼镜，可以看出那是一副平光眼镜，并非近视眼镜，大抵是为了遮去脸上过多的雀斑吧。

金慧明的突然到来，使正在醉生梦死之中的董经理感到震惊。慑于金慧明所穿的那身警服以及腰间挂着的手枪的威力，董经理只得离开女人，乖乖地跟随金慧明出去，坐进了警车。这时，雨渐渐小了，风也停了。街上车稀人少，警车从湿漉漉的路面上驶过，车轮发出轻微的唰唰声。

原来是他

午夜一点，金慧明带着董经理来到警察局办公室。董经理那金鱼眼睛直勾勾地望着金慧明，脸色惨白，眸子里透露着惊恐的目光。

大抵是董经理干的坏事太多，所以他一坐下来，便絮絮叨叨地坦白了许多罪行。譬如，怎样接受杀人犯的贿赂，在夜间帮助他焚尸灭迹；怎样悄悄地取下死人身上的器官，高价卖给医院，把尸体暗中烧毁……

金慧明用录音机录下了董经理的话。他明白，坐在他面前的是一个在死人身上榨取钱财的奸商！

董经理讲了半天，还没有谈及陈伯瀛。金慧明只得点了他一句："你有没有砍过一具尸体上的手？"

这下子，董经理终于言归正传，说道：

"从我这里买死人的眼睛最多，多得数也数不清。还有买肾脏的，也不少。这些事儿，我都是背着死者家属干的，干完就把尸体烧掉。

"从我这里买死人的手的，很少。上月，有人来买手，指定要买一个瘦瘦的老头儿的一双手。由于买手的人很少，所以我记得那人——我也认识那人！"

"是谁？"金慧明紧紧追问。

董经理的前额沁出了晶莹的汗珠，沿着面颊流淌下来。他的胸脯急剧地起伏着。看得出，他的内心正处于激烈的斗争之中。

"是谁？到底是谁？"金慧明又追问道。

沉默了好一会儿，董经理才说道："金探长，让我考虑十分钟，好不好？"

"为什么？"

"我……我……我害怕！"

"你不讲？坐牢房你怕不怕？好吧，就给你十分钟时间考虑！"

董经理总算开口了："金探长，我愿意讲出这个人的名字，不过，请你把录音机关掉！"

金慧明"啪"的一声，关掉了录音机。董经理附在金慧明耳边，压低了声音，终于说出了那个买手的人的名字。

金慧明一听，不由得一怔！他倒吸一口气，失声说道："原来是他！"

非同一般

董经理说出的这个人，确实使金慧明大为震惊。

董经理说"我记得那人——我也认识那人"，这是老实话。那人是位要人，三天两头在电视机荧光屏上抛头露面，谁个不知，哪个不晓？董经理当然认识那人，也当然记得那人。金慧明为什么要紧紧追查买手的人呢？

这是因为金慧明知道：那人买到陈伯瀛的手，等于拿到了陈家地下金

179

库的钥匙！只需要把这双斩下来的手，按在陈家的指纹锁上，就能打开指纹锁！

金慧明深知，那位用高价从董经理那里买下陈伯瀛手的人，势必就是作案者，就是窃贼！如果窃贼是一般的地痞流氓，金慧明会马上出动警车，把他捉拿归案，就行啦。

不过，这一次十分棘手，因为窃贼非同一般——窃贼有着很高的社会地位和声望。

这一回，金慧明变得犹豫不决了。他把董经理临时押在拘留室之后，便在房间内来回踱着方步。

金慧明掏出了香烟，抽了起来。眉间又出现了深深的竖纹。

金慧明沉思良久，终于想出了妥善的处置方法。他打了个电话，把他的上峰从梦乡中喊醒，向上峰报告了侦查结果，请示该怎么办？

"好吧，等我再向上请示一下，告诉你该怎么处置！"上峰说完这句话，就把电话挂断了。

呵，原来上峰听到金慧明说出的窃贼的名字，也害怕了，不敢作主。

金慧明是一个忠于职守的人。尽管他已很倦、很累了，却未敢回家睡觉。他煮了一壶咖啡，慢慢地喝着，守在电话机旁。他随时都做好准备，以便去逮捕那个盗窃黄金的要人。

谁知电话机像哑巴似的沉默着。

金慧明通宵达旦守候在电话机旁。他平时不大抽烟，此刻，烟灰缸里却积满了烟灰和烟头。

一直到翌日清晨七点二十分——也就是在陈兆渊发现地下金库被盗二十四小时之后，缄默多时的电话机突然响起了铃声……

不予追究

电话铃声刚刚一响，金慧明就伸手抓起了电话耳机。金慧明平常料事如神，此次满以为是上峰来电，谁知却从耳机里传出十分陌生的声音：

"金探长吗？"

这下子，金慧明马上猜出对方是谁：

"嗯。你是陈兆渊先生。"

"是的，是我。"

"陈先生，我很荣幸地告诉你，已经破案了。"

"嗯，我也听说了。不过，我不想……不想追根究底了。"

"不想追根究底？难道你家的黄金任凭盗贼白白窃走？何况，如今案情大白，已经查清了盗窃犯。"

"金探长，你的好意，我心领了。你为了侦破此案，花费了许多心血，鄙人万分感激，一定另致薄酬，表示谢意。现在，我打电话给你，是请你以你的名义，向报界发表一项声明。"

"声明？"

"嗯，声明！你可以打电话，约请《星星晚报》的记者来警察局，告知他们——已经查明，陈兆渊家的金库，系被一般海盗所窃。现在，海盗已把所窃黄金装上船逃往外国，非本港警察局所能缉捕，此案只好这样收场。"

"为什么要发表这样的声明？罪犯不是已经水落石出了吗？"

"不，不，金探长，请你不要再提他了，你要对此事保密，再也不可把他的真实姓名告诉任何人！"

沉默了好久，陈兆渊见金慧明不作答复，便又说道：

"金探长，我求求你，按我的意思，接见《星星晚报》记者。你上午接见他们，下午就可以见报。只要办成此事，我一定重谢你！怎么样？我们一言为定。"

又是长时间的沉默。对方见金慧明不置可否，委实着急了，一次又一次苦苦哀求。

金慧明心里想：也许，连陈兆渊也害怕那窃贼吧？他是哑巴吃黄连，有苦说不得！

贼偷贼货

世界上没有不透风的墙，特别是那些神经格外灵敏的新闻记者，很快就打听到事情的真相。

当天中午，《星星晚报》记者梁伟光，用他那支飞快的笔，写出了一篇惊人的报导，题目很怪，叫作：

黑吃黑！

下面是梁伟光报道的全文：

昨天，本报以独家新闻，报道了巨亨陈兆渊家金库被盗的消息，引起本港公众关注。今天，本报又以独家新闻，报道这一案件的侦探结果。

负责侦探此案的，是探长金慧明。他不愧为侦探老手，他从陈伯瀛的骨灰盒中查不到手骨，又发现尺骨、桡骨为利器所斩，断定陈伯瀛死后双手被窃，他从港西火葬场董经理处查出，以高价购买陈伯瀛的双手者，竟是某要人——请原谅记者姑隐其名。

金慧明将侦查结果报告了上司，上司又报告了其上司。不久，消息不胫而走。有人在凌晨打电话告知了某要人。

某要人并不惊惶，他给陈兆渊打了电话，只稍微讲了几句，便使陈兆渊哑口无言。

原来，陈家的黄金，也来路不正！

陈兆渊之父陈伯瀛，原来是一个普通律师。几个月前，陈伯瀛在经办一桩黄金案时，获悉了人造黄金的秘密。

所谓人造黄金，是某国化学家发明的。这位化学家发现，植物能够使一种化学元素变成另一种化学元素。例如，把植物种在不含铵的土壤中，只浇不含镁的水，植物却绿叶如盖。叶绿素中的重要成分是镁，这些镁从何而来呢？化学家证明，植物能使别的元素转化为镁。同样，他把莴苣种子种在不含硫的土壤中，用不含硫的水浇灌。当莴苣长大之后，他发现莴苣中所含的硫远多于种子中所含的硫……

化学家深入进行研究，终于查明植物能够转化元素的奥秘，并用这种方法，把别的元素转变为黄金，制成了人造黄金。

化学家的这一发现，使盗贼、间谍们垂涎三尺。他不得不背井离乡，来到本港——他心目中的自由港。

谁知在他来港之后不久，有人暗算他，要窃取其中秘密。化学家求助于陈伯瀛律师，陈伯瀛在骗取了化学家的秘密之后，将他毒死，买通港西火葬场董经理，在深夜毁尸灭迹。

陈伯瀛伙同其子陈兆渊一起制造人造黄金，遂成巨富，买下了小洋房，建造了地下金库。由于陈家父子自知是黑手起家，所以很怕露富，只把黄金存于金库，对外不敢张扬。

陈兆渊年近三十而未娶妻，手头宽裕之后，便进出于妓女馆。他酒后失言，被某妓女获知其中奥秘。由于某要人亦常进出于那里，妓女向他献媚，说出陈家底细。于是，某要人顿起歹念。

正巧，陈伯瀛病故。某要人便向港西火葬场董经理购得陈伯瀛之手，置于冰箱之中，待机启用，他于深夜带人潜入陈家，用死人的手悄悄打开陈家地下金库，盗取大批人造黄金。案发后，陈兆渊踌躇再三。报道吧，生怕从此露富，弄得不好，反而走漏谋杀化学家的马脚；不报道吧，盗贼可能还会再来，万一要他的命，怎么办？

陈兆渊反复斟酌，觉得还是保命要紧，这才报道，同时又要求探长对此事严格保密。

当探长查出窃贼是某要人，而某要人深知陈家的底细，只在电话中将陈伯瀛谋杀化学家一事点了几句，便吓得陈兆渊魂不附体！

于是，陈兆渊便打电话给金探长，希望他对此案不必深究……"唉，到头来，被窃者本身原来也是窃贼——黑吃黑！"

尾声

当天的《星星晚报》，到底是发表了金探长接见该报记者声称海盗远循的消息呢，还是发表报道《黑吃黑》呢？

唉，什么都没有登！

为什么不登报道《黑吃黑》呢？因为《星星晚报》总编深惧某要人的势力，况且某要人闻讯后又特地给总编打来了电话，请他"多多包涵，多多关照"。于是，总编连忙烧毁了"黑吃黑"手稿，并嘱记者梁伟光切不可把消息外泄。

为什么金慧明没有按照陈兆渊的意思，接见《星星晚报》的记者呢？这是因为虽然金慧明为了自己的饭碗，不敢得罪某要人，可是他也绝不会干那些昧着良心的事。他，终究还是一个正直的人！

就这样，一场"黑吃黑"的争斗，悄悄地被遮盖了内幕。

没几天，一个万籁俱寂的深夜，在港西火葬场，董经理又亲自把一具尸体押送到火炉前，要萧阿弟立即火化。

死者男性，三十来岁，眉目清秀，油光可鉴的头发朝后梳，蓄着一小撮浓黑的胡子，鼻梁两侧留有久戴眼镜形成的凹痕。

死者是谁呢？读者自然明白……

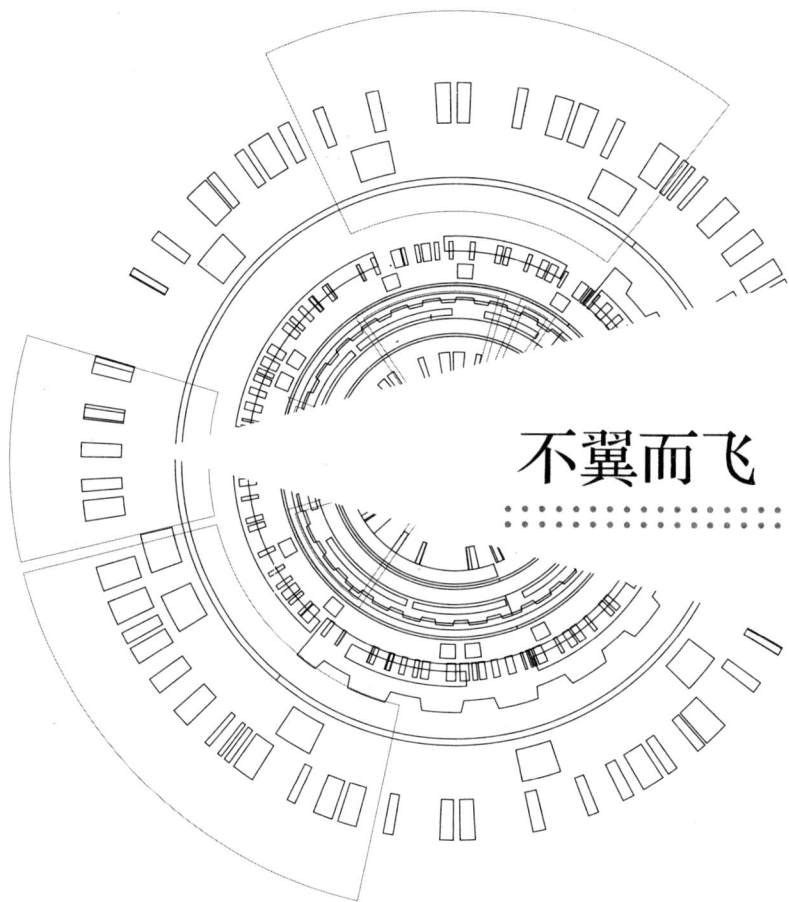

不翼而飞

"阿妈妮"哪里去了?

冬天的傍晚，天很早就黑了下来。到了五点半，浓重的夜幕已经笼罩着处于群山环抱之中的A市。

蜿蜒的布尔哈通河，由西向东横穿A市。此刻，结满厚冰的河面，看上去像一条白色的广阔的马路。

坐落在布尔哈通河边的朝花托儿所里，已经显得十分冷清，听不见孩子们的喧闹声了。阿妈妮们在下班之后，来到这里，给孩子们披上七色缎斗篷，把他们接回家去了。只有崔平孤单单地坐在小椅子上，那双乌亮的大眼睛一直盯着大门，心里不住地暗自嘀咕着："咦，阿妈妮怎么还不来接我?"

确实，今天有点奇怪!往常，五点一刻左右，阿妈妮总是很准时地来接小崔平回家。现在，怎么还不见阿妈妮的影子呢?

已经五点四十五了，阿妈妮依旧没有来。

"小崔平，我送你回家，好不好?"托儿所所长金正花用手摸了摸小崔平的大脑袋，说道。

"行!"小崔平高兴地站了起来。

天已经完全黑下来了，朔风呼啸着。小崔平刚刚离开暖烘烘的托儿所，不由得打了个寒噤。

崔平的家，离朝花托儿所不远，也在布尔哈通河旁边。那是一幢三层的楼房，崔平家住在顶楼。

"阿妈妮在家呢！"崔平看到自己家那结满冰花的玻璃窗里射的灯光，高兴地叫了起来。

门开了。来开门的不是阿妈妮，却是刚回家的崔平的姐姐——崔姬。崔姬8岁了，刚上小学一年级，比崔平大4岁。崔平矮墩墩的，崔姬却细挑个子。她比弟弟懂事多了，正忙着做饭，给奶奶煎中药。

"阿妈妮还没有回家？"金所长问崔姬。

"嗯。"崔姬很有礼貌地答道，把手朝椅子上一伸，"金阿姨，您请坐！"

金所长一边脱去外衣，放在椅子上，一边又问道："奶奶呢？她的病好点了吗？"

"还是老样子，躺在床上。"崔姬答道。

金所长挽起袖子，帮崔姬烧饭。她环顾四周，叹了口气：房间里十分凌乱，床上躺着双目失明的病人，桌上摊着书、笔、纸头、计算器，地上满是碎纸，屋角放着一堆没有来得及洗的脏衣服，水槽里横七竖八扔着一堆盘、碗——大约是吃完中饭之后没有洗，煤气灶上中药锅冒着热气，弄得满屋子是中药味儿……

金正花对小崔平的家，是熟悉的，她是崔平的阿妈妮——林丽的好友。她很同情林丽的遭遇：唉，刚生下崔平，丈夫就去世了，一个人拉扯两个孩子，老人家又重病卧床……

189

金正花不由得抬头朝墙上望去，那里挂着一幅林丽和她的丈夫崔华的彩色结婚照：九年前的林丽，是一个出众的姑娘，长圆脸，一对明亮的眸子，眉梢、嘴角挂着温馨的笑，梳着粗黑的长辫，上穿朝鲜族的叫作"则羔利"的斜襟短上衣，下穿腰间有许多皱褶的"契玛"长裙，脚穿船形的鞋，不知情的人一定会以为她是道道地地的朝鲜族姑娘，而实际上她却是在北京长大的汉族姑娘。紧挨在林丽旁边的崔华，长方脸，两道浓眉下有一对闪耀着聪颖目光的眼睛，正直的鼻子，稍大的嘴巴，一望而知是一位朝鲜族青年。他穿着藏青色的西装，结着紫色领带，他显得拘谨、严肃，即使在这样幸福的时刻，居然也没有微笑。

在结婚照旁边，是一张用黑框圈着的崔华的遗照：骨瘦如柴，颧骨突出，双眼深凹无光，脸色苍白，一望而知已经病入膏肓，与那张结婚照上英姿勃勃的青年判若两人。

金正花开始洗碗。她看了一下手表，已经六点一刻了！她一边洗，一边在纳闷：林丽到哪里去了呢？金正花回头一看，一只熟悉的墨绿色手提包，挂在门后的小钩上。这是林丽上班时拎的手提包。每天，她来接小崔平的时候，手里总是拿着它。

如今，手提包在这里，她上哪儿去了呢？正在这时，响起了门铃声。

"阿妈妮！阿妈妮！"崔姬和崔平闻声奔了过去。

门开了，站在门口的并不是阿妈妮。来者是谁呢？

向公安局报案

　　站在门口的，是一男一女，年纪都40多岁，穿着朝鲜族服装。那个男人，方脸浓眉，样子跟崔华酷似。

　　"伯伯！伯母！"崔姬和崔平向他们深深地鞠了一躬。

　　原来，他们是崔华的哥哥和嫂嫂。金正花还是第一次见到他们。

　　崔华的哥哥叫崔龙。他劈头一句话，便是问崔姬和崔平："阿妈妮回来啦？"

　　"没有！"崔姬和崔平摇头道。

　　"真的没有回来？"听崔龙的口气，似乎他预先知道林丽没有回家。

　　崔龙和妻子走向病床，大声地向母亲问候。病人双目失明，耳朵也失聪，好不容易才听出来是儿子的声音，脸上出现了微笑。

　　面对着两个不懂事的孩子和一个风烛残年、又瞎又聋的老人，崔龙显得十分焦急。

　　当他知道金正花是弟媳的好友，就把她留住。

　　"林丽失踪了！"崔龙对金正花说道。

　　崔龙的话，使金正花不由得一怔，双眉紧蹙，重复了一句："林丽失踪了？"

　　"嗯，林丽失踪了！"崔龙叹了一口气。

崔龙回头对妻子说道："那封信，拿出来给金所长看看，听听她的意见。"

崔龙的妻子从手提包里拿出一封信，信封的质地很好，用打字机打印着这样几行字：

A市郊东方丝绸厂

崔龙同志收

W.S.

这封信，是崔龙在下午收到的。他一看这"W.S."就感到纳闷，因为他从未收到过"W.S."这样署名的信。

金正花打开了信，见洁白的信纸上，清晰地用黑色油墨打印着这样的字——

崔龙同志：

您好！

您的弟媳林丽同志因工作需要，暂离A市一年。在这一段时间内，请您照料一下她的家庭。您是她的已故丈夫在A市的唯一亲弟。明天，您将从银行领到一笔数目可观的钱，作为林丽一家在这一年内的生活费。这笔钱是绰绰有余的。您可以用它雇一个保姆照料林丽一家。如果林丽同志在一年之后，还要继续在我这里工作，我们还将汇一笔钱给您。林丽同志暂离A市，完全是为了一项崇高的事业，是很有意义的事情。请不必为她担忧，不必四处寻找，不必向公安局报案，也不必在报纸上刊登寻人启事。当林丽同志所在单位来了解情况时，你们说她因某某事去某某地方了，一定不要说她失踪了。关于林丽同志本人，我可以保证她在这一年内生活愉快，生命绝对安全。我用我的信誉向你担保。

W.S.于12月3日

金正花看完信，沉思了一下，又把信看了一遍。她问崔龙道："这'W.S.'是谁？"

崔龙呆滞的脸上，毫无反应。他说道："我不知道这个'W.S.'，下午4点多，我收到这封奇怪的来信。当时，我将信将疑。我立即给林丽打电话，她的同事说，今天下午她没来上班——上午是在的。我想，也许信中所讲的，真有那么回事情。我跟妻子商量一下，立即赶来了。看来，林丽确实是失踪了。金正花同志，你看该怎么办？"

金正花思索了一下，答道："我看，应当立即向公安局报案！"

崔龙朝妻子看了一下，她也点点头，于是，下了决心："好，向公安局报案！"

又是"W.S."

照理，林丽失踪，充其量不过是一件普通的失踪案罢了。

想不到，在半个月之后，这件事却惊动了侦查中心。决定调金明前来破案。

金明料理的案件，一般都是重大案件，诚如人们平常所说："金明出师，定有大事。"然而，侦查中心和金明为什么会注意起这么一桩普通的失踪案呢？

原来，侦查中心的首长"814"每天总是以极快的速度，浏览各地公安局用传真电报机发来的各种简报。在林丽失踪半个月之后，公安厅转发了A市公安局的案情简报，全文如下：

"12月3日下午，A市妇女林丽失踪。林丽的丈夫崔华已经去世，遗下一儿一女均年幼，家有病重老母。当天下午，崔华胞兄崔龙收到署名'W.S.'的信（附信全文）。次日，崔龙果真收到银行汇来的一笔巨款。经我们侦查，至今尚未找到林丽失踪的线索。"

"814"把这份简报转给了金明。

"又是失踪案？又是'W.S.'？"这份简报，引起了金明的注意。金明的记性很不错。他记得，一个星期以来发生过几起类似的失踪案，失踪者的家属同样收到署名"W.S."的信及汇来的巨款。

这"W.S."是谁？是外国人还是中国人？林丽究竟是怎样失踪的？金明认为，林丽失踪，不是一般的案件。为了揭开"W.S."之谜，金明经向上级请示，决定与助手戈亮一起到A市去，协助当地公安局侦破此案。

戈亮在十分钟内就利索地做好了出发前的准备工作。

一架喷气式专机掠过长空，朝着东北方向飞去。机舱里只有两位乘客——金明和戈亮。从圆形的舷窗俯瞰大地，只见一片银白色。皑皑大雪，把本来五彩缤纷的大地变成单一的白色，在阳光下显得耀眼、刺目。飞机的发动机，发出单调的轰鸣声。

　　金明是一个很善于见缝插针地利用时间的人。此刻，他从衣袋里拿出一只像香烟盒那么大小的塑料盒子。一按开关，盒子上的小荧光屏马上亮了。金明转动盒子上的圆形旋钮，荧光屏上便出现许多文字。

　　这长方形的塑料盒叫作"袖珍资料显示器"。在侦查中心，设有电子档案处，存有全国公民的档案，按姓氏笔划分类，用电子计算机管理。临走时，戈亮从电子档案处取出林丽和崔华的档案信息片。这信息片只有半粒米那么小，装进袖珍资料显示器之后，荧光屏上便会显示出信息片中的资料。

　　以下是关于崔华的档案资料：

　　崔华，男，朝鲜族，4年前因癌症病故，籍贯A市，文化程度为初中毕业。崔华生前为A市布尔哈通狗肉店厨师。妻，林丽；长女，崔姬；儿，崔平；兄，崔龙。

　　以下是关于林丽的档案资料：

　　林丽，女，汉族，33岁，籍贯北京，文化程度为高中毕业。林丽原在北京市新兴饭店任厨师，后调A市布尔哈通狗肉店任厨师，与该店厨师崔华结婚。

　　金明看完关于崔华和林丽的档案资料，眉间皱起了深深的"川"字纹："狗肉店里的厨师，为什么会引起'W.S.'的注意？"

　　戈亮看完这些档案资料，两道浓眉紧锁，也感到疑惑不解。

　　当专机在A市机场降落的时候，一辆乌亮的"彗星牌"轿车已在那里等候金明和戈亮了。当地公安局侦查科科长刘荣，亲自驾车前来迎接。

　　金明走出机舱，迎面而来的是零下十几摄氏度的寒风。金明一眼就看见刘荣，两个人的手紧紧地握在一起……

一切都正常

刘荣也40来岁，一开口就有浓重的东北口音。他，粗眉大眼，身高体壮，看得出是一个热情豪爽的人。凛冽的北风，把他的双颊吹得通红。

刘荣跟金明是老相识了。当年，他们俩都在公安学校学习，金明比刘荣高两级。毕业后，刘荣因是东北人，分配在沈阳公安局工作，后来调到A市。他与金明偶尔在侦查中心的会议上见过一两面。如今，老友重逢，当然分外高兴。

刘荣把金明接到市公安局之后，浓眉一扬，头一句话就问道："老金，你怎么会对狗肉店有兴趣？"

"A市的狗肉汤，热、辣、麻、香俱全，驰誉全国，我怎么会不感兴趣？"金明风趣地答道，逗得刘荣哈哈大笑起来。

刘荣对于这位大名鼎鼎的侦查处处长专程远道而来，确实有点意外。虽说是老同学，如今却是上、下级，刘荣以为大概是工作中出了什么疏漏，所以见面时不免有点拘谨。也正因为这样，他迫不及待地想弄清楚金明的来意。经金明这么一逗，刘荣显得轻松起来。

金明开始询问起林丽失踪的详细情况，刘荣答不上来。因为在刘荣看来，这类案件是很普通的案件，他没有亲自出马，而是交给了他的年轻助手李深去办。这时，刘荣把李深喊来了，让他向金明汇报工作。

李深的年纪跟戈亮差不多，个子却比戈亮矮了半截。他是一个新手，调到A市工作不久。

李深用带着南方口音的普通话，向金明和戈亮叙述了林丽失踪案件的情况。

"我是在12月3日晚上7点钟，接到崔龙打来的电话，立即赶到林丽家中。崔龙和他的妻子在那里，林丽的一位朋友——朝花托儿所所长金正花也在那里。

"我到林丽的家看了一下，一切都正常，没有发现任何搏斗的痕迹，也没有发现血迹或毒药。

"我看到床上躺着林丽的婆婆，本想向她打听，可是，她又聋又瞎，听不见我的问话。

"我只好问那两个孩子。崔平说，在早上送他到托儿所之后，就没有见到过阿妈妮。崔平是在托儿所里吃中饭的。

"崔姬倒谈了一点情况。中午的时候，她放学回家，快把饭烧好的时候，阿妈妮回来了。阿妈妮炒好菜，给奶奶喂好饭，这才自己吃饭。下午，当崔姬上学去的时候，阿妈妮还在家里。

"除了这些之外，没有发现别的可疑情况。

"第二天，崔龙打电话告诉我，银行果真给他汇来了一笔巨款。他没有取出来，而是以林丽的名义存在银行里，以便作为林丽一家今后的生活费。为了照料林丽一家，他准备请一个保姆。

"本来，我以为，也许林丽会很快回来，所以等待了半个月。

"这半个月中，她杳无音信。我这才确信。她，失踪了！

"不过，在这半个月中，A市并没有发生与她有关的谋杀案。查阅了全国在这半个月中发生的案件，似乎也与林丽无关。这就是说，林丽虽然失踪，并没有发生不幸。

"半个月后，我向刘荣同志汇报了这一案件。

"刘荣同志认为，从案件本身来看，是很普通的——一个女人失踪了，并没有发生凶杀或抢劫；不过，那封署名'W.S.'的信以及失踪后汇给亲属的巨款，这一点非同一般。于是，他让我把情况写一下，作为内部简报发出，供大家参考……"

金明听到这里，问李深道："我很想听听，你对林丽失踪案的见解如何？"

蹊跷的北京来客

李深略微思索了一下，呷了一口清茶，回答了金明的问题。

"对于这个案件，我是采用'逐一否定法'来进行判断、推理的。

"失踪者本人，是狗肉店的厨师。论手艺，在店里不算太高。她的工作，既与国防无关，也不涉及什么机密。这样，首先可以断定，不是一桩间谍案。

"失踪之后，居然给亲属汇来巨款，这足以断定，不是一桩抢劫案。林丽的丈夫已经病故，她本人的工资也不算高，她家中并没有什么可观的财产。她5年的工资加起来，还不及那笔巨款的十分之一。

"林丽家的现场，没有搏斗痕迹。那天吃中饭时，林丽的情绪很正常。在她失踪之后的半个月内，又未查到与她有关的谋杀案。这样，她的失踪，不是一桩谋杀案。"

"除去间谍案、抢劫案、谋杀案，林丽为什么失踪呢？

"我分析了林丽的特点：她长得很漂亮，年纪又不算大，丈夫死去已4年了。林丽要照料两个年幼的孩子，还要照料病重的婆婆，家务异常繁重。全家靠她的工资收入维持生活，并不宽裕。另外，林丽是北京人，是汉族妇女，嫁到这偏远的A市，丈夫死后，也生活在朝鲜族的家庭中，怎么会甘心？

"我曾到布尔哈通狗肉店了解过。据反映，有人在林丽失踪前几天，看到她与一个40来岁的汉族男人在公园的长椅上喁喁私语。目击者说，这男人穿着皮大衣，戴着深紫色宽边框眼镜，人很清秀、斯文，看上去不像本地人。

"这确实是一件很值得注意的事。你想想，在滴水成冰的日子里，人们都在温暖舒适的房间里谈话，谁会坐在公园的冷板凳上交头接耳？如果林丽正派的话，为什么不把那汉族男人请到家里去？

"另外，我从崔龙那里查出，那笔巨款是从北京市银行汇出，是电汇。

"从这两件事可以作这样的推理：林丽爱上了一个来自北京的汉族男人，要跟他一起回北京去共同生活。不过，林丽又对自己的两个幼小的孩子以及久病的婆婆过意不去。于是，那男人发电报给北京家中，汇一笔巨款给崔龙，请他照料孩子和老人。为了使崔龙不至于到处寻找林丽，那人又发了一封信给崔龙。他怕暴露自己的笔迹，所以用打字机打字。很显然，他不懂朝鲜文。我问过崔龙，在这里，朝鲜族同胞写信，有时是用打字机的，因为朝鲜文一共只有40个字母，打字很简便。可是，汉族同胞几乎没有用中文打字机打印信件的，因为中文光是常用字就多达3000多个，打字机有很大的字盘，而且掌握中文打字技术，不那么容易。如果那人懂朝鲜文，当然会用朝鲜文打字机打字，何况这封信是写给一位朝鲜族同胞的。

"至于那'W.S.'，我以为可能是那人姓名的英文缩写或汉语拼音缩写。

"本来，我想去北京银行，详细进行调查。不过，我很快就打消了这一念头。我觉得，即使把那男人查出来，也没有多大意义。林丽是一位年轻的寡妇。她要改嫁，这是允许的。从她跟那男人低声耳语的样子来看，关系很不一般。所以，这样的失踪案，不值得由公安局侦查科去追查，甚至还称不上是'失踪案'。

"当然，林丽擅自出走，事先未对婆婆及崔龙说明，她在处理这些问题上是有不当的地方。不过，她可能开不了口，所以一走了之。好在她总算在自己走后，把孩子、老人都安顿了，生活有着落，也就可以了。"

金明一字不漏地听了李深的推理之后，对这位小伙子说道："你的'逐一否定法'和推理分析，是有一定道理的。当初，如果让我来分析这一案情，恐怕也会是这样。不过，由于我看过两份其他地方报来的案情简报，才觉得这个'W.S.'非同一般。正因为这样，我和小戈特地从北京赶来，和你们共同深入侦查此案。"

这时，刘荣和李深齐声问道："什么简报？"

"W.S." 之谜

金明从衣袋里掏出了那只袖珍资料显示器，摁亮了荧光屏，然后转动旋钮。

金明对刘荣、李深说道："这里有近一个星期以来的两份有关失踪案件的简报的信息片。你们看一看，就会知道那'W.S.'大有来历……"

刘荣和李深拿过袖珍资料显示器，细细地看着。这时荧光屏上出现了字幕，这些字自动地逐渐向上移去：

"B县公安局报告，该县一位15岁男孩司马彬，突然失踪。

"失踪当天，司马彬的家长收到一封署名'W.S.'的信，信是用中文打字机打印的。

"信中说，司马彬因特殊原因，需要离家一年，请家长放心，并给予支持。为了感谢家长的配合与支持，将于次日汇上一笔巨款，略致谢意。

"果真，在第二天，司马彬家长收到了银行汇来的钱。

"家长将信将疑，仍向公安局报了这一失踪案。"

在以上字幕消失之后，荧光屏上又出现了新的字幕。这些字自动地逐渐向上移去：

"C市公安局报告：中国科学中心华南科学研究所著名数学家、'秦氏第一定理''秦氏第二定理''秦氏第三定理'的创造者——秦世达教授，突然失踪。

"秦世达教授年已古稀，为我国数学界权威之一，身兼18种职务。他的突然失踪，引起科学界的关注。

"在秦世达教授失踪的当天，秦世达夫人收到一封署名"W.S."的信，信是用中文打字机打印的。

"信中说，秦世达教授因工作需要，暂离C市一年，请夫人放心，并给予支持。秦世达教授并非失踪，请不必向公安局报案，亦不必登报寻人。为了感谢教授夫人的配合与支持，将于次日汇上一笔巨款，略致谢意。

"果真，在第二天，秦世达教授夫人收到了银行汇来的钱。

"教授夫人将信将疑，为了慎重起见，向公安局上报了这一失踪案。"

刘荣和李深看完了这两份简报，把旋钮倒拨，荧光屏上重新出现简报，他们俩又细看了一遍。

刘荣看完，抬起头来，他的目光正好与金明的目光碰在一起。刘荣用缓慢的语调说道："这么看来，这个'W.S.'是个多次作案的家伙！"李深紧接着说道："从作案的手法、信件的内容来看，这三起失踪案简直如出一辙，确实是同一个人——'W.S.'在作案！这也就是说，林丽失踪案不是一般的案件，而是很有来头……"

刘荣用他的大手，拍了一下脑袋，满怀歉意地对金明说道："这怪我不好！按照规定，失踪案的案情简报，都是通报全国的，以便引起各地注意，共同寻找失踪者。刚才那两份失踪案简报，我们这儿肯定也收到了。由于我的疏忽，没有仔细看，或者看过忘了，没有注意这个'W.S.'，所以也就没有重视林丽的失踪案……"

"老刘，先别谈这些了。"金明亲切地对这位老同学说道，"俗话说：纵有百日晴，也有一日阴。一个人一天工作很多，总难免有疏忽之处。眼下的重要任务是跟踪追击侦破那位神秘的'W.S.'！"

"照我看，这'W.S.'绝非一般的人物。"刘荣谈叙了自己的看法："第一，这三起失踪案，发生在不同地域，天南地北，可见此人神通广大；第二，发生三起失踪案之后，'W.S.'在第二天都分别给失踪者家属汇上巨款，这三笔巨款是一般的人无力支付的；第三，'W.S.'给失踪者家属汇去巨款，可见'W.S.'并不是为了钱财而作案，他有他的目的——对于这一点，目前是个谜！"

金明一边听着，一边不住地点头。他想，这位老同学尽管因一时疏忽，差一点让"W.S."从鼻子底下溜掉，然而，他一旦醒悟过来，还是很不错的，能够条理清晰地分析案情。李深也很同意刘荣的分析，他问金明道："你认为'W.S.'会是什么样的人？"

"目前还很难判断。"金明答道，"从犯罪心理学来分析，任何一个人作案，总有他的动机。这个'W.S.'三次作案，分别使一个15岁的男孩、一个34岁的寡妇和一个年过七旬的老教授失踪。目前，还找不出这三者——司马彬、林丽和秦世达之间的共同点，所以弄不清楚'W.S.'的作案动机，也就很难勾画'W.S.'的形象。"

"'W.S.'这两字本身，是什么意思呢？"李深思索起这个问题来。

金明十分喜欢这位爱动脑筋的年轻人，便说道："我跟戈亮曾研究过这个问题。假设'W.S.'是此人姓名的汉语拼音缩写的话，'W'势必是姓的开头字母。戈亮，你把'W'开头的姓说一下。"

这时，在一旁沉默了许久的戈亮，站了起来，走到小黑板前面，随手写出了以"W"为开头字母的姓："万、宛、汪、王、韦、魏、尉、卫、温、文、翁、乌、邬、吴、武、伍。""总共有16个姓，这怎么查得清楚？"李深面对黑板上那一大串姓，不禁摇头道。

"要揭开这'W.S.'之谜，看来，最好、最快的办法，是先深入调查林丽失踪案件。从这里打开突破口。"金明说道。

刘荣、李深和戈亮都赞同金明的意见。于是，他们一起研究、制订了进一步调查失踪案件的计划……

踏雪访崔龙

北国的严寒，是别有风味的，到处是洁白的雪，给人以清净、舒坦的感觉，树枝上挂满晶莹剔透的冰凌，风一吹，叮当叮当作响。唐朝诗人柳宗元曾用"千山鸟飞绝，万径人踪灭"来描画冬景，如今，"千山"依旧"鸟飞绝"，而"万径"却"车水马龙"，甚至连坚冰封固的布尔哈通河上，也有卡车、轿车不时飞驶而过。

一辆乌亮的"彗星牌"轿车横穿布尔哈通河，离开了市区，奔驰在郊区公路上。

金明和戈亮是第一次来到A市。这是一座汉、朝鲜两族聚居的城市。这里所有的商店及政府机关的牌子，都是同时写着中文和朝鲜文。

剧院门口，常常挂着巨幅有朝鲜族少女舞姿的画，画中舞者上身穿斜襟短衣，下身水粉长裙，襟垂飘带，腰系长鼓。

刘荣亲自驾驶着轿车。他在这里度过了十个春秋，算"半个"A市人了。他能看懂朝鲜文，能听懂朝鲜语，也能不大流利地讲朝鲜语。

此刻，轿车朝市郊的东方丝绸厂驶去。这是一家以生产柔洞绸和七色缎而著称的工厂。柔洞绸轻、柔、滑、软，七色缎艳丽夺目，是这里的特产，也是朝鲜族同胞喜爱的富有民族风格的衣料。

轿车在山间盘旋，越过一座山梁之后，便看见山谷里一片楼房。这里没有高大的烟囱和震耳的机器声，厂房淡红、米黄、天蓝、浅绿色，青松夹道，在白茫茫的雪野上显得格外醒目。这，便是著名的东方丝绸厂。

工厂两侧错落的楼房，是职工宿舍。崔龙夫妇已在家里等候贵客来临。

屋里温暖如春，金明见刘荣一进门就脱鞋，也学着他的样子，脱掉了皮靴。

崔龙一家4口——夫妻俩，女儿，以及岳父。女儿已经上中学了，岳父卧病在家。

崔龙能勉强讲汉语，刘荣能勉强讲朝鲜语。金明的问话，由刘荣吃力地译成朝鲜语，而崔龙用朝鲜语回答，刘荣倒能十分流利地译成汉语。这么一来，金明的问话尽可能少而简单，让崔龙详尽地讲述。

金明提出了这样的问题："林丽是怎样认识崔华的？她是怎样来到A市的？"

崔龙陷入了沉思。过了好一会儿，才从杂乱的回忆中理出了头绪。他的妻子给客人们端来了民族风味的小吃——"打糕"。

崔龙开始讲述。

"我的弟弟崔华，患先天性心脏病，所以念完初中就休学了。不过，他是一个非常勤奋、刻苦的人，在家里坚持自学，把电视机搬到了床头，每天按时收看电视函授教育节目。

"到了20来岁，他的身体渐渐好起来了。他闲不住，要求参加工作。这样，他被分配到布尔哈通狗肉店。

"布尔哈通狗肉店是A市最大的一家狗肉店。弟弟对什么事儿都爱钻研，在狗肉店里，他学会了一手好手艺，成为第一流的厨师。

"至于弟弟怎么会跟林丽相爱，说来有趣，真的有点像汉族人爱说的那样——千里姻缘一线牵。

"林丽是一位北京姑娘，在北京新兴野味饭店里当厨师，负责狗肉烹调。她听说A市的狗肉闻名全国，就要求到这儿来进修。领导同意了，就派她来到了布尔哈通狗肉店。很凑巧，林丽成了我弟弟的徒弟。

"我弟弟的性格孤僻，沉默寡言，平素见了姑娘，几乎紧张得连话都说不出来。这大概是由于他从小体弱多病，不大合群，他的唯一兴趣就是啃书，外号叫作'书虫'。

"林丽呢？倒是一个大大方方、爱说爱笑的汉族姑娘。她会爱上我弟弟，真是个奇迹。

"你们猜猜，给我弟弟和林丽做媒的是谁？

"嘿嘿，恐怕谁也猜不到。他们的媒人，是电子！"

"电子？"当刘荣把这句话翻译出来的时候，金明、戈亮和李深都感到惊讶，以为刘荣译错了。

直到崔龙又重复了一次，刘荣斩钉截铁般说自己没有译错，大家这才相信了。

电子，怎么会充当起"媒人"来的呢？

电子做媒

崔龙哈哈笑着，讲述起"电子做媒"的故事：

"林丽是平生第一次来到A市，不懂朝鲜语，她特地带来了一部新式的微型收录两用机，常放在衣袋里。她来到布尔哈通狗肉店，一边向我弟弟请教烹调技术，一边用录音机录音，以便下班之后反复放录音，从中既学习烹调业务，又学习朝鲜语。

"谁知道她新来乍到，那录音机就出洋相啦，一句话也录不下来。她从衣袋里拿出录音机，摁这个开关，摁那个开关，一点也没用。

"就在这时，给我弟弟看见了。他从林丽手中拿过微型录音机，熟练地打开来，掏出身边的小刀，只稍微拨一下，就修好了。

"我弟弟把录音机还给林丽，一句话也没说，就走开了。

"这件事使林丽大为吃惊，她想不到，狗肉店里的厨师，居然如此熟悉录音机——要知道，她用的是新产品，在北京刚刚上市，远在A市的人恐怕还未见到哩！尽管林丽对录音机也是内行，不过，这新产品是第一次用，所以一下子找不出毛病。

"打这以后，林丽开始注意起她的师傅来。她常常一边烹调狗肉，一边向我弟弟学朝鲜语。我弟弟却板着面孔只教技术，不教朝鲜语。

"林丽感到纳闷，后来才慢慢理解了我弟弟的古怪脾气，也就不和他计较了。

"不过，林丽也是一个很偏的姑娘。她把录音机装在口袋里，听到谁讲朝鲜语，就把谁的话录下来。

"谁知在第二天，我弟弟递给林丽一只小方盒。林丽不明白这小方盒是什么东西。

"我弟弟十分严肃地对她说：'你要学朝鲜语，我作为师傅，有义务教你。不过，你来这儿的主要任务是学习烹调技术，所以在上班时间学朝鲜语，会使你分心。这是我在昨天夜里自己装配的微型半导体报话机，一共有两部。一部给你，一部放在我家里。以后每天晚上，通过这报话机，我教你朝鲜语。'

"林丽一听，这才恍然大悟，高兴得连嘴巴都合不拢！

"我弟弟想了一下，又补充说道：'我下班之后，事情很多，我们约定一个时间通话。你看几点钟方便？'

"经过商量，他们决定每天晚上10点到11点通话。

"我弟弟是一个办事非常认真的人，每天到了晚上10点整，家里的电子闹钟自动响了，他就拿起半导体报话机，跟住在一公里外的旅馆里的林丽通话。

"我弟弟教朝鲜语，一板一眼，也极其认真。朝鲜语的语法，跟汉语不同，林丽常常弄错。我弟弟通过报话机，一句句教她。

"比如说，按照汉语的语法，一般总是动词在前，宾语在后，而朝鲜语恰恰相反，常常宾语在前，动词在后。汉语说'买糖'，朝鲜语说'糖的买'；汉语说'买狗肉'，朝鲜语说'狗肉的买'；汉语说'我洗衣服'，朝鲜语说'我衣服洗'；汉语说'我做作业'，朝鲜语说'我作业做'……就这样，我弟弟说一话，林丽复诵一句。

"再如，朝鲜语和汉语的词语搭配也不同。汉语说'鸟叫'，朝鲜语却说'鸟哭'；汉语说'骑自行车'，朝鲜语却说'坐自行车'……

"一个教得认真，一个学得用心。林丽一边学，一边用录音机录音。

"到了11点，电子闹钟又响了。这时，我弟弟就把报话机关上，一分钟也不超过。接着，他忙别的事情去。而林丽呢？她用录音机播放录音，反反复复念叨着'狗肉的买''鸟哭了'……一直学到深夜。

"就这样，林丽暗暗爱上了我弟弟。可是，我弟弟还是那样古板、孤僻。在别人看来，这么一个在首都长大的漂亮的汉族姑娘，真是打灯笼也难找到。我弟弟却没有置理林丽——他实在忙得很，顾不上谈情说爱。

"一天夜里，我弟弟像往常那样通过报话机给林丽教朝鲜语。本来，他教一句，林丽复诵一句，可是，突然听不到林丽的声音了。我弟弟反复呼叫着，依旧像铁锤敲在棉花胎上似的，没有反响。

"我弟弟急了。起初，他以为可能是报话机出了毛病。后来，他一想，会不会是林丽突然得了什么急病？想到这里，他跳上摩托车，风风火火地朝旅馆急驶而去。

"我弟弟是知道林丽的住址的，林丽也曾邀他到旅馆去做客，可是，我弟弟从不爱跟姑娘打交道，一直没有去过。这次，是他怕林丽发生什么意外才赶去的。

"我弟弟来到A旅馆403号房间一看，林丽好端端的，手里正拿着半导体报话机，在向他呼号呢！

"原来，刚才是林丽的半导体报话机出了故障。林丽拆开报话机，很快就把它修好了。就在这时，响起敲门声，一开门，我弟弟站在门口！

"我弟弟一看半导体报话机修好了，本来想一转身就走，不过，他感到奇怪，林丽怎么会修半导体报话机呢？

"他仔细一看，惊讶不已——林丽的书桌上，摊着一大堆中文、英文技术书籍，有《近代物理学》《电子学》《磁学》《电磁场理论》《普朗克公式》《量子力学引论》《薛定锷方程》《论玻尔模型》……

"我弟弟呆呆地站在那里，看着桌子上的书，直到林丽说'请坐'，他才猛醒过来。

"'你也喜欢电子学？'我弟弟问林丽道。

"'嗯，喜欢！'林丽回答说。

"'奇怪，你会喜欢电子学？'我弟弟感到不可理解。

"'嗨，我就不配喜欢电子学？'林丽笑了，说出了其中的原因，'我从小就喜欢电子学。高中毕业时，我本来一心一意要报考物理系，可是听说不少人看不起服务性行业工作，不愿当服务员、当厨师，我就放弃了考大学。在工作之余，仍坚持自学电子学。来到这里之后，每天晚上我总是先学电子学。到了10点钟，跟你通话，学朝鲜语。'

"我弟弟听了，这才恍然大悟。

"从那以后，我弟弟竟然跟林丽要好起来，产生了爱慕之情。

"所以，大家都说他们俩是'千里姻缘电子牵'，或者说是'电子做媒'！"

林丽不会"私奔"

金明、戈亮、刘荣、李深听崔龙讲述着朝鲜族小伙子和汉族姑娘之间的奇特的恋爱故事，仿佛在书场听艺人说书，倒不是调查案情。

崔龙又继续说道：

"我弟弟和林丽相爱之后，林丽决定嫁到A市来。

"一直到这时候，我们（包括我弟弟在内）才第一次知道，林丽的双亲都是大学物理系教授。我们都为这样一位'名门之女'，肯嫁给一位在边疆的狗肉厨师而深深感动。

"确实，林丽是一个善良而又热情的姑娘，品行高尚，为人正直。

"在他们结婚的时候，林丽的父母亲从北京赶来。结婚仪式就在布尔哈通狗肉店里举行，厨师们做了自己最拿手的朝鲜菜，桌上摆满生拌牛肚、冷面、鲜肉、打糕。当然，主菜是狗肉——白切狗肉、五香狗肉、油炸狗肉、腊狗肉、粉蒸狗肉、狗肉大汤等。那天真是宾客如云，大家都为他俩的结合而高兴。

"他们结婚以后，小家庭是幸福的。第一年，他们就有了一个可爱的小女孩——崔姬。我母亲很喜欢林丽，跟他们一起生活。

"我弟弟和林丽每天一起上班，一起下班。他们很忙，下班之后钻在他们的电子学里，很少出去串门，我们家又在郊区，所以彼此来往不算太多。

"在林丽怀第二胎的时候，我弟弟遭到了不幸——得了癌症。

"就在第二个孩子——崔平诞生不久，我弟弟就去世了。这时，林丽才30岁，崔姬仅4岁，崔平只有1个多月！

"我们都暗暗为林丽担心，生怕她受不了这沉重的打击。

"林丽却很坚强。在给我弟弟料理好后事之后，挑起了家庭的重担，照料着两个幼小的孩子和年迈的婆婆。她白天照常上班，晚上干完家务之后，还在钻研电子学。

"我和母亲悄悄商量，让母亲和两个孩子搬到我家里来，由我和我的妻子照料，趁林丽还年轻，让她回北京，再嫁个丈夫。她还年轻，人又俊俏、聪明，父母又是高级知识分子，不怕找不到对象。我们不忍心让她过着痛苦的生活。

"母亲同意了，让我和我的妻子出面，找林丽谈话。

"我刚刚非常婉转地透露了我的意思，谁知林丽的眼睛睁得大大的，虎着脸，大声地说道：'叫我抛下婆婆，抛下孩子到北京去？你用拖拉机拉我，也拉不走！'

"说完，她的双眼充满眼泪。

"我知道不可勉强，从那以后，再也没有提这件事了。

"祸不单行。在我弟弟死去之后，我母亲过度悲痛，病倒了。视力渐渐减退，耳朵也渐渐聋了。

"本来，母亲还可以帮助林丽照料孩子。这么一来，母亲反而要林丽照料。

"我和我的妻子，坚持要把母亲接到我们家里去，以减轻林丽的负担。当我把这个意思跟林丽一说，她又显得非常激动，睁大了眼睛，虎着脸，说什么也不肯。

"唉，这也难怪。因为她非常尊敬我母亲，我母亲也很喜欢她，婆媳俩比亲生母女还亲，难舍难分，共同生活了那么多年，怎肯离开？

"没办法，我只好依着她。不过，我住得远，不能给林丽分担繁重的家务，很过意不去。我和我的妻子都打心底里敬佩这位汉族姑娘的品德和毅力。

"在我弟弟病逝之后，林丽的父母几次要她到北京住一段时间，换换环境，散散心，她都没同意。她总是说，孩子们离不开她，她婆婆离不开她。

"正因为这样，那天我突然收到'W.S.'的信，几乎不能置信！

"我和我的妻子都认为，根据我们跟林丽的长期接触，深知她扔下婆婆和孩子独自出走，是绝不可能的。她不会干出这样的事情。我们担心，那'W.S.'会不会是一个阴谋者？这件事，会不会跟林丽的父母有关？

"对了，请你们别误会，我并不是说林丽的父母会干出这样的事情，他们像林丽一样是很正直的人，我是说林丽的父母的研究工作都与国防有关。那'W.S.'劫走林丽，会不会有什么政治背景？

"正因为这样，林丽一失踪，我马上打长途电话给她的父母。他们非常着急，说根本没在北京看到过林丽。

"林丽会到哪儿去了呢？尽管有人说过曾在公园里见到林丽跟一个男人坐在长椅上窃窃私语，不过，我相信林丽不会'私奔'。她如果另有所爱，她完全有这种权利，我们也曾希望她能够建立新的幸福的家庭。但是，她是一个胸怀坦白的人，也不会突然不辞而别，去跟别人结婚。她用不着那样干，也不会那样干！"

从门缝里瞧人

　　听了崔龙刚才的一席话，李深的脸微微有点红。他很后悔，半个月前只是跟崔龙粗粗地谈过一次，并不了解林丽的为人，以致听了别人的诤言，以为她是抛弃了孩子和老人而暗自"私奔"。他也深为这个由汉、朝鲜两族组成的家庭中的高尚情操而感动。不过，林丽不是因"私奔"而失踪的话，这么一来，案情就复杂化了！

　　这时，李深抬头看看金明，见金明用左手托着下巴，眉间皱起"川"字纹，正在那里聚精会神地听着崔龙的讲话，双眼一直盯在崔龙脸上（这是金明的老习惯，听谁讲话，眼睛就紧盯着谁）。

　　戈亮紧坐在崔龙旁边，打开微型录音机，正在把崔龙的讲话录下来。

　　金明沉思了一会儿，把崔龙刚才的谈话用"梳子"梳理了一下。很显然，刚才崔龙所说的"林丽的父母的研究工作都与国防有关"，这一句话是极为重要的。不过，金明并不想请崔龙继续详细地谈这一问题，因为关于林丽父母的情况，金明已从袖珍资料显示器中查到，并已嘱咐他的另一个助手——张正在北京侦查。

　　金明出乎大家意料，向崔龙提出了这样的问题："你刚才说，林丽在丈夫去世之后，白天照常上班，晚上干完家务之后，还在钻研电子学。我很想知道，她在钻研什么问题？"崔龙一听，很有兴味地谈了起来：

　　"说来话长……

"我弟弟跟林丽是'千里姻缘电子牵'，可是，我弟弟过早地离开人世，也是跟电子大有关系！

"据林丽告诉我，我弟弟患癌症，有两个原因，第一，劳累过度。我弟弟白天在狗肉店工作，一下班，就钻在电子学里头，常常每夜只睡两三个小时，甚至通宵达旦。长年累月这么下去，就是钢筋铁骨，也吃不消啊！第二，我弟弟跟林丽一起写了一篇论文，这篇论文不仅没有发表，反而招来热嘲冷讽，使我弟弟精神上受到刺激。林丽是个乐观的人，没有把这事儿搁在心上。我弟弟性情孤僻，受了刺激闷闷不乐，忧郁成疾。医生说，癌症常在心情抑郁的人的身上扎根。这话是很有道理的。"

金明听到这里，马上追问道："崔龙同志，请你详细谈谈那篇论文的遭遇！"

崔龙长叹了一口气，陷入了往事的回忆之中：

"我弟弟从小喜欢电子学，林丽也是如此，他们俩可以说是一对志同道合的'电子夫妻'。他们结婚之后，不游公园，不逛商店，把全部业余时间都用在电子学的研究上。

"据林丽跟我说，有一天夜里，他们俩忙到1点钟，刚刚睡下，我弟弟忽然想起了什么。于是，夫妻俩披衣起床，一个用电子计算器演算，一个用笔记录。这样，一直忙到3点钟，才睡下去。刚躺下，林丽又想到了什么新点子，跟我弟弟一说，两人又翻身起床，忙着演算、记录。等他们正准备重新睡下，电子闹钟却响了——已是清晨6点了。他们哈哈大笑起来，忙着烧早饭，照料孩子起床。

"还有一天夜里，正当他们俩在电子王国里入迷的时候，一阵咳嗽声打断了他们的思路。他们一听，这是我母亲在咳嗽，马上放下了手头的工作。我弟弟去拿药瓶，林丽去拿杯子。他们来到我母亲床前，我弟弟打开药瓶，倒出来的不是药片，却是一块块长方形的东西——原来，他把装电子元件的瓶子错当药瓶拿来了。这时，林丽一看自己手中的东西，也扑哧笑了——她把茶叶罐当作茶杯拿来了。我母亲见了，乐得哈哈大笑，劝他们赶紧去休息。

"我弟弟和林丽花费了几年心血，终于写出了论文。林丽的汉字写得好，她把论文工工整整地抄好。论文的扉页上写着：

A市布尔哈通狗肉店崔华、林丽合著。

"论文挂号寄给了我国著名的物理学权威费秋教授审阅。过了一个多月，毫无音讯。

"我弟弟和林丽写了一封信给费秋教授，问他是否收到了论文，却没有得到答复。

"我弟弟有点着急，打长途电话到北京。费教授的秘书说，没有看见。

"林丽只好又重抄一遍，再寄给费秋教授。

"过了一个月，还是没有回音。

"我弟弟第二次打长途电话去，费教授的秘书说，好像看到过有那么一篇论文，不过，一时找不到了。

"没办法，林丽把论文再抄了一遍，挂号寄去。

"过了一个星期，我弟弟第三次打长途电话。很巧，这一次倒是费秋教授亲自接电话。我弟弟高兴极了，林丽在电话旁边也笑了。

"谁知费秋教授用冷冷的语调说道：'你们的论文有一股刺鼻的膻味儿，实在不敢拜读。如果你要我看你们的论文，请你们不要在狗肉店里当厨师，考到科学院去当研究生！要知道，我是一个从来不吃狗肉的人，当然也就不会看狗肉店厨师写的论文！'

"我弟弟挂上电话，脸色铁青，半晌说不出一句话来！他的牙齿咬得咯咯响。林丽呢，眼角滚出了晶莹的泪花。

"沉默了好久，我弟弟才说了这么一句话：'哼，从门缝里瞧人！'

"他们俩几乎把肺都气炸了，可是，根据有关规定，论文必须经那位费秋教授审阅认可，才可发表。他们两个毕竟是两个小小的厨师，怎会受到大教授的青睐？

"林丽提议说，把论文寄给她的父母。只要父母亲写封亲笔信，把论文转给费秋教授，费秋教授马上就会另眼相待的。

"林丽已是第三次说这句话了。可是，我弟弟还是直摇头。他是个直来直去而不知道拐弯的人！

"汉语中有句谚语：'人在屋檐下，不得不低头。'我弟弟宁可不低头，不从檐下过！"

不是为了吃狗肉……

听着崔龙的谈话，大家都对崔华这个平凡的朝鲜族青年，充满了敬意。

崔龙十分抱歉地说：

"我谈了许多，可是，还没有回答老金同志刚才的问题——为什么林丽在丈夫去世之后，白天上班，晚上忙完家务，还要钻研电子学？

"一句话——继承丈夫的遗志!

"我弟弟在接了那位费秋教授的电话之后,明显地清瘦下去,脸色发青。一检查,得了骨癌!

"由于过度劳累,心境又不好,短短两个月,我弟弟就被骨癌夺去了生命。

"他临死的时候,还念念不忘他的论文。他的遗嘱,很简单,只是希望林丽能把他的研究继续下去——不过,论文绝不可请林丽的父母从中转交!

"我弟弟病逝之后,林丽遵照他的遗愿,继续研究电子学。她每天都忙到深更半夜。

"她深居简出。除了上班、买东西之外,几乎不外出,连我这儿也很少来。

"我和我的妻子都很体谅她——工作忙,家务重,又埋头于研究。我们对她是非常尊重的。我的岳父也病了,住在我们家。我们自己也很忙,所以跟林丽的联系不多。

"那天,知道林丽突然失踪后,我的心情是很沉重的。我总觉得,我对她照顾很不够。"

这时,金明思索了一下,又追问道:"你弟弟和林丽写什么论文?研究什么问题?"

这下子,本来侃侃而谈的崔龙,变得局促起来,说道:"很抱歉,'隔行如隔山',我和我的妻子是研究丝绸纺织的,不用说不懂电子学,就连狗肉的烹饪技术也不懂。我只听说,我弟弟和林丽在研究什么电呀,磁呀,什么S极、N极。"

"他们所写的论文，还在吗？"

"不知道。林丽失踪以后，我没有去翻查过她的东西。我对她是很尊重的，相信她会很快回来。后来，母亲要我找一找，看看林丽是不是留下什么字条？我这才粗粗寻找了一下，既没有看到字条，也没有见到论文。"

"那封'W.S.'给你的信，还在吗？"

"在我这里！"

崔龙站了起来，用钥匙打开书桌的抽屉，从中取出一只十分考究的信封，递给金明。金明并没有伸手去接。他从衣袋里取出一副薄如蝉翼的尼龙手套，戴好之后，这才去接信封——他生怕在信封上留下指纹，影响从信封上查找作案者的指纹。

李深在一旁见了，两颊微微有点发红。尽管戴手套是侦查工作中的起码常识，不过，由于他看轻了这案子，以为是一般的男女"私奔"案，所以看信时未戴手套。

金明把信交给戈亮。戈亮同样戴着尼龙手套，把它小心翼翼地放入皮包。

金明对崔龙说："这封'W.S.'的来信，我们要借用一下，用毕奉还。"

崔龙当即表示同意。戈亮写好一张借条，交给了崔龙。

接着，金明说道："崔龙同志，目前看来要揭开林丽失踪之谜，找到她和你弟弟合写的论文，是破案的关键。'W.S.'要劫走林丽，显然并不是要林丽给他当厨师、烧狗肉汤。就狗肉烹调技术来说，在布尔哈通狗肉店里，比林丽高明的人多着呢。再说，'W.S.'也用不着为吃狗肉而派人劫走林丽。我估计，'W.S.'一定从什么地方知道了林丽和崔华的论文，而这论文正是'W.S.'所需要的，于是，派人把她劫走了。"

崔龙一听，问道："你的意思是要找到那篇论文？"

金明点了点头，说："你能不能和我们一起到林丽家去？你是她的亲属，我们请你从林丽的物品中寻找一下那篇论文。如果找到了，那将是一条重要线索。"

崔龙马上答应了。

奇怪的丁大娘

乌亮的"彗星牌"轿车，在封冻的布尔哈通河上奔驰。冰雪是那么洁白，在阳光下十分耀眼。隆冬，布尔哈通河几乎成了A市的交通要道。由于林丽家紧靠着布尔哈通河，所以刘荣抄近路，沿布尔哈通河直奔那里。崔龙带领着大家走到三楼，按了按门铃。

没人答应。门，紧锁着。

过了一会儿，忽然从2楼传出一声："谁呀？"

接着，响起了脚步声，一个人急匆匆从2楼跑上3楼。

金明用锐利的目光，迅速地打量了一下这个人，一个鬓发灰白的汉族妇女，高个子，有点驼背，人精瘦，眼睛细而长，薄嘴唇，虽说上了年纪，动作却很利索。

这个妇女朝崔龙打了个招呼，从衣袋里掏出钥匙，开了林丽家的门。

金明感到奇怪：崔龙按林丽家的门铃，这个妇女在2楼怎么会听见？林丽家门的钥匙，怎么会掌握在她的手中？她是谁？

金明和戈亮、刘荣、李深一起走进林家，那妇女仿佛是林丽家的主人似的，利索地从壁橱里取出茶杯、茶叶罐，给客人们沏上一杯杯热茶。

金明环视了一下四周，屋里收拾得干干净净，一尘不染。床上，躺着一个似睡非睡的老妇人，显然，她就是林丽的婆婆。孩子们都不在家，显然，是上学或者上托儿所去了。大抵也是由于职业的习惯驱使，戈亮、刘荣、李深也用十分怀疑的目光，注视着那位妇女的一举一动。

这妇女似乎也很快就发现穿公安制服的客人们在注视着她，不等崔龙开口，就嘿嘿一笑，自我介绍起来："我是林丽的邻居。我丈夫姓丁，大家都喊我丁大娘。我之前跟崔华、林丽是同事，在布尔哈通狗肉店当服务员。如今，退休在家里。林丽失踪以后，崔龙同志托我来照料林丽一家。"

经她这么一番"自报家门"，金明算是初步明白了她是什么"角色"。

金明站了起来，走近病床，本想仔细看看林丽的婆婆，却意外发现她的床头装着一只电铃按钮，从所用的电线来看，似乎是新装的。

丁大娘见金明在打量按钮，又嘿嘿一笑，说道："这是我的儿子装的。崔大娘有什么事情要找我，一按电铃，我在家里就听见了。我儿子是个'机灵鬼'，他还把林丽家门铃的电线，也接到我们家里。这样，有人按门铃，林丽家的电铃响了，我们家的电铃也响了。"金明仔细地听着丁大娘讲的每一句话。听罢，笑着对她说："谢谢您老人家这么细心地照料林丽一家。"

这时，崔龙也说道："俗话说：远亲不如近邻。我虽然是崔华的亲哥哥，还不及丁大娘对他家照料周详哩！"

丁大娘连连道谢："这有什么可说的呢？我跟崔华、林丽是多年的同事，又是邻居，这些事儿是应该做的。"

金明在向丁大娘说明了来意之后，大家就分头开始工作了：崔龙翻箱倒柜，查找那篇论文。金明和几位警察仔细地审视着几间屋子。

丁大娘见自已站着没事可干，就主动走过去，帮助崔龙查找论文。李深不时用双目的余光，观察着丁大娘的一举一动。

金明一边勘察着，一边紧皱眉头。林丽失踪已经时隔半月，照理还可以在现场找到一点蛛丝马迹——如果那位"W.S."来过林丽家的话。

记得有一次仓库里发生撬窃案，历时半年未能破案，经金明侦察，在天窗的木框上发现作案者指纹，一举破案。还有一次，某人突然死亡，在报案后，尸体已火化。时隔5年，金明重审此案，从死者家属保存的一条床单上，找到一块绿豆般大的死者呕吐液残迹。经激光光谱分析，发现残迹中含有很多磷、硫元素，证实死者系中毒死亡。金明以此为线索，深入调查，揪出了谋杀者。

然而，这一次金明却感到棘手：大抵由于丁大娘太"勤劳"，把林丽家里里外外都擦洗过。地板，擦得干干净净，把脚印全都洗掉了；门、窗、桌子、椅子、杯子、热水瓶之类，也统统擦洗过了，找不到可疑的指纹；只有墙壁，虽被用鸡毛帚掸过，总算还保持原样，可是，墙上没有一星半点痕迹；至于作案者可能在现场掉落的头发、扔掉的香烟头、残留的特殊气味，也早已烟消云散……

崔龙一边寻找着，丁大娘一边帮忙，结果是令人扫兴的——没有找到那篇论文！

天渐渐黑了。金明和他的同事一无所获，只得向崔龙和丁大娘告辞。

"变形O案"的启示

吃过晚饭以后，天已经墨黑墨黑的了。

在公安局侦查科的办公室里，大家的议论中心便是那位丁大娘——她，实在太可疑了！金明作了如下分工：刘荣和李深去查阅丁大娘的档案，弄清此人的来历；金明和戈亮对"W.S."的那封信进行技术鉴定。

金明被人们誉为"痕迹专家"，他很善于从指纹、毛发、脚印、血迹、笔迹之类的蛛丝马迹入手，找出破案的线索。金明著有《痕迹侦查学》一书，曾详细论述了痕迹侦查的种种技术。此刻，他和戈亮戴上了尼龙手套，小心翼翼地从公文皮包中取出"W.S."写的信。金明认为，信上可能留有寄信者的指纹。

戈亮从手提包中取出一只打火机般大小的东西。他不断按动着，从里面喷出一股细雾。

这细雾喷在洁白的信封上，便显出一个个黑色的"特殊的印章"——指纹！

原来，那打火机般大小的东西，装着"显纹水"。这种药水喷在指纹上，能使指纹变成黑色，清晰地显示出来，所以叫"显纹水"。它是金明经过多年试验才制成的，如今已在全国公安部门推广，成为破案工作常用的药品。

十分遗憾的是，信封上的指纹虽然显示出来了，可是，黑压压的一大片，互相重叠，混杂在一起，无法辨别。

金明认为，这也难怪，因为制造信封的工人、出售信封的营业员、写信者、邮递员、收信者，都会在信封上留下指纹。况且，在林丽失踪之后，崔龙曾把信给李深看过，给崔龙的妻子也看过，还可能拿给别的亲友、同事看过，信封上的指纹，当然很多，造成重叠。

接着，戈亮把信纸平铺开来，正要喷"显纹水"，金明喊道："等一下！"干吗要等一下呢？只见金明拿出放大镜，仔细看着那打印的字迹。

金明把台灯挪近。在明亮的灯光下，金明一个字一个字地用放大镜检查。蓦地，他的脸上浮现了笑容。

戈亮一看，就知道金明可能发现了什么新线索。金明把放大镜递给了戈亮。很快地，戈亮的脸上也露出了笑容：本来，用钢笔写信，那笔迹会成为公安人员破案的线索。可是，用打字机打字，照理不会留下"笔迹"。然而，金明和戈亮却发现，其中的"的"字大概是铅字被什么硬东西划伤了，也就是说，"勺"当中是断开的，不连续的！这就是说，作案者尽管不想留下笔迹，依然留下了作案的痕迹！

这是很重要的痕迹。金明指着那有着划痕的"的"字对戈亮说："你还记得'变形O案'吗？"

"记得！"

戈亮随口答道，"那是美国安全勤务局发现的，被阿肯色州的潘斯维尔邮政局局长破获的……"

金明听了戈亮的答复，深表满意。所谓"变形O案"，发生在美国：一天，美国总统收到一封来信。他的保安人员，拆看了信，大为吃惊。信上写道："我准备杀死你，总统先生！"显然，这是一个危险的信号，必须迅速查出写信者。这封信被送到美国安全勤务局。这个局负责总统的安全保卫工作。安全勤务局的专家们仔细检查了这封信，查出信是从阿肯色的潘斯维尔小镇上发出的。另外，他们还发现，这封用打字机打印的信，其中字母"O"略为碎裂变形。

安全勤务局把那"O"字的放大照片，送给潘斯维尔镇的邮政局局长。从那以后，局长先生每天仔细地用放大镜检查小镇上寄出的信件。

足足过了半年，局长先生发现一封寄往报馆的读者来信，那信封上所打的"O"字略为碎裂变形。经查对，与放大照片上的"O"字一模一样！

更为重要的是，那封写给总统的，是匿名信，而这一封信却写着寄信人的地址及姓名。安全勤务局如获至宝，立即出动调查，结果查明写信人是一个有3个孩子的主妇。她得了精神病，就乱写信。她的打字机的字母"O"果真略为碎裂变形。

这，便是"变形O案"。

如今，金明和戈亮面临的是"变形'的'案"。能不能从那特殊的"的"字上找出线索呢？

指纹词典

金明和戈亮在给那特殊"的"字拍好照片之后，这才用"显纹水"喷洒信纸。很快的，在信纸的四周，显示出了清晰的指纹。

信纸上的指纹，没有信封上那么多，彼此重叠的也不多。这是因为邮局工作人员的指纹不会落在信纸上，而且崔龙一般只是把信封拿出来给别人看，这么一来，信纸上的指纹就清楚多了。重叠的指纹，一般都是在信纸背面，而信纸正面留下的，大都是大拇指指纹。

戈亮用照相机拍下了信纸上的一个个指纹。当戈亮用快速洗印机洗印这些指纹照片和"的"字照片时，刘荣和李深进来了，他们查到了丁大娘的档案，交给金明。这丁大娘的档案，并非厚厚一大袋，而只是半粒米那么小的信息片而已。金明把它装入袖珍资料显示器，荧光屏上便出现关于丁大娘的档案资料。

刘荣、李深和金明一起看着丁大娘的档案：

"朱玉芬，女，58岁，汉族，原为布尔哈通狗肉店服务员，55岁退休。

"朱玉芬的丈夫丁善彬，59岁，汉族，布尔哈通狗肉店会计。

"朱玉芬夫妇原在D市洁而净清真饭店工作，后调A市布尔哈通狗肉店任职。

"朱玉芬工作认真，服务态度好，多年来被评为布尔哈通狗肉店先进工作者、A市三八红旗手。退休后，热心于街道工作，任街道'青少年之家'主任。

"朱玉芬的独子丁志强，31岁，A市东方剧场电工……"

从丁大娘的档案上，看不出什么可疑之处。当然，档案只是书面材料，不一定能够全面地反映一个人的情况。

这时，戈亮从暗室里出来，手里拿着一大沓指纹和"的"字放大照片。

金明迅速地把大拇指的指纹照片分出来。他知道，人们拿信纸时，习惯于把大拇指按在信纸正面，把食指、中指、无名指、小指按在信纸背面，大拇指的指纹比较清晰，很少重叠，因此先着手查对大拇指指纹，就比较方便。

如今，各国的警察机关，都存有当地居民的指纹档案。这成千上万的指纹，仿佛是一部《指纹词典》似的，把作案者的指纹拿来对照，很快可以查出作案者的姓名。这些指纹按大拇指、食指、中指、无名指、小指分类，每一类按斗型、箕型、弓型分存，每一型又按指纹纹线的条数、角度、形状井然有序地依次编排，用电子计算机管理。

刘荣把金明挑出来的大拇指指纹照片，送进电子计算机的图像输入机。

过了几秒钟，电子计算机便用打字机，迅速打出指纹鉴定结果：

"李深，男，汉，25岁，A市公安局侦查科侦查员，住A市公安局宿舍，电话667848。

"崔龙，男，朝鲜，42岁，A市东方丝绸厂花样设计师，住东方丝绸厂宿舍11幢202室，电话389121。

"俞顺姬，女，朝鲜，41岁，A市东方丝绸厂花样描线员，住东方丝绸厂宿舍11幢202室，电话389121。

"朱玉芳，女，朝鲜，58岁，A市布尔哈通狗肉店服务员，已退休，住河滨路1673号203室，电话475643。

"金正花，女，朝鲜，36岁，A市朝花托儿所所长，住河滨路1245号102室，电话486472。

"？

"？

"……"

李深看到鉴定结果上，居然有自己的大名，脸微微红了。

他后悔自己太粗心了。其实，他完全也可以像金明那样对信纸进行指纹分析，由于他对此案掉以轻心，只是粗粗看了一下信的内容，反而在信纸上留下自己的指纹。

刘荣指着那两个"？"说，这表明那两个大拇指指纹，在《指纹词典》中没有查到。在A市公安局的《指纹词典》中，只存有A市居民的指纹图像。看来，那两个留下指纹的人，不是A市居民。

金明让戈亮立即把这两个可疑的指纹图像，用真迹电报机发送给正在侦查中心值班的张正，请他查一下。另外，金明还要张正注意林丽父母的最近动态；抽空到费秋教授处寻找崔华和林丽的论文。

令人奇怪的是，在信纸上，怎么会留有丁大娘的指纹？崔龙似乎从未提及丁大娘曾看过此信。

就在此时，电话机响起了嘟嘟声。刘荣一接电话，双眉紧锁，说了声

"我就来"，撂下了耳机。

原来，这电话是门口警卫室打来的，说是崔龙来访。眼下，已经是晚上10点了，崔龙来干什么呢？

"得来全不费功夫"

公安局一般是在接待室接待客人。由于崔龙深夜来访，有要事相告，刘荣便领他来到办公室。

真是"说曹操，曹操到"，大家正想找崔龙，他却来了。

崔龙刚刚脱去大衣，拿下皮帽、围巾，刘深就对他说道："崔龙同志，你来得正好。我想问你一下，丁大娘看过'W.S.'的来信吗？"

"没有！"崔龙十分肯定地说道，"我记得，这封信只给金正花、我的妻子俞顺姬和你看过，从未给丁大娘看过。"

"会不会被她偷看？"李深又问道。

"偷看？"崔龙摇头说，"这封信，除了林丽失踪当天，我曾带到林丽家之外，一直锁在我家抽屉里，丁大娘怎么能够偷看？另外，丁大娘为人厚道，不会干这种事情的。林丽失踪后，她主动来帮助照料，我请她作为保姆，给她钱，她生气了，把我骂了一顿哩！"

崔龙的回答，使大家如堕入九里雾中。既然崔龙没给丁大娘看过此信，丁大娘又不可能偷看此信，信纸上怎么会留下她的清晰的指纹呢？丁大娘如此关心林丽一家，究竟是出于真心、热心，还是别有用心？

这，真是一个令人费解的谜。

崔龙说完，极为小心地从怀里掏出几张纸。不用说，这几张纸一定是重要线索——不然，崔龙用不着连夜赶来了。

大家都不约而同围在崔龙身边，伸长脖子，眼睛盯着崔龙手中的几张纸。

纸上写着什么呢？

纸上，写着许许多多算式：

$5 \times 13 = 65$

$45 \div 9 = 5$

$6 \times 50 = 300$

$125 \div 5 = 25$

……

算式左边（包括等号），是用自来水笔写的，字迹漂亮、老练；算式右边的，则是用铅笔写的，歪歪扭扭，一望而知是孩子的字迹。

也就是说，纸上的算式，充其量是老师给孩子出的试卷而已，这有什么可大惊小怪的？崔龙把事情的原委，告诉了大家：

"自从你们走了以后，我们留在林丽家里。

"晚上，我在林丽家吃了晚饭。丁大娘在把碗、筷洗干净、给我母亲煎好中药之后，也回家去了。

"我继续寻找着林丽的论文，怎么找也找不到。

"小崔平早就上床睡觉了。倒是小崔姬懂事，见我东翻西找，问我找什么。

"我说'找论文'，她听不懂。我说'找妈妈写的东西'，她想了一会儿，翻了翻她的书包，找出了这几张纸。

"说实在的，我虽然东寻西找，却没有检查过小崔姬的书包。

"在这些纸头上，写着许许多多算式。

"小崔姬告诉我，她妈妈常常出题目让她做。这些算式，就是妈妈出的题目。她在妈妈的帮助下，进步很快，已经会做二年级以至三年级的数学习题了。

"我感到很失望，这些小学生的算式，有什么用？

"谁知聪明的小崔姬把纸头一翻过来，嘿嘿，我乐得哈哈笑了，这真是'踏破铁鞋无觅处，得来全不费功夫'！

"我让小崔姬睡下去，就拿着这些纸头，匆匆忙忙赶到你们这儿来了！"

崔龙说完，这才把那些纸头慢慢翻了过去。

在纸头的背面，写着什么呢？

残缺的论文草稿

金明一看，喜出望外。原来，那些纸头，正是林丽论文的草稿！

尽管这些纸头只是论文草稿的开头几页，然而，从中却可以了解崔华和林丽究竟在研究什么。

论文草稿字迹秀丽，删改之处甚多，足见作者的认真、细致。

论文草稿如下：

论磁单极

A市布尔哈通狗肉店

崔华　林丽

（第十一稿）

引言

人类很早就发现了磁体，研究磁现象。中国早在2000多年前，发明了指南针——它是中国古代的"四大发明"之一。

战国末《吕氏春秋·精通篇》指出："石，铁之母也。以有慈石，故能引其子。"这里的石，就是指天然磁石。

古人用"慈母"来比喻"慈石"，把磁石吸铁比喻为慈母"引其子"。"磁石"一词，就是这样来的。这说明中国古代人民很早就研究磁学。至于用磁石制成指南针、司南、指南鱼、指南龟、指向车，更是中国古代灿烂的智慧之果。

直到18世纪，人类才开始探索磁的本质，经美国科学家本杰明·富兰克林（Benjamin Franklin,1706-1790）、德国科学家汉斯·克利斯提安·奥斯忒（Hans Christian Oersted,1777-1851）和奥尔格·欧姆（Georg Ohm,1787-1854）进行精心研究，特别是在英国科学家迈克尔·法拉第（Michael Faraday,1791-1867）和英国科学家克拉克·麦克斯韦（Clerk Maxwell,1831-1879）的努力之下，揭示了电与磁之间的本质联系，创立了现代电磁学说。

现代电磁学说的巨大成就，是举世公认的。但是，我们对于其中一个基本观点，不敢苟同。人们历来认为，磁有两极——南极与北极，亦即S极与N极，有南极则必有北极，有北极则必有南极，两极不可分割。

从表面上看，确实如此：一块磁铁，切成两半，新的磁铁各有两极。再切成两半，亦是如此。

然而，我们以为，从微观上看，就不尽如此。

就拿电来说，在1897年，人们发现了带负电荷的粒子——电子。于是，人们便以为，电，就是电子。什么物体带电，就是这个物体带有电子。

有人从理论上推断，认为除了带负电荷的粒子——电子之外，还存在带正电荷的粒子——正电子。

这种观点，在当时受到激烈的反对。1928年，物理学家狄拉克以相对论波动方程为依据，证明只有存在正电子，才可能使这一方程得以成立。

1932年，人们在宇宙线中，第一次发现了正电子，从而证实了关于正电子的理论是正确的。

我们仔细研究了狄拉克的相对论波动方程。当时，狄拉克就曾在预言存在中子的同时，根据这一方程预言存在单极子。我们花费了多年时间，反复进行推导、演算，又从磁波动方程、电子波动方程、正电子波动方程等方面，证实磁单极存在的可能性。

所谓磁单极，就是只有南极或只有北极。

研制磁单极，是一项具有极为重要意义的工作。

众所周知，地球有两个强大的磁极——南极和北极。平时，磁铁的两极受到地球两极的吸力或斥力，正好互相抵消。如果制成了单磁极，便大不相同：单南极，会受到地球北极的强大吸力；单北极，会受到地球南极的强大吸力。

这么一来，如果在轮船上装有单磁极设备，产生单南极，便使船在地球北极吸引下，向北航行；产生单北极，则使船在地球南极吸引下，向南航行；在舵的配合之下，还可使船朝东或朝西航行。

当然，这种单磁极也可以装在汽车、飞机、火车上，驱动它们前进。

这么一来，磁单极将成为一种崭新的"免费的"能源：轮船、汽车、飞机、火车前进所需要的动力，来自地球两极的磁力。也就是说，它所消耗的能量，来自地球磁场。这样，人类将多了一种新的廉价能源——磁能。

本论文将从相对论波动方程、磁波动方程、电子波动方程、正电子波动方程四个方面，推导磁单极存在的必然性。限于作者的条件，只能进行理论推导，尚无法用实验证明磁单极的存在。当然，作者企望能有机会从事试制磁单极的实验。

一、从相对论波动方程推导磁单极存在的必然性

……

北京来的不速之客

非常可惜，论文的草稿只这么几页，下面的具体推导没有了。

从论文残缺不全的草稿中，金明初步弄清楚了崔华和林丽在含辛茹苦地研究什么。这样的研究项目，足可能引起国外间谍机关或者某些特殊的人物的注意。

然而，论文的草稿并不能为侦查"W.S."提供线索。

这时，崔龙补充说道："我记得，在林丽失踪的那天，我来到她家，好像书桌上还摊着一些计算草稿。当时，我没有注意这些东西。可是，今天在她家里，怎么也找不到。是谁拿走了呢？我问崔姬，她说是丁大娘拿走的！"

崔龙的这几句话，引起了大家莫大的兴趣。看来，破案又有了线索。崔龙把情况讲完后就回去了。

金明送崔龙出门后，回来便征求大家的意见：下一步该怎么办？

李深听罢，兴奋地说："我建议，立即逮捕丁大娘！也就是朱玉芬！"

李深用探询的目光，注视着金明。金明没有直接答复，问刘荣道："老刘，你的意见呢？""我认为，应当立即传讯丁大娘。"刘荣答道，"这是因为从种种迹象看来，丁大娘的嫌疑很大。不过，我们并没有掌握她犯罪的证据。因此，对她只可传讯，不可逮捕。"

金明听了，连连点头。显然，刘荣正是说出了他的意思。

金明看了一下手表，已经快11点了。他毫不迟疑地说："同意刘荣同志的意见，连夜传讯朱玉芬！"

刘荣签署了传讯证件，交给李深和戈亮去执行。

李深和戈亮坐着越野车出发之后，金明和刘荣研究了询问丁大娘的方案。

林、丁两家，离市公安局并不远。照理，凭公安人员那雷厉风行的作风，一来一回，一刻钟足够了。然而，一直到十一点半，还未见李深和戈亮回来。

难道是出了什么意外？是丁大娘进行顽抗？刘荣拿出半导体报话机，正想向李深、戈亮呼号，门口却响起了汽车发动机的声音。

门开了，李深和戈亮带着丁大娘进来了。李深一进屋，便打开了皮包，里面有一大沓论文的草稿，一望而知是林丽的手笔。

原来，刚才李深在传讯丁大娘时，要她交出林丽的论文草稿。丁大娘犹豫了一会儿，从床下拖出一只大木箱，打开箱子，取出衣服，这才从箱底拿出一沓论文草稿。这样，就磨蹭了许多时间。

询问开始了。显然，丁大娘已经知道为什么要连夜把她找来，用不着多加开导。

丁大娘脱去了大衣，在椅子上坐定。就用一口标准的东北话诉说起来：

"林丽为什么会失踪？我是知道的，可是也不知道。"

丁大娘颠三倒四的话，使大家感到莫名其妙。金明并没有打断她的话，而是让她继续说下去。

丁大娘说道：

"我说我知道林丽失踪，这是确实的。这事儿得从林丽失踪前的3个多月说起。

"记得那时候正是秋天，我吃完中饭，突然，一个陌生人来到我家。他一进门，就随手把门关上。

"陌生人是一个40来岁的汉族男人，戴着一副深紫色宽边框眼镜，瘦长，面孔白皙，看上去挺斯文的。

"这时候，我爱人和我儿子都上班去了，家里只有我一个人。

"那人拿出一张介绍信。我戴起老花眼镜一看，上面盖着中国科学中心的红色大印。介绍信上说，来人名叫谭天宏，从北京专程来到A市，调查林丽的情况。

"我看他有正式的介绍信，就接待了他。这位谭天宏非常详细地问了许多关于林丽的情况。比如，林丽是怎么到A市来的，她的丈夫是怎么去世的，现在她的工资多少，每天几点钟去上班，几点钟下班，晚上干些什么，她婆婆的病怎么样，她在A市有没有亲戚……

"那天下午，足足谈了3个多小时。临走的时候，他一再关照我，他是来从侧面了解林丽的情况，林丽本人并不知道，此事不必告诉她本人，也不必告诉其他人——其中也包括我丈夫。

"就这样，他走了。至于他还到什么地方去调查，我就不知道了……"

听到这里，金明问道："谭天宏的介绍信，还在你那里吗？"

丁大娘可靠吗？

丁大娘连连摇头，继续说了下去：

"没有。他给我看完介绍信之后，就把介绍信放回到他的笔记本里了。

"一直到林丽失踪前，又是一天下午，他来到我家。

"他告诉我，林丽的论文，经中国科学中心专家审查，认为很有价值，决定把她调去深造。可是，她'上有老，下有小'，离开之后，会给一家老小带来困难。他知道我是林丽的邻居，又是同事、好友，就托我好好照料她的家。不过，由于林丽的研究工作地点是保密的，她走后不能与家中保持通信。也正因为这样，他托我之事，也请我保密。

"过了几天，林丽突然失踪。当然，我知道其中的原因，只是由于那位谭天宏让我保密，所以我未对任何人说起。我遵照他的安排，去照料林丽一家——其实，即使谭天宏没有这样嘱托，我也会很好地照料林丽一家的。这是我应尽的责任。

"正好，这时崔龙也正要找人照料林丽一家，于是，他就正式请我代为照顾。他要给我钱，我说什么也不肯收。他说这是什么'W.S.'特地给的钱，我仍旧没有收，只是把其中专门用作林丽一家生活费的钱收下来了。

238

"不久，我就听说什么有一个戴眼镜的男人，在林丽失踪前在公园里跟她悄悄谈话……我一听，明白那戴眼镜的男人，就是谭天宏。

"刚才我说过，对于林丽失踪，我是知道的，可是也不知道。

"为什么说我不知道呢？因为我不知道她到哪儿去了——谭天宏说林丽的研究工作地点是保密的，我也就没有问下去了。

"我所知道的，也就是这些。"

刘荣问道："有一个叫'W.S.'的，你知道吗？"

丁大娘把头摇得像货郎鼓似的。

这时，金明追问道："你在林丽失踪前，听说过'W.S.'吗？"

丁大娘眉头紧皱，思索了一会儿，忽然说道：

"在林丽失踪之前，我就听说过'W.S.'这名字。

"当时，我曾问谭天宏，林丽离家，要多少时间？

"他回答说，大约一年！

"我一听，十分吃惊。我原以为，林丽一去，顶多个把月。

"我连忙问道，这一年当中，林丽一家，靠什么生活呢？

"谭天宏从皮包里取出一封信，是写给崔龙的。他拿出信纸给我看，上面说会汇一笔巨款给崔龙，信尾的落款是'W.S.'。"

丁大娘的回答，与刚才对信纸上的指纹鉴定完全吻合。

已经是深夜12点多了。看来，丁大娘也就只能谈这么些情况。金明派人把丁大娘送回家。

丁大娘的话，究竟可靠不可靠呢？在丁大娘走后，引起大家热烈的争论。

一种意见认为，丁大娘经金明追问，才说出"W.S."的那封信，可见她不老实。她可能知道"W.S."，不肯交代。

239

另一种意见认为，丁大娘所谈的情况，与事实相符。她是一个热情的老人，主动照料林丽一家，精神可嘉。

不过，不论是哪一种意见，都不否认丁大娘与林丽失踪有着重大关系，是一个知情者。就在这时，值班室的报务员送来了侦查中心的急电。

来个"回马枪"

这份急电，是金明的助手张正从北京发来的。

金明看着电报，先是眉毛朝上一扬，紧接着，眉毛向下落，两条眉毛拧在一起。

电报上这样写道：

两种大拇指纹，已查清一种。其中男性大拇指纹为谭天宏，北京市废品公司副经理，43岁，汉族；女性大拇指纹因其中有几根纹线不清，无法判别，请速把清晰的大拇指纹或其他指纹用传真电报发来。

金明看电报时，先把眉毛朝上一扬，那是因为他看到"谭天宏"这几个字。这与丁大娘的供述一致，一方面说明丁大娘的供述是可靠的，一方面说明破案找到了重大线索。后来，金明的眉毛向下落，两条眉毛拧在一起，那是因为：一、谭天宏的身份，与丁大娘所讲的不一致。废品公司副经理，怎么会持有中国科学中心的介绍信？二、女性指纹未查出。

看完电报后，金明立即让戈亮把女性的大拇指指纹及其他指纹图像，用传真电报发给了张正。

然而，谭天宏怎么会成了"废品公司副经理"呢？林丽是研究磁单极的，跟废品公司有什么关系？

"那位谭天宏，会不会是个诈骗犯？"戈亮说道，"他伪造了中国科学中心的介绍信，骗取了林丽的信任，把她拐骗走？"

"当然，不能排除拐骗的可能性。"李深沉思了一会儿，说道，"他如果是诈骗犯，为什么要汇巨款给崔龙？他哪来这么多钱呢？"

刘荣的脑袋靠在椅背上，眼睛望着天花板。显然，他在思索着。

金明背剪着双手，来回踱着方步。

这是金明陷入沉思的习惯动作。

案情，变得越来越复杂。

金明踱着，踱着，突然停了下来。这意味着他的方案考虑成熟了。

"老刘，你看下一步棋该怎么走？"金明问刘荣道。

刘荣的脑袋离开了椅背。他坐正了身体，说道，"目前唯一的线索，是谭天宏。应当抓住这一线索追踪，查出'W.S.'，查出林丽的下落。"

"你们的意见呢？"金明回过头来，问戈亮和李深。

"跟踪追击！"他们俩异口同声答道。

"好！"金明点了点头，表示同意大家的意见，"下一步的行动方案，来个'回马枪'——我跟戈亮马上赶回北京，追查那个谭天宏；你们在A市继续侦查，从丁大娘那里查找新的线索。"

大家一致赞成金明的行动方案。此时，又是凌晨1点了，寒风在呼号，气温降到-20℃。刘荣劝金明等明天之后再出发，金明却摇头说："兵贵神速！"

就这样，在伸手不见五指的黑夜里，刘荣和李深送金明、戈亮来到机场。

临别的时候，刘荣满怀歉意地对金明说："老金，林丽失踪案拖了半个月才上报，这是我的过错。我总以为，小小的A市，不会出什么大案子，思想上有点麻痹。想不到，林丽失踪案会有这么复杂的背景。"

金明深情地对这位老同学说道："老刘，这不能完全怪你。在所有的案件中，失踪案最容易使人掉以轻心。因为凶杀案、抢劫案之类，案情明显，引人注目，而一个人失踪了，人们总以为过几天也许会回来，有一种等待心理；何况像林丽这样是'平安'地失踪，没有留下格斗、抢劫、强奸、毒杀的痕迹，更容易使人错以为是'私奔'。其实，在林丽失踪之前，接连发生司马彬失踪案和秦世达失踪案，我也没有及时注意。所以，我们都应当从中吸取教训。让我们共勉，通力合作，侦破此案。"

在黑暗中，刘荣紧握着金明的手。

专机起飞了。一直到专机机翼上那小小的红灯在夜幕中消失，刘荣仍在寒风中伫立着，仰望着。

张正发来了密电

专机在夜空中飞行，舷窗外一片黑暗，舱内的灯光淡淡的，发动机响着单调的声音。照理，在这样的环境之中，是最容易入睡的，何况金明和

戈亮还一夜未合眼呢。

然而，金明和戈亮都毫无倦意。特别是金明，人称"夜游神"，习惯于夜生活，越到深夜，眼里越是放射光芒。长期紧张的公安侦查生活，使金明养成了夜以继日的工作习惯。有时，为了侦破一桩重大疑难案件，金明常常几天几夜连续工作。

此刻，金明和戈亮的脑海中，正在"过电影"——回忆着侦查过程中的种种见闻，寻找着其中的破案线索。

突然，专机的报务员走进客舱，递给金明一份电报。这电报上写着密密麻麻的数字，这些数字四字一组，整整齐齐地排列着。

金明一看就知道是张正打来的电报。由于张正用的是密码，所以报务员无法破译，只得原文照抄。金明谙熟密码，一边看着那密密麻麻的数字，一边把它译了出来：

金、戈：

　　为了查明女性指纹，我曾急电B县公安局及C市公安局，请他们速调司马彬、秦世达失踪案的档案，查找"W.S."信纸上的指纹。我收到他们发来的传真指纹图像后，发现信纸上均有一女性指纹，与你们发来的女性指纹图像相似。经用电子计算机查阅指纹档案，查出系周丽娟的指纹。

　　周丽娟，女，28岁，中国人才学研究所办公室打字员。

　　我正在鉴定指纹时，收到你们再次发来的女性指纹图像。经鉴定，亦属周丽娟的指纹。可见，"W.S."的三封信，均系周丽娟打印。

B局、C局还发来信纸上其余指纹图像，目前尚在鉴定之中。

张正

看罢，金明的嘴角挂着一丝笑意。金明当然为查清了那个可疑的女性指纹而高兴，但是，他更为年轻的助手——张正的进步而高兴！

请B局、C局查找"W.S."来信中的指纹，这步棋金明早已考虑到了，他想回到北京后再办理此事，想不到张正竟能如此主动办理此事，从中找出重要线索。这说明张正已逐步具有独立工作能力。

戈亮在金明的培养下，也熟知密码，能直读密码电报。他看完电报，感到惊奇："怎么会是中国人才学研究所的打字员？"

"是周丽娟的指纹，这一点确信无疑——因为三封信上都留有她的指纹。"金明说道，"至于这一案件跟人才学研究所有什么瓜葛，还有待于进一步侦查。"

"我看，到了北京之后，还应当想办法弄到人才学研究所打印的文件。"戈亮记起了"变形O案"，说道，"我们查看一下人才学研究所的文件，如果那个'的'字上有划痕，说明周丽娟是用所里的打字机打印信件，此案可能与该所有关。如果'的'字上没有划痕，说明是用别的打字机打字，此案不一定与人才学研究所有关。"

金明的嘴角，又一次露出了笑意。他为戈亮也大有进步而高兴。

"查出了周丽娟，当然是一重大进展。"金明说道，"不过，我们的目标是'W.S.'。至今，我们还未查到关于'W.S.'的任何线索。"

一副学者的派头

东方破晓时，金明又回到了北京的侦查中心那高耸的大楼。他的办公室位于99楼东侧。一位二十五六岁的小伙子走进了办公室。他中等个子，板刷头，一副机灵相。他把手中的一张纸，交给了金明。

这个小伙子，就是张正。刚才，电子计算机终于从浩如烟海的指纹档案中，查出了B局、C局发来的男性指纹图像。

金明看着手中的指纹鉴定报告单，见上面写道：

"B局报来的男性指纹，朱克仁，52岁，汉族，北京理科大学招生办公室主任。

"C局报来的男性指纹，徐根发，36岁，汉族，通讯社记者。"

这么一来，线索越来越多，但是也越来越分散了。一个狗肉店的厨师失踪，竟会涉及废品公司、人才学研究所、北京理科大学和通讯社，这真是咄咄怪事！

众多的头绪，犹如乱麻。从哪儿下手呢？

金明又开始在房间里踱方步。他沉思了一阵，对戈亮和张正说道："下一步棋，先集中力量传讯废品公司副经理谭天宏。他既然亲自去过A市，就从他身上打开缺口！"

戈亮看了一下手表，才6点多，便说："谭天宏现在可能会在家里。"

金明点了点头，说道："张正，你马上查出谭天宏的家庭地址；戈亮，你准备好传讯谭天宏的证件。3分钟后，我们出发！"

20分钟以后，三位穿着公安制服的人出现在谭天宏家门前。

谭天宏的妻子听见门铃声，赶紧开了门。金明向她出示了传讯证件。

谭天宏的妻子是一个年近40岁的女人，她哆哆嗦嗦地领着公安人员来到一张床前——谭天宏还在那里呼呼大睡呢！

谭天宏从床头柜上拿起眼镜，看了传讯证，本来就很白皙的脸，顿时变得更无血色，他瞪大了眼睛呆呆地望着面前的3位警察。

"你……你们……要我到……公安局去？"谭天宏显得十分紧张。

"嗯。"金明只答复了一个字。

趁谭天宏一件又一件穿衣服的时候，金明打量了一下谭天宏的卧室。这间卧室兼工作室，四周书架林立。

金明是一位爱书如命的人，不由得信步走到书架跟前，只见书架上摆着《康熙字典》《辞海》《辞源》《中国大百科全书》，还有整套的《二十四史》《沫若文集》《太平御览》《中国通史》《考古文集》……看得出，谭天宏是一位对于历史、考古颇有研究的人。一个废品公司的副经理，怎么会有如此丰富的藏书？难道这些书是从废品中拣来的？要知道，从废品堆中顶多只能找到一些残本，绝不可能找到成套成套的书！

更使金明感到惊讶的是，在书架上的《甲骨文之研究》《论二十八宿之来历》《中国古镜之研究》《商周彝器通考》等书的书脊上，赫然印着"谭天宏著"！

正在这时，谭天宏穿好了呢制服、呢大衣，围好米灰色长围巾，戴上黑闪闪的貂皮帽。金明回头一看，嗬，一副学者的派头！

谭天宏究竟是何许人也？

废品公司里的教授

轿车驶进了侦查中心的大院，谭天宏来到他平生从未来过的地方。

金明带着谭天宏走进大楼，来到二楼的一个房间，房门上写着"传讯室"三个红色大字。谭天宏见了，不由得打了个寒战。

传讯室里的陈设很简单，只有一张长桌，桌旁几把椅子。另一把椅子孤零零地放着，椅子前面放着话筒和录音机。金明指着这把椅子，让谭天宏坐在那里。谭天宏脱去呢大衣，拿掉长围巾和貂皮帽，很紧张地木然坐着。他的嘴巴，将言而嗫嚅，眼睛乜视着金明和戈亮、张正。

当金明向谭天宏问起他为什么去A市、林丽究竟在哪里，谭天宏反而长长地舒了口气。本来像鼓皮般绷紧的脸松弛下来，目光也变得灵活起来。

谭天宏用一口标准的北京话，用作报告似的语调，诉说起来：

"喔，原来你们是为了林丽的事儿来找我——把我吓了一跳！既然来了，就要讲清楚这事儿，还是从我自己说起吧。

"我，谭天宏，当年是一个没考上大学的高中毕业生，被分配在一家废品收购站当营业员。

"这个收购站总共才三个人，可是，从破布、肉骨头、旧棉絮、破胶鞋到旧书、旧报纸、废铜烂铁、废旧塑料，几乎什么都收购。

"说来也怪，这个小小的废品收购站，成了我的大学！

247

"这话怎么说呢？因为我对废品收购站收购的旧书和旧报纸，产生了莫大的兴趣。

"收购站的工作，忙闲不均。星期天比较忙，平时不大忙。我一有空，就读旧书，看旧报。渐渐的，我爱上了历史学。

"我们的站长是个好心人。他看到我喜欢学习，就让我从旧书堆中拣出我所需要的书、报，供我学习。我呢？也从不爱占公家的便宜，这些书、报仍按重量折算，由我自己付款。

"就这样，我的历史知识越来越丰富。有一次，我们站收购了一个满是铜绿的圆盘，被我认出是一面唐朝的稀世之宝——透光铜镜！

"这一发现，引起了废品公司领导的重视，把我调到公司当检查鉴定员，专门从废旧物品中找宝。就这样，我从废品中找到许多失传的古书、古物，我自己呢？懂得了越来越多的历史知识、考古知识。

"说实在的，几乎连我自己也意想不到，我竟然写出了厚厚的学术专著——《中国古镜之研究》。

"我怀着十二分的敬意，把我的专著手稿，寄给了我国考古学界的泰斗——一位赫赫有名的教授。

"时间一天天过去。我的专著如泥牛入海，杳无音信。我又写了几封信问那位教授，没有收到一封回信。

"半年之后，我偶然从我们废品公司回收的废纸中，拣到一厚本手稿，封面上写着《中国古镜之研究》，署着'北京市废品公司，谭天宏著'。

"在当时，我差一点气昏过去！我的心中，真不是滋味儿。

"我回家，一气之下，把手稿扔进了炉子。刚扔进去，却又感到心疼，连忙把它从火里抢了出来。唉，我当时就像那些要扔掉自己亲生孩子的人一样，刚扔出去，听见孩子的哭声，又赶紧把孩子抱在怀里。

"不过，从火堆中抢回来的手稿，已经有一部分烧毁了。

"我又花费了不知多少个不眠之夜，边抄边改，边改边抄，重新写出了《中国古镜之研究》。这一次，我聪明了些，把它复写了3份。

"我把3份《中国古镜之研究》，分别寄给了另外三位著名的教授。

"寄出去以后，其中的两份毫无回音，然而，第三份却落到一位热情的教授手中。

"一天，我正在值班，忽然有人来出售废品。我一看，他卖的竟是一批古镜。我用相当高的价格收购。那人有点吃惊，说为什么一堆废铜烂铁，会卖那么高的价钱。我只得如实告诉他，这不是废物，是名贵的古镜！那人便要我讲给他听，是些什么古镜，什么年代造的，镜上铭文是什么意思。我一一说给他听。等我说完，他拿起古镜就走，不肯卖了。我当然恋恋不舍那批古镜，怕他不会妥善保管。

"那人给我留下了地址，请我上他家洽谈，还说他家有的是古镜！

"当天晚上，我就赶到这人家中。正当我说要看看他家的古镜时，他却递给我一大沓手稿。我一看，是我写的《中国古镜之研究》！我这才明白，站在我面前的不是别人，正是收到我第三份手稿的那位教授！

"那位教授告诉我，他已详细读过我的专著，认为功力颇深。他感到奇怪，这么一部专著，怎么会出自废品公司的普通工作人员之手？于是，他带了一批古镜，到废品公司来'考'我，知道我有真才实学，深为欣赏。

"就这样，我从废品中发现了宝贝，而那位教授又从废品公司中发现了我。

"我拜他为师。在他的悉心帮助下，我的专著《中国古镜之研究》得以出版了，受到了考古学界的重视。我接连又写了一系列考古学论文与专著，被中国科学中心聘为教授。

"我虽然当上教授，依旧在废品公司工作，被提拔为副经理。我从废品中又发现了许多珍贵的孤本和文物……"

奇怪，这位谭天宏只字不谈林丽，反而大谈自己怎么成为教授的经历。张正和戈亮听了感到"牛头不对马嘴"，而金明则非常细心地听着谭天宏教授的每一句话，仿佛句句紧扣案情。这究竟是怎么回事呢？

"首犯"是谁？

金明一声不响，让谭天宏教授继续像作报告似的讲述下去。

直到这时，谭天宏教授才言归正传，谈起了林丽：

"很抱歉，我这个人说起话来，像'城头上跑马——远兜'。刚才讲了一大堆关于我自己的事儿，就算是背景材料吧，供你们参考。

"现在，该言归正传，谈谈林丽了。

"说实在的，我是从废纸堆里发现林丽的！不，不，应该说，我是从废纸堆里发现林丽的论文的。

"那天，我看到废纸堆中，有一本厚厚的手稿，连忙拣了起来。手稿字迹清晰、端正，封面上写着《论磁单极》，旁边写着'A市布尔哈通狗肉店崔华、林丽'。

"我虽然看不懂那物理学论文，不过，我明白，这部专著遭到了跟我的《中国古镜之研究》同样的命运！

"我感慨万分！我仔细看了一下，在那本手稿旁边的废纸中，有好多写着费秋教授收的旧信封。我估计，那专著是寄给费秋教授的，结果让他当废纸处理掉了！

"我如获至宝。当天，就把这部手稿，专程送到了刚才我说到的那位教授手中。我记得，他曾一再关照过我，要我在废品中不仅注意发现古书、古物，还要注意现代的珍宝！

"他收到这部手稿，非常高兴。不过，他说自己对物理学外行，这部手稿是否真有学术价值，我还得请几位物理学专家审定一下。

"过了几天，他打电话找我。我赶到他家里，他说那部专著经费秋等几位物理学教授审阅……

"我一听，暗暗责怪自己——上一次，在匆忙之间，忘了把这部专著是费秋教授当作废物处理一事，告诉他。我想，这部专著重新落到费秋教授手中，岂不就完了？说不定，费秋教授会查问这部专著手稿怎么会从废纸堆里又重新回到他的手中？

"意料之外，那位教授拿出费秋教授的审阅意见，上面竟然写道：'我已仔细拜读，此书富有创见，请有关部门尽快出版。费秋。'

"其他几位物理学教授，也都写下了肯定、赞扬的意见。

"我感到莫名其妙，费秋教授怎么会来了个180°的大转弯呢？

"当我拿起那部专著手稿时，这才恍然大悟：封面已被换过，虽然题目仍写着《论磁单极》，而作者的名字却改掉了，写着'上海复旦大学物理系郑文良教授著'！

"哦，我明白了：当费秋教授第一次收到这部专著手稿时，大约一看封面上那'狗肉店'几个字，就把手稿扔进了垃圾堆！

"我不由得记起一件有趣的事儿：一天，我穿着工作服，在废铜烂铁堆里工作，觉得肚子有点饿，就到附近的一家点心店里吃馄饨。服务员看到我满身泥尘，爱理不理，撂给我一碗冷馄饨。照理，一碗馄饨有20只，可是我的碗里只有10来只，而且好几只都是露馅儿的！过了几天，当我穿着笔挺的呢制服又来到那里时，还是遇上那位服务员。嗬，他的态度判若两人，给我端来一碗热腾腾的馄饨，上面漂满油花。我一数，碗里足足有30只馄饨！

"不知怎么搞的，我总觉得，费秋教授跟那位服务员一样——在社会上，有势利眼；在科学界，也有势利眼！……

"唉，唉，很对不起，很对不起，我这个人讲起话来，容易跑题。唉，我说到哪儿去了？

"我还是说说林丽吧。

"我曾两度去A市。第一次去那里，是从侧面进行了解，并未找她本人。我找过她的一些同事和邻居，其中有一位丁大娘，是林丽的好友、同事，又是邻居，曾提供了许多情况。第二次去那里，我曾与林丽谈过多次。

"至于林丽现在哪里？我自己也不大清楚。

"我到A市去，是受人之托。用你们公安局的话来说，我只是'从犯'，不是'主犯'。你们要详细了解林丽的情况，你得找'主犯'。

"不过，我劝你们不必去找他，因为这是一项与你们公安局毫无关系的事儿。也正因为这样，我也就没有必要向你们透露'主犯'是谁！"

听到这里，金明哈哈大笑起来，说道："谭天宏教授，那'主犯'是谁，你不说，我也明白！"

"主犯"究竟是谁呢？

查出了"W.S."

此时，金明把话挑明，说道："'主犯'就是王松教授，'W.S.'就是他！"

谭天宏一听，脸上出现惊讶的神色。

其实，当金明获知"W.S."来信上的女性指纹，是人才学研究所办公室的女打字员的指纹，便已经明白了几分。这样，在谭天宏教授谈到他的《中国古镜之研究》是经"某位教授"着力推荐得以问世时就猜出了"W.S."是谁。

金明对学界的头面人物的名字，是熟知的。他想，这个"W.S."应当是历史学、考古学方面的专家，又与人才学研究有关。他经过细心的推理，认定那"W.S."是王松教授。

一、王松是中国古代史专家，又是考古学权威之一；

二、王松现在兼任中国科学中心人才学研究所所长之职；

三、王松这两个字，不论英文或汉语拼音，均写为"WangSong"。按开头字母缩写，就是"W.S."。

既然已经查明了"主犯"，金明对谭天宏也就"从轻发落"，让他回去。

谭天宏一听说可以回去，立即站了起来。他实在不习惯于坐在那椅子上——他平生第一次坐在被审者的椅子上！

谭天宏急急忙忙穿好大衣，金明却并没有立即"释放"他，带着他朝一楼走去。

谭天宏有点紧张，以为要把他拘留起来，脸皮顿时又绷紧了。一直到金明领着他来到写着"餐厅"两个大字的地方，这才明白了。金明朝他笑笑，说道："我们的肚子里都在唱'空城计'。一起吃早点吧！"

在送走谭天宏之后，很显然，下一个"进攻"目标应当是"W.S."——王松教授。

戈亮问金明道："要不要马上办好传讯王松的证件？"

金明连连摇头说："别急，别急。对于王松教授，我看，不必传讯，而是我们登门去拜访。现在，还不到8点，我们赶紧查看一下'背景材料'。"

戈亮知道，金明所说的"背景材料"，就是侦查中心电子档案室中，所收存的资料。那里，用电子计算机管理，分门别类地把各种资料信息贮存起来。特别是各界的知名人士，电子档案室里往往保存许多报刊上的有关报道。

金明、戈亮和张正一起来到了99楼东侧的侦查处办公室。戈亮按动电钮，很快的，屏幕上便出现关于王松的"背景材料"：

王松，男，82岁，汉族。历史学兼考古学教授，人才学教授。

王松教授著述甚丰，涉及面甚广，短篇不计，仅举长篇专著，便有《隋唐史》《金石论丛》《黄河变迁史》《中国社会制度史》《中国诗词演变史》《突厥史》《甲骨文之研究》《元安西王府址考证》《宣化辽墓星图考》《中国古代蚕、桑、丝、绸考》《西汉壁画考》《敦煌莫高窟研究》《中国人才史》《论人才与逆境》《人才成败纵横谈》《论人才》《透过历史看人才》《人才与时代》《成功之路》《世界人才史》等二十多部。

王松教授著《论人才》一书，曾被译成各种文字，受到世界各国的重视，并因此荣获诺贝尔和平奖。

……

关于王松教授的"背景材料"，简直多如牛毛。特别是当王松教授荣获诺贝尔和平奖的时候，各式各样的报道、书评、报告文学、特写、传记，连篇累牍。

然而，在这一大堆关于王松教授的报道中，有一篇报道与众迥异，标题十分独特：《守财奴——诺贝尔和平奖获得者王松》。

作者是谁呢？署名为X，发表于某国的《奇文集》。

"奇文共欣赏，疑义相与析。"这是陶渊明的名句。如今，金明和他的助手们也"欣赏"起X的"奇文"来了。

"悭吝人"再世

在屏幕上，出现了如下奇文：

守财奴

——诺贝尔和平奖获得者王松

著名法国作家莫里哀（1622—1673）是一位多产的喜剧大师，一生中写过37部喜剧。然而，给人印象最深的，莫过于《悭吝人》。

悭吝人，用中国人的习惯语言来说，也就是"守财奴"。如今，在中国有一位活着的"悭吝人"。他，就是诺贝尔和平奖获得者、著名的中国学者王松教授。

王松教授获得了80万瑞典克朗的诺贝尔奖奖金，加上他的著作等身，工资又高，其妻子、儿子至长孙亦均为教授，家庭是很富裕的。

然而，王松颇有怪僻，爱财如命，可说是一毛不拔的"铁公鸡"。

就拿王松本人来说，客人来访，仅倒白开水一杯而已，连茶叶也没有。他认为，白开水最有益身体健康。

王松本人不抽烟，也从不用香烟招待客人。当然，这事儿他更有理由——抽烟有害身体健康。

他的头发长了，总是在家里让孙子给他理，从不上理发店。据说，在理发店里有时要等待，很费时间。

他的孙子结婚时，他未送什么财礼，只把书桌上的一套现成的《大百科全书》送去而已。他的家中，家具不过是书架、书橱而已，财产不过是数以万计的图书而已。

俗话说："一人出名，远山有亲。"在王松出名之后，各式各样的亲友来找他。可是，王松却"六亲不认"，对于来访的客人从不留宿，也不招待吃饭。据说，他埋头于研究，无暇旁顾。

……

当然，以上只是一大堆小事而已。在他获得诺贝尔奖之后，众目睽睽，大家都关注着王松教授怎样处理这笔80万瑞典克朗的巨款。

有人猜测，王松教授会把这笔巨款捐献给国家。

有人以为，王松教授会把这笔钱用来建造一个大医院，造福于人民。

有人认为，王松教授会把钱用来造一个巨大的儿童乐园，为祖国的花朵——少年儿童服务。

有人估计，王松教授会把奖三七开或者对半开，给自己留一部分，也给国家捐一部分。这各式各样的预料，全错了！王松教授授回国之后，以他个人的名义，把领到的奖金全部存入银行，分文不捐！

多少年来，凡是诺贝尔奖获得者，回国之后总是要举行宴会，表示庆贺。然而，王松教授却连举行宴会这点钱也不愿花。

王松回国之后，甚至"失踪"了！成群结队的记者，蜂拥到王松家采访，王松竟不知去向。直到这一"热潮"过去，他才露面，一位记者又去找他，他什么话也没讲，只是指了指贴在墙上的美国物理学家富兰克林的一句格言，算是答复："时间就是金钱！"

总之，王松教授是一个古怪的人。他年过八旬，仍常常通宵工作，不知休息。

可惜，莫里哀早已见上帝去了。如果他还活着的话，一定会以王松教授为模特儿，写出第二部《悭吝人》来！

王松，是活着的"悭吝人"，或者说是"悭吝人"再世。

"现代陶渊明"

金明和助手们看罢"奇文"，情不自禁地笑了。尽管金明未直接与王松教授打过交道，不过，关于他的种种传言，也早有所闻。在看了"背景材料"之后，金明觉得心中有底，便与两位助手驱车前去捉拿"主犯"。

据谭天宏介绍，王松平常都在家中从事研究、专心著述。尽管是在家中，王松仍按严格的时间表"上班"。他习惯于在夜里长时间写作。不过，每天上午8点，他总是准时地坐在书房里，开始看书、研究了。

王松的家，不在市中心，而在十分偏僻的远郊山区。据说，这是王松为了躲避来访者而采取的一种"措施"。

戈亮驾驶着"彗星牌"轿车，停在山脚下一座孤零零的两层小楼房前。房子四周围着篱笆，院子里种着花草、果树。

金明按了门铃之后，一位近30岁的女人来开门。她剪着齐耳短发，长圆脸，还保留着大学生的神态。金明一看，觉得有点面熟。哦，对了，金明查看过她的照片——她，就是周丽娟，人才学研究所办公室的打字员，王松教授的秘书。

"请进！"周丽娟一看到是三位穿公安制服的来客，便开了门。

金明一听"请进"，就放心了。因为据说遇到一般的来客，女秘书总是说"教授不在家"之类的话，连大门都不让进。

周丽娟请三位客人在会客室里坐定，倒上3杯白开水——果真没有茶叶，说了声"稍候"，就朝里屋走去。

这时，金明打量了一下会客室。室内的茶几、椅子，都是用白色的柳条编成的，显得古朴而又大方。会客室里除了一只竹壳热水瓶和几只普通玻璃杯外，别无其他东西。在墙上，赫然挂着这样的条幅：

少无适俗韵，

性本爱丘山。

金明对古诗颇为爱好，一看便知是从晋代大诗人陶渊明的《归园田居》中摘录下来的。显然，这儿的主人是以"现代陶渊明"自居。

没一会儿，响起了咯噔咯噔的声音。秘书来了。大家都以为王松会跟在秘书后边来到，谁知却不见王松的影子。

难道王松避而不见？

直到周丽娟说了声"教授请你们到书房"，大家这才非常高兴。这意味着，王松很看得起三位来客。一般来说，王松的书房只有很熟悉的朋友才能进去。

书房在楼上。这里，除了门、窗，四周全是书架。这些书架"顶天立地"——从地板一直到天花板，放满了各种书籍。

一位年逾古稀的老人站在这书海之中，伸出了手，跟3位来客一一紧握。

老人个子不高，瘦削，头发稀疏、花白，两道寿眉却如浓墨。

他气色很好，两颊红润，双眼炯炯有神。

书房里，放着一张足有半张乒乓桌那么大的写字台，桌上的玻璃板下压着这样的诗句：

知我者谓我心忧，

不知我者谓我何求。

金明一看，记起这是《诗经》中的句子。金明那敏锐的目光，还发现桌上放着一本厚书的封面上，赫然写着"W.S."两个字！

书房里放着富有田园气息的柳条椅。金明和他的助手们喝着白开水。幸好，他们仨都不抽烟，所以王松教授没有拿烟招待，倒无所谓的。

"我知道你们要来的！"还没等金明开口，王松教授倒主动打开了话匣子……

"自古雄才多磨难"

王松教授执教多年，他用在课堂上讲课的清晰而缓慢的声调说道：

"我知道你们三位会光临寒舍——刚才，谭天宏教授已经打电话来，说他还没有起床，你们就出现在他的面前了！

"如今，在你们的眼里，我跟谭天宏都是'罪犯'——他是'从犯'，我是'主犯'！

"看来，今天我一定要向你们交代'罪行'。不过，我是研究历史的，总喜欢从历史的角度谈问题。

"我先讲讲我本人的历史——我为什么会从历史学、考古学，转向人才学。

"唐太宗李世民有句名言：以铜为镜，可以正衣冠；以古为镜，可以见兴替；以人为镜，可以知得失。我也常爱说，历史是一面镜子。我纵观数千年的历史，得出了这样的结论：自古雄才多磨难，从来纨绔少伟男！

"岁不寒无以知松柏，风不疾无以辨劲草，事不难无以识英雄。磨难出雄才！

"我研究过挪威数学家阿贝尔（1802—1829）的历史。他在27岁时就写出了关于'5次方程式代数解法不可能存在'的重要论文。他把论文寄给法国数学权威勾犀审查，勾犀看了标题之后连翻也没翻！阿贝尔在贫穷潦倒之中患了肺病，27岁便离开了人世。在他死后12年，论文才得以发表，震动了数学界。人们把其中关于椭圆函数论的论述，命名为'阿贝尔定律'，为这位天才过早夭亡而叹息。

"我也为阿贝尔叹息——如果谁能把他从贫病交加之中挽救出来，给他的论文以发表的机会，给他提供良好工作条件，阿贝尔准会放射出更加灿烂的光辉！

"我研究过盲文的创造者布莱尔（1809—1852）的历史。布莱尔出生在巴黎一个给人做马鞍的家庭。3岁时，他拿着父亲做马鞍的刀玩耍，不小心，刺入眼睛，双目失明。布莱尔无法读书，他想到千千万万的盲人也无法读书。布莱尔花费了毕生精力，创造了盲文。可是，没人理睬这位盲人的发明。布莱尔在苦闷、贫困中死去。他死后35年，他所创造的盲文才得到国际公认，把这种盲文命名为'布莱尔'，通用于全世界。

"布莱尔和阿贝尔的遭遇，又何等相似！

"我查阅了科学史，发现科学巨匠之中，十有八九是出身贫寒而郁郁不得志的：

"被恩格斯誉为'近代化学之父'的英国化学家道尔顿，出生于一个纺织工人家庭，只念过几年书；

"火车发明者斯蒂芬孙诞生在一个煤矿工人之家，从小当童工；

"法国微生物学家巴斯德的父亲是制革工人，没有文化，以至巴斯德从学校回来后还要教父亲识字；

"化学元素周期律创立者门捷列夫，出生在一个被沙皇流放的中学校长的家庭；

"微生物学创立者、荷兰科学家列文虎克是德尔夫市政府的看门人；

"氧、氯、锰、氟等元素的发现者、瑞典化学家舍勒在13岁时，就在药房里当学徒；

"飞机发明者——美国的莱特兄弟，靠修理自行车自筹制造飞机的资金；

"美国'发明大王'爱迪生从小当报童，右耳聋；

"俄罗斯宇航事业先驱者齐奥尔科夫斯基，贫病交加，双耳失聪；

"……

"我研究了成千上万本传记，研究人才成长的历史，对人才学产生了兴趣，以至当上了人才学研究所所长，还因写作《论人才》而获得了诺贝尔奖。

"唉，很抱歉，我是'主犯'，应当向你们交代'罪行'，怎么谈起了人才学呢？"

"W.S.计划"之谜

王松教授喝了几口白开水，休息了一下。

在王松发表"宏论"的时候，金明曾仔细观看了王松案头放着的一份打印稿的封面，那《论人才的培养》的"的"字，有着明显的划痕。也就是说，这进一步证实了"W.S."的信是从这儿发出去的。

王松接着又用缓慢的声调，开始"交代"：

"你们所关心的，是林丽的失踪问题。其实，林丽的失踪，是我的一项研究计划！这项计划叫作'W.S.计划'。所谓'W.S.'，就是我的名字英文名的缩写。

"为什么要进行'W.S.计划'呢？

"这是因为我除了研究、分析了历史上的人才之外，还研究、分析了当代的人才。我认为，社会主义制度的建立，为人才的成长创造了有史以来最为有利的环境。然而，太阳底下仍有阴影，春天里也还有寒潮。即使在社会主义制度下，还有'大人物'压制'小人物'，还有种种习惯势力，'雄才'仍旧'多磨难'。在当代中国，也还有不少'雄才'遭到类似于阿贝尔和布莱尔的命运。

"作为人才学研究所的所长，我是多么希望向当代中国的'阿贝尔'和'布莱尔'伸出支援的手！'W.S.计划'，就是援救当代'阿贝尔''布莱尔'的计划。

"W.S.计划"的资金，从哪儿来呢？来自我所获得的诺贝尔奖奖金！

"举世公认，诺贝尔奖是当今最高的学术荣誉。不过，我这个人喜欢考证。我详细地研究了诺贝尔和诺贝尔奖的历史，得出了惊人的结论——如今的诺贝尔奖奖金，违反了诺贝尔的本意！

"我查阅了这位著名瑞典化学家的遗嘱。他设置诺贝尔奖的目的，为的是'使那些感到无从着手、陷入困境的科学幻想家，可以借我的资助而得贡献于人类'！然而，实际上，如今诺贝尔奖的获得者，几乎都已是各国的科学界权威人士，几乎都是摆脱了困境的富翁。英国著名作家萧伯纳在1925年获得诺贝尔文学奖时，已经69岁了。当时，萧伯纳深有感触地说：'这笔奖金好比是只救生筏，丢出的时候，游泳者已经安然抵达岸边了。'

"我也有同感。我是在前年获得诺贝尔奖的，当时我已经80岁。这笔巨额奖金，除了给我带来荣誉，并没有别的更大的作用。

"我是一个靠自学当上教授的人。我小时候喜爱书法，喜爱临摹古碑古帖，渐渐爱上考古，爱上历史。那时候，我多么希望去甘肃考察敦煌壁画，到新疆楼兰考察贵霜帝国，到西藏考察雪人，可是我没有钱。如果那时候给我这笔奖金，哪怕是奖金的小小的零头，都会给我以巨大的帮助，解决我燃眉之急。然而，如今我当上了'大'教授，当上了所长，年过八旬，拿到这笔巨额奖金，还有什么用呢？难道我把它带到坟墓里去？

"正因为这样，当我获得了诺贝尔奖之后，我决心按照诺贝尔的遗嘱去做，使奖金体现诺贝尔的本意——'使那些感到无从着手、陷入困境的科学幻想家，可以借我的资助而得贡献于人类'！

"于是，我制订了'W.S.计划'，把我的奖金分发给那些'陷入困境的科学幻想家'，把'救生筏'丢给那些正在搏风击浪的'游泳者'。

"然而，这些'陷入困境的科学幻想家'在哪里呢？如果我在报纸上发表启事的话，在几天之内便可以收到成千上万封求援的信！然而，在这些来信者之中，大都是空想家，有真才实学的人不多。真正的勇士，是那些咬着牙、迎着困难默默地战斗着的人！正因为这样，要发现这些真正的勇士，并不是件轻而易举的事。

"在这里，我要'交代'我跟'从犯'——谭天宏教授的关系……"

物色"主考官"

戈亮用录音机记录着王松教授的谈话。金明用右手托着下巴，仔细地听着王松教授的每一句话，感到莫大的兴趣。

王松教授有条有理地继续说道："我这个'三句不离本行'，要谈谭天宏，我不能不谈到历史。

"在明朝的时候，出了个著名的科学家徐光启。他的成才道路颇有意思：徐光启25岁时去考举人，在试卷中针对当时的政治形式发了一通议论，考官认为不合八股文的规定，摈弃了徐光启的考卷。然而，这时主考官焦竑翻阅入选的考卷，觉得没有得意的人才，便去翻阅落卷，看到徐光启的考卷，非常欣赏，不仅推举徐光启为举人，而且发榜时名列第一！

"这件事给我以启示：要发现像徐光启那样的天才，需要一批像焦竑那样独具慧眼的主考官！

"我开始物色'主考官'。我选中了谭天宏。

"我选中谭天宏，可以说有三个原因：

"一、他是从逆境中奋斗出来的，对于人才的磨难有着切身的体会；

"二、他是教授，有鉴别力，能够识别是黄铜还是黄金；

"三、他在废品公司工作，这是很有利的条件！当年，徐光启的考卷，不就是被扔进了废纸堆，被焦竑发现的吗？如今，有些杂志编辑部重'名'不重'文'，把许多'小人物'写得很有见解的论文扔进了废纸篓。正因为这样，谭天宏在废品公司工作，倒是一个发现人才的好地方！

"我跟谭天宏之间，有着多年的师生关系。我了解、信任他。我请他参加'W.S.计划'工作，做一名从废纸中发现人才的'主考官'！

"我还聘请了好几位'主考官'，其中有北京理科大学招生办公室主任朱克仁，通讯社记者徐根发等。

"朱克仁也是我的学生。他是招生办公室主任，是名副其实的'主考官'。他每年阅批大量的考卷，而且几乎跑遍全国，经常接触各地考生。我希望他成为现代的'焦竑'，从考生中发现几个'徐光启'。

"至于通讯社记者徐根发，同样也是我学生的学生。他是个'满天飞'的人物，到处采访，广泛接触各界人士。他除了记者身份，没有什么显赫的头衔。正因为这样，他常常深入基层，接近社会底层的人物。请他当'主考官'，当然也是非常合适的。

"这几位'主考官'都尽心竭力地工作，常常把他们所发现的'千里马'告诉我。我根据他们所报告的情况，再进行复核、筛选。

"林丽的论文，是谭天宏教授从废纸堆中发现的。不过，我和谭天宏对物理学都是外行，必须请物理学家费秋教授审核。然而，林丽的论文，正是被费秋教授扔进废纸堆的！

"怎么办呢？我不由得记起这么一桩文坛奇闻：一位颇有才华的青年作者写了一篇小说，寄到某杂志，被退回了。那位青年事先在其中的某几页之间，用一点点糨糊把稿子粘在一起。青年仔细观看了退稿，发现那几页依旧被糨糊粘着——这就是说，小说根本连翻都没翻！编辑大约一看作者是一位无名小卒，就把它退掉了！于是，那位青年作者想出一计，把作者名字改为某著名作家的名字。小说寄出后，立即被采用了，受到了读者的好评。当然，那位青年的做法不可取，但是也证明了那位编辑缺乏'焦竑'的眼光。

"我也是万不得已呀！采用了同样的'手法'，把那篇狗肉店厨师写的《论磁单极》，改为'上海复旦大学物理系郑文良教授著'。费秋教授和其他几位物理学权威都审阅了论文，写下了充分肯定的意见。

"不过，我并没有马上把'救生筏'扔给狗肉店厨师林丽。我派谭天宏专程来到A市。他也没有马上去找林丽，而是从侧面了解了她的身世、为人、家庭、工作、经济状况、学术水平。

"经过谭天宏的认真、细致的调查，我才确定应该把'救生筏'抛给林丽：

"一、她是一个有真才实学而富有进取心的年轻人；

"二、她上有老，下有小，丈夫病逝，家务繁重，本职工作又忙，何况她的本职工作与'磁单极'的研究没什么关系；

"三、诚如她在论文的'引言'中所说的，'限于作者的条件，只能进行理论推导，尚无法用实验证明磁单极的存在。当然，作者企望能有机会从事试制磁单极的实验。'这说明如果能给她提供实验条件，将可以使她的研究获得重大进展。

"正因为这样，我又第二次派谭天宏专程去A市，找林丽本人谈话。林丽看到谭天宏所持的中国人才学研究所的公函，知道了我的'W.S.计划'，高兴地同意了。不过，她是一个对孩子、对婆婆充满感情的人，放不下她的小家庭。

"我早就料到这一点。谭天宏向她转告了我的意思：在她离开之后，将给她的家属汇上一笔钱，足以使她的一家过着宽裕的生活。同时，还委托她的邻居丁大娘，负责照料她的家庭。如果在她离开之后，发生什么紧急情况，随时让她回家处理。

"这么一来，林丽同意了。现在，我已经给林丽提供了很好的实验条件，让她专心致志于磁单极的研究，让她在科学王国里充分显示她的才华，对崔华的在天之灵也是一个安慰。

"当然，林丽的研究工作，只是我的'W.S.计划'中的一个项目。我的'W.S.计划'还包括其他研究项目。

"比如，那位北京理科大学招生办公室主任朱克仁，在B县发现15岁的男孩司马彬，聪颖过人，具有研究生的水平，对天文学上的'黑洞''白洞'理论提出了独创性见解。我经过复核，情况属实，决定给这个身处偏僻山区的少年以帮助。

"又如，那位通讯社记者徐根发在C市采访时，发现中国科学中心华南所的著名数学家秦世达教授，身兼18种职务，无法摆脱的繁重事务影响了他的研究工作，而他年已古稀，正在从事一条重要的数学定理的研究，非常需要集中精力与时间。我把他也纳入'W.S.计划'，帮助他摆脱'困境'。

"以上，就算是我的'交代'。金明同志，不知道我是不是把'罪行'说清楚了？"

"佩服！佩服！"

王松说完，眼睛眯了起来，眼角出现了鱼尾纹。

金明没有笑，说道："用我们公安的工作语言来说，你对你的'犯罪事实'是交代清楚了。可是，你还没有讲清楚你的'犯罪动机'——为什么要制造一桩桩失踪案呢？"

王松的神态，一下子变得严肃起来，答道："这是我经过仔细考虑后采取的行动。

"第一，在失踪前，我都已事先征得失踪者本人的同意，做好失踪后的安排，使家属安心。我一般都物色好类似丁大娘的角色，照料失踪者的家庭。

"第二，突然失踪，可以避免一切外界的干扰，使失踪者能够在一个秘密的地方专心从事于研究。

"第三，'W.S.计划'本身不许声张。一旦被外界获知，万一不少冒牌的'天才'们上门找我，我无法应付。我手中的'救生筏'很有限，只能援救那些确有才华且急需帮助的人。

"第四，'W.S.计划'是我从事人才学研究的一个课题。一旦获得成效（例如，失踪者在我的帮助下，确实作出了巨大贡献），我将写成论文，并建议科学中心设置'救援人才委员会'，大规模、有计划地进行这样的工作。但是，在计划成功之前，我的'W.S.计划'不能不处于秘密状态，以防受到费秋式'大人物'的非难。

"正因为这样，'W.S.计划'尽可能悄悄地进行。我们仿佛是在做地下工作，不愿引起你们——侦查中心的注意。我在每一封署名'W.S.'的信上，都提醒失踪者的家属——'不必向公安局报案'，我觉得我做的已经很周到了，想不到……"

听到这里，金明不由得哈哈笑了。

他惊叹这位82岁的老人竟像孩子一样单纯。

金明打开皮包，从中取出一张张指纹放大照片，上面标明"谭天宏指纹""朱克仁指纹""徐根发指纹""周丽娟指纹"。

这时，戈亮出去了一下，两分钟后，他手里拿着一个铅字进来了。

这是他从周丽娟的打字机上取下的"的"字，有明显的划痕。金明拿出"W.S."的信，指着那有划痕的"的"字给王松教授看。接着，金明又顺手拿起王松案头那份打印稿《论人才的培养》，指出那"的"字有划痕。

尽管王松教授博览群书，见多识广，然而，如今却是平生第一次懂得了什么叫"蛛丝马迹"。他用手拍了拍脑袋，连声说道："佩服！佩服！下一次我进行'W.S.计划'一定先向你们汇报！"

"'审讯'就到此结束了吧。"金明说着，站了起来，"王松教授，请允许我谈几点看法，你的'W.S.'计划应该尽快改进一下，完善起来；因为你只想到了那几个'科学迷'，却没有替'科学迷'的亲人们想一想，他们是多么的焦急呀，其程度并不亚于你急于为国家培养人才的心情，您理解吗？"

王松教授悔愧地说："从那么快就惊动了你们公安机关这一点上，我完全可以看得出来。真是老糊涂了！"

"不！您并不是糊涂，而是看问题片面。"金明诚恳地说，"您常年足不出户，看不到这些年的变化是多么的大，人才的发掘已经不再像您年轻时候那样的困难重重啦！您知道吗，就在林丽失踪后的第三天，中国科学中心就发出了聘请书，您瞧，这多耽误事啊！一份'诺贝尔奖'只能培养有限的几个人，而科学中心把挑选和考核'科学家'的工作担当起来，那培养的人就千千万万啦！费教授一类的人毕竟是少数，有一句古诗说得好：青山遮不住，毕竟东流去嘛！"

王松教授若有所悟地点点头："对！将来的事，还得依靠党组织，依靠大家。"说着，王松教授用手搔了搔稀疏、花白的头发，爽快地拍拍金明："好，我带你们到那秘密的地方去，那些不翼而飞的'失踪者'在那里正沉醉于他们的科学研究之中呢！你们看了也放心了。"金明和同志们都笑了。

3分钟后，周丽娟驾驶着一辆银灰色的"奔鹿牌"轿车出发了，她的旁边坐着王松教授。一辆黑色的"彗星牌"轿车紧跟在后面，车里坐着金明、戈亮和张正。

一转眼，这两辆轿车就消失在北京远郊颠连起伏的群山之中了。

1981年3月9日

曾用篇名《失踪之谜》